Clemens Köhne

Van Gogh unter Verdacht

© 2014 Clemens Köhne
Umschlaggestaltung: Clemens Köhne
Umschlagabbildung: Clemens Köhne, Eine Sternennacht

Buchtalent
Verlag: tredition GmbH, Hamburg
Printed in Germany
ISBN: 978-3-8495-7550-2

Bibliografische Information der Deutschen Nationalbibliothek:
Die Deutsche Nationalbibliothek verzeichnet diese Publikati-
on in der Deutschen Nationalbibliografie; detaillierte bibliografische Daten sind im Internet über http://dnb.d-nb.de abruf-
bar.

Für Doris

Tod, Lat. Mors, Franz. Mort, ist insgemein und in natürlicher Betrachtung die Endschafft oder das Aufhören des Lebens.
Bey dem Menschen ist der Tod, nach der gemeinsten Meynung, ein Ab-
scheiden der Seele von dem Leibe, aus Mangel der Wärme, und der Bewegung, wenn sie durch zufällige Ursachen verhindert worden. Es kommen bey dem Tode des Menschen verschiedene Umstände vor, die sowohl nach den Gründen der Vernunfft als der Heil. Schrifft untersuchet
werden können.
Zedlers Universallexicon, 1750

Das wächserne Gesicht des Toten stand in bizarrem Kontrast zur Hitze
der Umgebung. Die Luft flimmerte über dem kalten Körper. Bösartige
Wolken drohten vom Himmel herunter. Der Maler beugte sich über die
Leiche. Sie war immer noch tot. Auf der Suche nach neuen Motiven
hatte er die Straße verlassen, war den gewundenen Pfaden gefolgt und
schließlich auf dieser einsamen Lichtung angekommen. Das weiche
Gras dämpfte die Schritte seiner schweren Schuhe. Die Staffelei auf
seinem Rücken klapperte leicht. Es hätte ein friedlicher Nachmittag
werden können. Die Verletzung seines Ohres vernarbte allmählich und
eine Andeutung von Ruhe war in seiner Seele eingekehrt. Sicher, alle
ungelösten Fragen von Form und Farbe trieben ihn weiter, aber der ge-
regelte Tagesablauf in der Nervenheilanstalt begann Wirkung zu zeigen.
Er besaß die Erlaubnis zum Verlassen der Sicherheit vermittelnden Gebäude und war in den ersten Tagen immer rechtzeitig zurückgekehrt.
Jetzt stand er schon seit Stunden bei dem Toten. Er hatte zuerst angenommen, einen pflichtvergessenen Landarbeiter bei einer ausgedehnten
Mittagsrast entdeckt zu haben, aber ein feines Gespür warnte ihn.
„Da schläft niemand", zischelte es in seinem Ohr und er ermannte sich,
die kleine lichtüberflutete Wiese zu queren. Den Tod nehmen wir wahr,
ohne Kennzeichen dafür zu haben; vielleicht ist es die völlige Unbeweg-
lichkeit, die unser Unterbewusstsein alarmiert.
Der Maler kannte den Tod, in belgischen Kohleminen waren ihm
Elendsgestalten begegnet, deren Leben einem langsamen, qualvollen
Sterben glich. Als Hilfspfarrer war er viel zu oft zur letzten Ölung gerufen worden, wie viele ausgemergelte Leichname er eingesegnet hatte,
wusste er nicht mehr.
Er wusste auch nicht, warum er sich über diesen Toten hier beugte. Das
Rauschen in seinem Kopf war er längst gewohnt und das Flimmern vor
den Augen war für ihn zum ständigen Begleiter geworden. In Phasen

der Ruhe konnte er das alles kontrollieren, bei der Arbeit war es wie zusätzliche Energie für ihn. Wenn die Körperlichkeit der Farbmasse sich auf der Leinwand verteilte, empfand er sich selbst als Zuschauer. Die Kräfte seiner Psyche griffen nach dem Pinsel und ließen ihn Strich um Strich ausführen. Der Tinnitus wurde zur aufpeitschenden Musik und der irre Blick ermöglichte ihm die dynamische Werkspur, die jede gerade Linie scheute.

Jetzt konzentrierte er sich auf die Realität. Er zermarterte sich das Gehirn.

„Seit wann bin ich hier?", fragte er sich immer wieder. „Und was macht dieser Mann hier auf der Erde? War das nicht eben noch ein schlafender Landarbeiter?" Er wusste um seine Unschuld und doch konnte er nicht sicher sein. Immerhin hatte er nichts gemalt – was also tat er hier?

Er konnte sich nicht dazu durchringen den Toten zu untersuchen. „Ist der umgebracht worden oder hier sanft entschlafen? Das ist doch bestimmt wichtig. Für den Toten und auch für mich."

Der Maler fing allmählich an, sich zu bewegen.

„Weg von hier!", war alles was ihn durchzuckte. Später, ja später, da würde er darüber nachdenken ob sein Tun richtig war, jetzt war einfach die Angst zu groß. Im Gefängnis würde er nicht malen können und man hielte ihn doch für gefährlich. Aus der Wildnis auftauchen und von Leichen erzählen, die er dort gefunden habe – würde das gut gehen? Dann diese Schatten hinter seiner Stirn, hatte er nicht doch mit dem Mann gestritten und nach einem Stein gegriffen? War das Blut oder Erde in dem Gesicht?

„Warum renne ich nicht einfach fort?", gellte es immer wieder in ihm.

Die weichen braunen Tannennadeln ließen seine Schritte federn. Und doch war ihm schwer zu Mute. Selbst die feinen Lichtmuster am Boden konnten ihn nicht aufheitern. Den Grund des Waldes beherrschte die Dunkelheit, zwischen den Wipfeln wurde es heller. Die Sonne flutete die Spitzen der Bäume, gefiltert drang sie nach unten. Die zarten Streifen ihres Lichtes verloren sich zwischen den Nadeln. Wenige herabgefallenen Äste reckten ihre dürren Zweige wie im Todeskampf nach oben. Aber Tannenzweige haben nicht viel Stärke, flach und weich liegen sie am Boden. Nicht wie Eichen, deren gestürzte Äste zerbersten und ihre Trümmer noch in die Höhe ragen lassen, wenn sie innerlich bereits verfault sind. Ein von einer Tanne verlorener Ast liegt wirklich unten, gräbt sich allmählich in den Grund, wird zur Erde, wie ein pflanzliches Chamäleon.

Der Abhang lag hinter ihm. Er mochte diesen Weg: Baumstümpfe, von Wiesengras überwuchert, alles von der Nässe des kleinen Rinnsals benetzt; am Talgrund würde es sich mit dem Bach vereinen. Im Bachbett spielten kleine Wellen über den groben Kies und die Trümmer von Schiefer. Alles vom warmen Braun des im Wasser gelösten Eisens überzogen. Manchmal floss der Bach schnell und gerade, einem Wildwasser gleich, immer dabei, sich zu überstürzen, sich selbst zu überholen. Dann mäandrierte er unter den mächtigen Baumstämmen, unterspülte in weitläufigen Kurven ihre Wurzeln, legte sie frei wie die erbarmungslosen Fischer die Tentakel des Oktopus.

Jenseits des kleinen Flüsschens stieg das Gelände wieder an, erst Fichten, später Birken, gemischt mit jungen Buchen und Eichen. Natürlich wusste der Maler um die Gesetze der Perspektive, aber standen die Bäume hier nicht enger zusammen als sie sollten? Reichten in großer Höhe ihre Äste nicht zu dicht ineinander, wie gewolltes Greifen? Konnte es sein, dass Baumgeister sich zwischen die lebenden Bäume mischten, getarnt durch die Realität des Holzes ihre metaphysische Existenz verbergen konnten? War es in Menschenmengen nicht ähnlich? Verschwand da nicht immer wieder jemand, dem das Auge eben noch folgen konnte?

Er versuchte, diese Gedanken abzuschütteln, dem Murmeln des Baches zuzuhören. Anheimelnd klang es in der Stille.

„Stille! Das war es!" Um die Leiche herum war es still gewesen und diese Stille hatte ihn geängstigt. Da hätten Mücken schwirren müssen! Fliegen und sonstiges Geschmeiß. Doch da war nichts. Weil es in seinem Kopf keine Insekten gab – das musste es sein! Über Leichen, die man träumt, kreisen keine Mücken, aber wer träumt schon von Leichen, denen Mücken fehlen? Also war es doch echt gewesen?

Die Farbe tat ihm gut. Ihr Geruch entfaltete sich auf der Palette und füllte den Raum. Ölfarbe beißt nicht, sie riecht intensiv und gleichzeitig stumpf. Eher bitter als süß. Holzig vielleicht?

Und sie ist geschmeidig. Helles Gelb in tiefes Blau rühren; dabei zusehen, wie unter den kostbaren Marderhaaren des Pinsels ein leuchtendes Grün entsteht – es ist schade, dass die Muster der Palette zerstört werden müssen, um ein Bild zu malen. Gerade die Absichtslosigkeit der Bewegung beim Mischen der Tubeninhalte lässt die schönsten Ornamente entstehen.

Das Malen war dagegen Kampf. Zwar genoss er die Weichheit der Leinwand und doch leistete sie ihm Widerstand. Nein, das Motiv kämpfte gegen ihn – nein, es war der Raum mit seiner Begrenztheit durch die Perspektive – oder war es doch die Farbe? Die Farben der Natur taten ihm nichts, sie inspirierten ihn und waren seine Freunde. Die geliebte Farbe auf der Palette? War sie nicht seine beste Freundin? Das Klopfen an der Tür hörte er nicht.

„Herr van Gogh?" Vincent schrak zusammen, ließ die Phiole mit Balsam-Terpentin aus der Hand fallen. Das Zerplatzen des Porzellans schrillte zusammen mit den wegstürzenden Scherben durch den Raum. „Entschuldigen Sie." Instinktiv bückte sich der Pfleger nach den Trümmern. Van Gogh wich zurück. Unfähig, seinen Besucher mit dem dringend benötigten Lappen zu unterstützen. Der Fleck auf dem Terrakotta Boden breitete sich aus. Es war nicht der erste. Roulin, der Pfleger, blickte sich hilfesuchend um. Er wusste um die unvorhersehbaren Reaktionen des Patienten, wenn man sich in seinem Atelier zu schaffen machte. Vorsichtig griff er nach einem alten, schmuddeligen Fetzen und warf ihn in die Trümmerlandschaft auf dem Fußboden. Die größten Stücke des zerbrochenen Gefäßes hielt er bereits in der Hand. Der Umgang mit seinen Idioten, wie er sie bei sich, wenn auch liebevoll, heimlich nannte, hatte ihn daran gewöhnt, alles Scharfkantige möglichst schnell verschwinden zu lassen. Wenn bei seinem Elitepatienten auch keine unmittelbare Gefahr bestand. Meistens jedenfalls nicht.

„Der Herr Direktor schickt mich. Er bittet Sie zu einem Gespräch." Vincent sagte nichts, schaute nur.

„Ich soll Sie zu ihm bringen", machte Roulin einen zweiten Anlauf. Die Abendsonne floss durch die Staub- und Wasserflecken der halbgeöffneten Fenster und schwemmte ihr oranges Licht in den Raum. Von weit her klangen Laute. Landarbeiter schafften die letzten Fuhren des Tages in die strohgedeckten Bruchsteinställe. Tauben gurrten und im Hof schienen Pferde zu scharren und leise zu wiehern. Pferde, die da sonst nicht wieherten und scharrten. Trotz seiner scheinbaren Starre nahm van Gogh alles wahr.

Der erfahrene Roulin machte einen halben Schritt weg von dem verwirrten Maler; Richtung Tür.

„Wenn Sie gleich mitkommen möchten?" Der Künstler starrte immer noch. An die Wand? Auf das Bild? Ob er das selbst wohl wusste. Roulin räusperte sich vernehmlich. „Herr van Gogh, wenn Sie bitte mitkommen könnten?" Vincent machte einen Schritt auf ihn zu.

„Ist mein Bruder Theo gekommen?", fragte er unvermittelt.

„Ich weiß nicht, nein, ich glaube nicht", antwortete Roulin. „Ich soll Sie nur zu Doktor Gachet bringen, genaueres ist mir nicht bekannt", log der

Pfleger. Natürlich wusste er von dem Toten, der jetzt in Saint Rémy in der Kirche lag, aber es war nicht seine Aufgabe, einen Patienten auf eine kriminalistische Untersuchung vorzubereiten. Er wäre froh, wenn van Gogh ohne weitere Komplikationen mit ihm käme.

Unheimlich lauerten die Schatten im Deckengewölbe des Korridors. Die vermörtelten Fugen zeichneten ein eigenwilliges Muster in die schweren Bruchsteine, für kurze Zeit lenkte es Vincent sogar von der bevorstehenden Begegnung ab.

„Wie eine Landkarte", dachte er und Erinnerungen an seine Heimat stiegen in ihm auf. Immer noch fühlte er sich den Brabanter Bauern verbunden und die Wege seiner Jugend bildeten ein unauslöschliches Netz in seinem Gedächtnis. Die Ortspunkte auf der Karte seiner Vergangenheit waren die farbverkehrte Darstellung seines persönlichen Weltraums. In einem sternengleichen Muster waren sie in die Landschaft gestreut. Er versuchte, sich daran zu klammern, wenn die Wellen des Wahns drohten, über ihm zusammenzuschlagen. So wie jetzt!

„Was mögen die von mir wollen?", fragte Vincent sich und die Frage wurde immer drängender und lauter. Wahrhaftigkeit war eine seiner letzten Bastionen. Aufrichtig hatte er schon als Kunsthändler seinen Kunden die Wahrheit gesagt, später als Prediger mit offenen Worten die Missstände der Welt gegeißelt. Und sein Streben nach Wahrheit in der Kunst? War das nicht ehrliches Bemühen um den richtigen Ausdruck? Wollte er nicht immer als nützlicher Mensch seinen Beitrag zum Bestehen der Welt leisten? Noch nie kam eine Lüge über seine Lippen. Doch woher kam jetzt die Angst? Das Netz zwischen den Steinen – zog es sich nicht schon um ihn zusammen? Er hatte das Gefühl, sich ducken zu müssen um den herabfallenden Brocken ausweichen zu können. Wenn die Steine durch ein Netz zusammen gehalten wurden, vielleicht durch die klebrigen Fäden einer gewaltigen Spinne – wer hielt die Steine dann an ihrem Platz, wenn die Bestie sich entschied, mit ihrem schleimigen Werkzeug Jagd auf ihn zu machen?

Roulin ging ruhigen Schrittes neben ihm her. Seine große feste Gestalt vermittelte Sicherheit. Ob sie auch Bedrohung sein könnte?

„Herr van Gogh, kommen Sie doch herein!" Der Anstaltsleiter, Dr. Gachet, winkte freundlich und bestimmt. „Nur keine Scheu!" Das Flackern der Kerzen und Öllampen ängstigte Vincent. Die Schatten zwischen den Möbeln und Wänden schienen ein Eigenleben zu führen. Mit einer übermenschlichen Anstrengung trat van Gogh tiefer in den Raum.

„Mut! Aufrichtigkeit!", klang es in seinem Kopf. „Du hast nichts zu verbergen!"

„Du kannst alles verlieren", zischte es aus einer anderen Region seines Bewusstseins. „Alles!"

Verloren stand der Maler vor dem gewaltigen Schreibtisch des Anstaltsleiters. Der liebte es, sich auszubreiten.

„Herr van Gogh, wie geht es Ihnen?", begann er. Floskel, ärztliches Interesse oder echtes Mitgefühl? Vincents Antwort wartete er jedenfalls nicht ab. „Ich muss Ihnen leider ein paar ungewöhnliche Fragen stellen."

„Fragen?", war alles, was Vincent hervorbrachte.

„Ja, Fragen", wiederholte der Anstaltsleiter. „Leider sehr dringende Fragen".

„Fragen?" Dieses eine Wort kostete schon große Anstrengungen.

„Um es kurz zu machen, Herr van Gogh und weil ich nicht weiß, wie ich es umschreiben soll, möchte ich ganz direkt sein: Was haben Sie heute Nachmittag getan?"

Der Boden bebte unter Vincents Füßen. Die Wände kamen ihm näher. Wie das rasiermesserscharfe Pendel aus der Erzählung Edgar Alan Poes drohte die Frage mit tödlicher Schärfe sein Leben zu vernichten. Ein Zentnergewicht, die Wirkung der gesamten Masse auf die hauchdünne Schneide konzentriert.

Vincent wusste nicht, was er den Nachmittag über getan hatte. Da war eine Leiche gewesen, das wusste er. Angestarrt hatte er sie, auch daran konnte er sich erinnern. Aber durfte er das jetzt erzählen? In Ketten schmachten, nie wieder Farbe und Pinsel in der Hand halten? Schon in der Stadt Arles wollten sie ihn nicht mehr haben, er sei gefährlich, hieß es. Warum konnte er sich nicht an die entscheidenden Minuten erinnern, kurz bevor er sich über den Toten beugte? Das blasse Gesicht schaute ihn immer noch an.

„Wer war das? Und was hat uns miteinander verbunden? Egal, was ich wirklich getan habe, sein Schicksal ist nun mit meinem untrennbar verknüpft." Zitronengelbe Ölfarbe mischte sich auf der Palette in seiner Hand mit blutigem Rot zu einem warmen Orange.

„Genau der richtige Farbton für den Streifen Himmel unter den Wolken und über der Erde", dachte Vincent. „Wenn doch echtes Blut auch so leicht zu verbergen wäre. Mit Blut malen…"

„Herr van Gogh?", klang weit weg die Stimme Doktor Gachets. „Sie wissen doch, was Sie heute Nachmittag gemacht haben?" Van Gogh starrte auf seine leeren Hände. Keine Blutflecken.

„Ich?" Langsam kehrte er zurück in die Gegenwart. Doktor Gachet sah ihn erstaunt an. Ihm war klar, dass er keinen seiner Patienten mit normalen Maßstäben messen durfte, aber sein Maler, wie er manchmal dachte, war seltsam heute. Irgendwie anders seltsam. Gachet sagte darum nichts mehr, wartete ab.

„Ich habe gemalt", kam es von van Gogh. Weißes Licht zuckte grell hinter seinen Augen, der Puls hämmerte in seinen Ohren.

„Lüge!", zischte die Stimme in seinem Kopf. Gelbe Maisfelder gaukelten ihm Ruhe vor. Nur noch Ruhe. Warum konnte er nicht sein, wie all die anderen? In ruhiger Gewissheit sein Tagewerk verbringen, im Einklang mit sich selbst die Aufgaben erfüllen, die das Leben an einen heranträgt. Warum hetzte er immer wieder an die Staffelei, warum immer wieder diese Kämpfe mit Form, Farbe und Perspektive, die er nicht lassen konnte, niemals mehr lassen würde?

„Und wo?", fragte der Anstaltsleiter.

„Im Feld, draußen, es war wunderbares Licht." Vincent konnte selbst nicht glauben, wie leicht es war, zu lügen.

„Ist Ihnen irgendetwas aufgefallen, haben Sie vielleicht jemanden gesehen, der Ihnen, sagen wir, äh, merkwürdig vorkam?"

Van Gogh starrte wieder nur. Ging es um ihn? War er längst erkannt?

„Merkwürdig?", war alles was er flüstern konnte. Hielt Gott vielleicht eine neue Prüfung für ihn bereit? Er sah sich selbst, in einem großen dunklen Gewölbe, voll mit fauligem Stroh, Exkrementen und unheimlichen Gestalten. Kohleminen waren ihm wie eine Vorstufe der Hölle erschienen, aber für immer eingesperrt, vom Licht abgeschnitten, als einzigen Hoffnungsschimmer vielleicht die Aussicht auf einen schnellen Tod auf dem Schafott? Das durfte nicht sein, nicht für eine Tat, die er nicht begangen hatte, jedenfalls nie begehen wollte.

„Herr van Gogh, ich möchte offen mit Ihnen sein. Heute am frühen Abend ist in den Feldern ein toter Mann gefunden worden, in Richtung der Ruinen von Glanum Dam. Und man sagte mir, Sie seien heute Abend aus dieser Gegend zurück nach Saint Paul gekommen. Darum, lieber Vincent, bleibt mir nichts anderes übrig, als Sie zu fragen." Die Augen des Direktors funkelten immer gefährlicher. Wuchs er hinter seinem großen Schreibtisch noch in die Höhe? Begannen die flackernden Lampen wirklich zu schaukeln? Mit übermenschlicher Anstrengung zwang Vincent sich zur Ruhe und doch wich er mindestens einen ganzen Schritt zurück, ging gleich wieder nach vorne, sah das wie eine Drohung aus? Er verharrte und wiederholte nur:

„Ein toter Mann?" Und dann konzentrierte er sich auf seinen Atem. „Ruhig bleiben", sagte er zu sich selbst. Angst schnürte ihm die Kehle zu.

„Es ist meine Pflicht, Sie das zu fragen", erklärte Gachet ihm. „Ich muss das tun."

„Sie glauben — ich?", stotterte Vincent. „Was überhaupt für ein Mann?", fragte er.

„Ich glaube gar nichts, für mich zählen nur Fakten. Ich frage Sie nur, ob Sie etwas gesehen haben, was mit dem Toten in Zusammenhang stehen könnte."

„Zusammenhang?", gab Vincent als Echo. Irgend ein Teil seines Bewusstseins war völlig klar und dieser klare Teil flüsterte ihm, dass ein kranker Mann wie er ruhig den verwirrten spielen könne. Und war er nicht verwirrt?

„Erzählen Sie mir einfach, was Sie heute Nachmittag gemacht haben. Ich muss für die Behörden ein Protokoll anfertigen, verstehen sie? Und da der Pförtner angegeben hat, Sie gegen 18.00 Uhr aus Richtung Glanum kommend gesehen zu haben, musste ich Sie einladen. Machen Sie sich keine Sorgen. Sie haben doch nichts getan?"

„Ich habe kein Bild!" schoss es durch Vincents Kopf. „Kein Bild, nichts gemalt, kein Bild!"

„Ich habe gemalt", wiederholte er trotzdem.

„Wie schön", antwortete Dr. Gachet. „Was denn?"

„Licht", sagte Vincent und der rationale Teil in ihm war völlig überrascht über diese geschickte Antwort. Jetzt ging er im Geist wie rasend die Gemälde der letzten Tage durch. Was wäre, wenn jemand das Bild sehen wollte, mit dem er angeblich am Nachmittag beschäftig war? Er hatte keins! Als Roulin in sein Zimmer kam, war er mit einem Bildnis eben dieses Raumes beschäftig gewesen, das würde er niemals erklären können, warum er dafür ins Feld gegangen sein sollte. Und die Gartenbilder? Hier aus dem Kloster? Die kamen auch nicht in Frage.

„Was weiß Doktor Gachet über die Trocknungszeiten von Ölfarbe?", fragte sich Vincent.

„Nur Licht?", unterbrach dieser seine Gedanken. „Wo genau waren Sie denn?"

„Ich bin umhergestreift", erfand der Maler die nächste Ausrede. „Ich war unzufrieden. Hab' die rechte Stelle nicht gefunden."

„Aber gemalt haben sie?", wollte der Direktor sicher gehen.

„Ja, das heißt nein", stammelte van Gogh. „Es ist nichts geworden." Immer noch raste er durch seine Gemälde und Skizzen. Vielleicht hatte er im Garten eine reine Lichtstudie geschaffen, die an allen möglichen Stellen entstanden sein könnte. Ihm fiel nichts ein. Eine Kohlezeichnung, egal wie alt? Da gab es keine, die für den sonnigen Nachmittag von heute in Frage kam.

„Die Qualität düre in diesem Fall nicht so wichtig sein", gab Doktor Gachet sich beruhigend. „Wichtig ist nur ihr Standort. Wo genau sind Sie heute Nachmittag gewesen oder umhergestreift, wie Sie sagen. Der Anstaltsleiter zeigte auf den Bogen Papier vor sich auf dem Tisch. „Irgendetwas muss ich dort eintragen."

„Am Wasser", sagte Vincent. „Ich war am See." Eine eigentümliche Klarheit überkam ihn. Und eine Idee keimte in ihm auf. Sein Weg, in großem Bogen um die Leiche herum, erschien deutlich vor ihm. Er beschrieb dem Doktor seine Route zum See, flocht einige Satzfragmente von verpfuschten Skizzen ein, brachte eine halbwegs überzeugende Schilderung seines Nachmittags zu Stande.

„Und das missratene Bild steht in ihrem Zimmer?", stellte Gachet zum Schluss die unvermeidliche Frage, die Frage, die Vincent so gefürchtet hatte.

„Nein", gab er möglichst selbstverständlich zurück. Ein anderes Bild war vor seinem inneren Auge aufgestanden, von ihm selbst, wie er in Arles in einem Kornfeld stand und wütend eine misslungene Leinwand malträtierte. „Ich habe es zerstört."

„Zerstört?", fragte Gachet verwundert. Es schien kurz in seinen Augen zu blitzen. „Wo sind denn die Trümmer?"

„Im See", antwortete Vincent, scheinbar ungerührt. „Ich habe alles in den See geworfen."

„Sie überraschen mich", sagte Doktor Gachet. „Aber ich bin nur Ihr Arzt, ich werde aufschreiben, was Sie erzählt haben. Hoffentlich gibt die Polizei sich damit zufrieden. Sie müssen verstehen…" Er schien nicht weiter zu wissen.

„Darf ich jetzt gehen?", fragte ihn ein völlig erschöpfter Vincent. Nur mit Mühe hielt er sich aufrecht, aber es war ihm falsch erschienen, nach einem Stuhl zu fragen.

Roulins Begleitung lehnte er ab:

„Nein, es ist nichts, ich komme schon zurecht. Die schwüle Luft macht mir nur etwas zu schaffen."

Der gutmütige Pfleger nickte. „Ja, ja, diese südliche Hitze muss für einen Holländer schwer zu ertragen sein. Ich wünsche Ihnen aber einen guten Abend."

Der Maler war schon vorausgeeilt.

„Ob das ein gutes Ende mit ihm nimmt?", dachte Roulin besorgt. „Irgendetwas reibt ihn auf." Er folgte van Gogh noch einige Schritte in gebührendem Abstand. Es war schwer für den Pfleger, mit dieser Ausnahmeerscheinung zurecht zu kommen.

Van Gogh konnte nicht zurück in seine Zimmer. Die Gittersprossen vor den Fenstern hätten ihn zu sehr an eine Gefängniszelle gemahnt. Er strich durch die Anstalt; welche Höhenflüge hatte er an guten Tagen sogar hier erlebt? Das gelungene Gemälde eines Blumenbeetes im Garten konnte ihn für Stunden alle seine Sorgen vergessen lassen. Jetzt peinigten ihn Visionen. Das Schlimme daran: Es waren keine Wahnvorstellungen seines kranken Hirns. Diese Ängste besaßen einen realen Grund: Was wäre, sollte Theo ihm die Unterstützung versagen? Warum auch immer, weil seine Familie ihn brauchte oder weil er sich von einem Mörder lossagte; alles konnte geschehen. Auch, dass Theo stirbt. Also noch eine Leiche. Hatte er, Vincent, ihn umgebracht? Mit immer neuen Forderungen, immer wiederkehrenden Enttäuschungen? Wie stand es um Theos Husten, hatte er das in den letzten Briefen wirklich aufmerksam gelesen? Oder sich wieder einmal nur in seinem eigenen Schmerz gewälzt?

Vincent tauchte im Dunkel der Arkaden unter.

„Wenn ich einfach so verschwinden könnte, weg, einfach fort, wäre das nicht das Beste?" Er drückte sich enger an die Wand, entfernte sich immer weiter von der letzten Laterne. Die Schwärze wurde tiefer. Sturmböen heulten durch die Nacht, die Entladung des Gewitters rückte heran. Ein plötzlich aufzuckender Blitz beleuchtete die Gestalt am Eingang des Gartens. Weiß vor den dunklen Arkaden, wie ein chinesischer Totengott. Vincent erschauerte.

„Jetzt haben sie einen geschickt, jetzt machen sie Ernst! Die warten nicht, bis ich gestanden habe, die brauchen einen Schuldigen!" Ruhe überkam ihn. War es nicht richtig so? Wäre es nicht das erste Mal, dass er etwas täte, was wirklichen Wert besaß? Sich opfern, für die Verfehlung eines anderen? Er trat aus dem Schatten heraus in die Mitte des Gartens. Sollten sie doch kommen, er wäre bereit.

Wie ein Schlag vom Himmel war der Regen, der so unvermittelt und mit voller Wucht einsetzte.

„Wassertod" murmelte Vincent und blickte zu Boden. „Schlangen, sie schicken Schlangen!"

Das Wasser spielte um seine Füße. Schon hatten sich Rinnsale gebildet, von hineinspritzenden Tropfen in heftige Bewegung versetzt. In den

16

zuckenden Blitzen hätte selbst ein Gesunder sie für umherwischende, glänzende, glatte Reptilien halten können. Vincent tanzte. Der Regen kühlte ihm den erhitzten Geist und so erlebte er seine überreizte Phantasie als Moment außerordentlicher Klarheit. War es nicht endlich richtig? Die Schlangen zu seinen Füßen würden ihn töten, er würde endlich Ruhe finden und alle Kämpfe hätten ein Ende. Sogar an Geld dachte er in diesem Moment: Theo könnte alles zurückerhalten. Vincent, der tote Vincent, ein berühmter Vincent. Man würde sich um seine Bilder reißen, wenn erst alle wüssten, dass er für seine Kunst in den Tod gegangen war. Ob er noch leben dürfte, wenn er die Kunst verraten hätte?

„Herr van Gogh?" Roulin versuchte, sich bemerkbar zu machen. Es zog ihn nicht aus der Trockenheit der gemauerten Bögen in die schlammigen Beete. Sollte er für einen Kranken dem Sturm trotzen, fragte er sich. Bei diesem Irrsinn der gesamten Szenerie: Im Hintergrund heulten die Patienten in ihren Kammern. Bei Gewitter war es immer besonders schlimm: Das Wimmern eines Einzelnen wurde lauter, mischte sich mit den Schreien der Aggressiven und fand sich zusammen mit den Hilferufen der halbwegs Klaren. Ein schauriges Konzert! Aber ein Konzert mit Tänzer unter Wasser, nachts im Garten hatte auch Roulin noch nicht erlebt. Er fing an, sich vor dem Maler zu fürchten. Gewiss, körperlich war er ihm weit überlegen, aber hatte der nicht schon völlig unerwartet seinen besten Freund mit einem Rasiermesser angegriffen? Und was könnte man allein mit einem angespitzten Pinsel schon anrichten? Seine anderen Patienten besaßen keine Waffen, da konnte man im Allgemeinen sicher sein, aber der Künstler? Schwer einzuschätzen der Mann. Jetzt sang er auch noch. Vielleicht kein Gesang, Klagelaute oder wie man das nennen sollte. Roulin rieb sich das Genick. Wenn er hier einfach verschwände? Seine Pflichtauffassung ließ das nicht zu.

„Herr van Gogh!", rief er den Maler in voller Lautstärke an. Keine Reaktion. Sollte er sich ihm nun von vorne oder von hinten nähern? Ihn von hinten gleich fest packen und dann beruhigend auf ihn einreden? Er stapfte durch den Matsch und näherte sich dem Maler dann doch von vorne. „Herr van Gogh!", schrie er ihn regelrecht an, aber genau dieser Schrei wurde von einem gewaltigen, krachenden Donnerschlag übertönt. Vincent warf sich Roulin vor die Füße. Was er stammelte, war nicht zu verstehen aber der Pfleger hob in auf.

„Kommen Sie doch ins Trockene, Sie holen sich den Tod hier draußen", sagte er dabei.

„Den Tod!", wiederholte Vincent. „Ja, den Tod!" Widerstandslos kam er mit.

„Schräger Vogel, dieser Maler", war der Kommentar des Polizeichefs Vidocq, der durch die angelehnte Tür in Dr. Gachets Arbeitszimmer trat. „Der kommt mir allerdings nicht so ganz echt vor", setzte er noch nach. Seine hohe stattliche Gestalt und die tadellos saubere und perfekt gebügelte Uniform des Polizeiobersten ließen keinen Zweifel an seiner Autorität zu. Die lichten Stellen seines Haares machten seine hohe Stirn noch höher, gaben ihm aber einen irgendwie zerfransten Ausdruck. Mit Mütze fühlte er sich wohler. Doch der kleine Raum neben Gachets Büro hatte sich tagsüber aufgeheizt und war in der Gewitterschwüle des Abends kaum zu ertragen. Vidocq wirkte darum leicht derangiert und das flackernde Glitzern in seinen Augen verstärkte diesen Eindruck. Es gab ihm etwas sehr Intensives, machte es schwer, ihn einzuordnen.

Vidocq und Gachet kannten sich schon lange. Immer wieder vertraten sie vor Gericht verschiedene Positionen. In Vidocqs Augen waren Irrenanstalten gänzlich überflüssig, bestenfalls Sonderabteilungen in Zuchthäusern hielt er für vertretbar. Gachet hatte es schwer, sich gegen diesen Mann durchzusetzen, der mit seiner Meinung nicht allein stand. Das machte ihn nervös und er antwortete ziemlich ungeschickt:

„Eigentlich geht es ihm wieder ganz gut. Vor acht Monaten hätten Sie ihn sehen sollen. Da wäre er vermutlich völlig stumm geblieben, vielleicht hätte er versucht, die Tinte hier von meinem Schreibtisch zu trinken."

„So schlimm?", gab Vidocq zurück.

„Meistens ist er völlig klar, der arme Kerl. Er weiß genau, was mit ihm los ist. Aber wenn es mit ihm durchgeht, ist er machtlos dagegen."

„Und den lassen Sie draußen frei herumlaufen?", fragte der Polizeicolonel. „Wer übernimmt denn dafür die Verantwortung?"

„Niemand, Herr Polizeichef", antwortete Gachet mit leicht verkniffenem Gesichtsausdruck. „Wie Sie vielleicht wissen, leben wir in einer Republik. Da kann man nicht einfach so jemanden einsperren. Herr van Gogh ist freiwillig hier."

„Obwohl er manchmal ausrastet?"

„Er hat noch nie jemanden ernsthaft angegriffen und das Gutachten der Klinik in Arles bescheinigt ihm Ungefährlichkeit, solange er mit Bromsalz behandelt wird. Er ist lediglich ein intensiv empfindender Mensch, der an einer leichten Form der Epilepsie zu leiden scheint. Diesem Befund schließe ich mich an. Herr van Gogh kann sogar entlassen werden, sobald er einen Arzt nennt, der ihn weiter betreut. Darum ist er auch seit einiger Zeit ohne Begleitung unterwegs. Zu Beginn seiner Behandlung war das anders, da musste ich ihm immer jemanden mitgeben. Jetzt kann ich es nicht verantworten, eine Zwangsunterbringung anzuordnen, nur weil er einen impulsiver Charakter aufweist."

„So, so", nickte der Polizeichef. „Ungefährlich. Und was sagen Sie zu dem Toten von heute? Kommt Ihr Maler da als Täter in Frage?"

„Das herauszufinden scheint mir Ihre Aufgabe zu sein. Aber soweit ich die Kriminalistik als Laie verstehe, kommt bei Mord jeder Gesunde als Verdächtiger in Frage. Warum sollte ich da einen Kranken ausnehmen?" Vidocq nickte. „Jeder ist verdächtig", murmelte er halblaut vor sich hin. „Hat noch einer Ihrer Insassen regelmäßig Ausgang?", fragte er weiter. „Nein, leider niemand. Alle meine anderen Patienten sind nicht so weit. Es geht ihnen besser, wenn sie hier drinnen sind."

„Diesen Maler dürfen Sie auch nicht mehr rauslassen, bis ich mir ein klares Bild von der Situation verschafft habe. Was hat es mit dem toten Lino auf sich, welche Funktion übte er bei Ihnen aus?"

„Der hat keine Funktion bei uns. Er ist selbstständiger Lebensmittellieferant. Im Winter bringt er auch einen Teil unseres Feuerholzes."

„Selbstständig…" Vor Vidocqs innerem Auge tauchten Bilder aus besseren Zeiten auf. Und jetzt musste er sich sogar hier in der Provinz mit Mordfällen herumschlagen.

Bestechung ist ein öffentliches Verbrechen, da einer Magistrats-Person oder Bedienten etwas gegeben wird, damit der Bestochene sein Amt thun oder es auch unterlassen möge, wird an dem Bestochenen willkührlich, auch wohl mit dem Tode bestraft tot tir.?&Cod. Ad L. Lul. Sup. Es durften die Römischen Magistratus überhaupt keine Geschencke annehmen, ausgenommen geringe, so in Speis und Tranck, so in nechsten Tagen sich verzehren lassen, bestehen, und des Jahres über 100 Sol. Sich nicht belauffen.
Zedlers Universallexicon, 1750

Der Pförtner von Saint Paul de Mausole kannte das Unglück. Seine Frau war verstorben und er musste seine fünf Kinder allein durchbringen. Sein alter Vater war ihm dabei mehr im Weg als eine Hilfe, essen musste aber auch er. Picard in seiner schäbigen Uniform mit seinem ungleichmäßig gestutzten Bart war keine repräsentative Erscheinung. Klein und mager mit dicht beieinander stehenden Augen und fleckiger Haut schien er eher dafür geschaffen, Besucher von der Anstalt fernzuhalten, als sie zu begrüßen. Aber wer kam schon freiwillig nach Saint Paul?

Ob in dieser Woche alles besser werden sollte? Vorgestern fing es an: 100 Francs hatte er erhalten um auszusagen, dass außer dem seltsamen Maler in den späten Nachmittagsstunden niemand mehr nach Saint Rémy gekommen sei. Und ihm war noch mehr versprochen worden. Er dachte, damit sei seine Misere vorbei, doch die Freude währte nur kurz. Als er vom Tod Linos erfuhr, den er nicht nur kannte, sondern mit dem er sogar befreundet war, begann es in ihm zu arbeiten. Der Galgen wechselte sich vor seinem inneren Auge mit der Guillotine ab. Was drohte jemandem, der einen Mörder deckte? Ein Pförtner musste Genehmigungen und Lieferscheine lesen können, darum saß nicht der Dümmste hier in dieser kleinen Stube. Die eine oder andere gebrauchte Zeitung hatte er schon durchgeblättert, ihren Inhalt auch verstanden. Das Wort „Mittäterschaft" war ihm also geläufig. Und selbst wenn er kein Unschuldslamm war und seine privilegierte Aufsichtsposition durchaus auszunutzen verstand, so hieß das nicht, dass er über keinerlei Moral verfügte. Und bei Mord ging es wirklich nicht nur um Moral. Eigentlich war er jetzt schon viel zu tief darin verfangen. Ob er seine Aussage jetzt noch würde ändern können, mit der einfachen Begründung, er habe jemanden vergessen? Oder drohte ihm dann schon eine genaue Untersuchung. Wenn er sagte, er habe die 100 Franc genommen und erst später habe sich sein Gewissen gemeldet, war er dann als Pförtner einer so großen Anlage wie Saint Paul noch tragbar? Und wenn er angeblich nur zum Schein auf die Bestechung eingegangen wäre? Es tat weh, das Wort „Bestechung" zu denken. Aber Mord und 100 Francs waren kein Kavaliersdelikt. Jedenfalls würde es schwierig, zu erklären, warum er einen ganzen Tag gewartet habe, um die Falschaussage zu revidieren. Also war er selbst jetzt auch erpressbar. Ob sein neuer Geldgeber das wohl wusste? Trotzdem wären 100 Francs einfach nicht genug Geld, um einen Mord zu decken. Und Sarah, die Frau des Opfers? Könnte er ihr je wieder in die Augen sehen? Doch wenn er an seine Kinder dachte... seit langem hatte es bei ihm zu Hause wieder Fleisch gegeben und nicht das allerschlechteste und nicht all zu wenig. Picard war ein vorsichtiger Mensch, er wusste, dass er nicht plötzlich mit dem Geld um sich werfen durfte. Darum bat er gestern den Apotheker noch um Stundung der halben Summe für die Medikamente, die dieser ihm, wenn auch widerwillig, dann doch gewährte. Jedenfalls hatte es ihm gut getan, seinen Kindern endlich die dringend benötigte Salbe gegen den eitrigen Hautausschlag mitzubringen. Und heute würde er die Kräuterhexe des Dorfes besuchen, um etwas Linderungsmittel für den Husten des Vaters zu besorgen.

Wie also vorgehen bei dem Treffen im Klostergarten, nach Ende seines Dienstes? Natürlich, erst einmal abwarten und zuhören. Was würde man ihm anbieten? Wenn man ihm etwas anbieten würde. Wenn aus den 100 Francs 1000 würden, dann, ja dann, dann könnte er vielleicht sogar einen Mord vergessen. Sarah? Müsste die nicht jetzt getröstet werden? Gleich schämte er sich für diesen Gedanken und doch – satt war er das Alleinsein schon lange und für einen armen Mann gab es in einem kleinen Städtchen nicht allzu viele Gelegenheiten. 1000 Francs — er begann zu träumen. Was sich damit alles anstellen ließe. Es stand doch immer etwas von Lotterien in den Zeitungen – wenn man behauptet, man habe dort etwas gewonnen; wird das überprüft? Ja, Geld bedeutet Verantwortung, das spürte er schon jetzt.

Und wenn eine Geschichte käme? „Ich war es nicht, alles nur ein Missverständnis, die 100 Francs sind nur, weil ich nicht in Verdacht geraten möchte — all diese Umstände, wo ich doch noch Pläne habe, Sie verstehen schon?"

„Könnte ich dann trotzdem 1000 Francs fordern?", fragte sich Picard. „Dreist, direkt und unverschämt. Mehr als ablehnen kann er nicht. Mord und Mordverdacht — ist doch beides nicht ohne." Sein karges Mittagsmahl schmeckt ihm nicht. Trotz allen Elends war sein Leben bislang eher gemächlich verlaufen, Nervosität, die in den Magen schneidet, kannte er nicht. Angst, natürlich, die kannte er genug, jedenfalls die Angst am Krankenbett. Aber das hier? Er verschloss den Deckel seines Blechnapfs, er konnte einfach nichts essen. Trotzdem verrann die Zeit irgendwie und das Ende seines Dienstes kam näher. Wohl zum zehnten Mal in dieser letzten Stunde überprüfte er, ob die Lade seines kleinen Tisches mit dem Kontrollbuch und dem Stempel verschlossen war. Dann war es soweit: Er konnte seinen Arbeitsplatz verlassen. Zuerst wollte er die Latrine aufsuchen, damit jeder, der ihn zufällig beobachten würde, eine Erklärung hätte, warum er das Innere von Saint Rémy aufsuchte und nicht gleich nach Hause ging. War er dann erst innerhalb der Anstalt, würde seine Richtung nicht so sehr auffallen. Eine halbwegs glaubhafte Geschichte hatte er sich auch noch zurecht gelegt, was er denn im ehemaligen Klostergarten zu suchen hätte. Er wolle den Gärtner nach der Heilkraft bestimmter Kräuter fragen, die auch zu Hause bei ihm in seinem kleinen Garten wüchsen, würde er sagen, sollte er tatsächlich Rechenschaft geben müssen. Abgesehen von Tobsuchtsanfällen der Insassen ging es ruhig zu in Saint Rémy, aber jetzt, wo es einen Toten gab, war vielleicht alles anders.

Der Klostergarten war leer. Sie wollten sich an der Hinterseite treffen, wie zufällig einander über den Weg laufen, aber so weit hinten? Hatte er etwas falsch verstanden? An den Himbeeren war doch kaum vorbei zu kommen und wäre das nicht sogar besonders auffällig, wenn man dabei gesehen wurde? Picard wollte nicht allzu lange durch den Garten schlendern, das wäre ebenfalls nicht gerade unauffällig. Er strich an den Himbeeren entlang und versuchte, durch das dichte Gestrüpp hindurch zu spähen. Niemand zu sehen. Er näherte sich allmählich der Kräuterspirale, wenn er die einmal erreicht hätte, könnte er nur noch wieder zum Ausgang gehen, ab dann gäbe es keine Erklärung mehr für sein Verweilen hier.

Picard war enttäuscht. Aber hatte er wirklich geglaubt, das große Glück würde endlich in sein Leben eintreten? Aufgeben wollte er diesen Traum jetzt nicht so schnell. Doch es wurde Zeit, den Garten zu verlassen, das stand fest. Müsste er jetzt noch lautstark nach dem Gärtner rufen? Er könnte sagen, er habe sich überlegt, es am nächsten Tag noch mal versuchen zu wollen, das dürfte kein Problem sein. Er trottete also zum Ausgang, schloss ausnahmsweise von innen auf und machte sich auf den Heimweg.

Der schmale Weg war beidseitig mit Büschen bewachsen. Stellenweise leicht und offen, manchmal dicht und dunkel. Im Winter, wenn die Tage schnell verblassten, war eine gute Laterne von großem Nutzen. Heute war es noch hell, die Abendsonne schien warm und die finstere Jahreszeit schien sehr weit weg. Er dachte an Sarah. Ihren gerade gewachsenen Körper, ihre vollen Formen, das anmutige Gesicht — ob er in ihrer Achtung steigen würde, falls er einen Beitrag zur Aufklärung des Mordes an ihrem Mann leisten könnte. Und ob ihn das in seinem Begehren weiterbrächte? Ob die Kräuterhexe auch da…? Und ob er nicht erst noch mehr Geld aus dem Verdächtigen ziehen könnte um dann doch noch irgendwo heimlich irgendeinen Wink zu geben? Das wiederum würde Sarah dann nicht erfahren dürfen. Zu dumm; er besaß einfach keine Erfahrung in solchen Dingen. Immerhin, die 100 Francs steckten noch fast vollständig in seiner Tasche und es gab Hoffnung auf mehr. Sollte das nicht als Perspektive für einen schönen Abend ausreichen?

„Psst, Picard!"

Das kam aus dem Seitenpfad, der hier abzweigte.

„Picard!", klang es drängend, „kommen Sie vom Weg runter, ich bin hier!" Reflexartig machte Picard einen Schritt in den engen Pfad hinein, blieb dann doch stehen.

„Wer da?", war alles was ihm einfiel.

„Ich bin's, nun machen Sie schon, kommen Sie, wir müssen hier reden, noch hat uns keiner gesehen." Unschlüssig trat Picard einen weiteren kleinen Schritt in den Hohlweg und da traf ihn auch schon der kaum hörbare Schuss. Seine rechte Schulter wurde nach hinten gerissen und er stürzte zu Boden. Eilige Schritte entfernten sich; kleine Steine kollerten den Abhang hinunter.

Picard wurde es schwarz vor Augen.

Als er erwachte, war es fast Nacht. Die ersten Sterne flimmerten schon am Himmel und spendeten schwaches Licht. Ein fahler Schein wurde von den Felstrümmern in der Landschaft zurückgeworfen. Der Wind rauschte in den trockenen Blättern der Büsche am Wegesrand und zerfetzte die blassen Wolken in großer Höhe. Picard stöhnte. Weil gestern so plötzlich eine Andeutung von Reichtum über ihn hereingebrochen war, hatte er sich heute ein ausgesprochen opulentes Frühstück gegönnt. Sein Magen war schwere Kost zu solchen Zeiten nicht mehr gewöhnt und quittierte diese Belastung mit drückendem Stechen seit der Mittagszeit. Deshalb und wegen seiner Nervosität war das Abendessen ausgefallen und Picard schon etwas taumelig auf den Beinen, bevor die leichte Pistolenkugel den stabilen Schulterriemen seiner Ledertasche traf. Er versuchte, sich aufzurichten. Es ging. Mühsam zwar, aber er kam irgendwie in die Höhe. Ächzend machte er die ersten Schritte. Wohin sollte er jetzt gehen? Zurück zur Heilanstalt? Das wäre der kürzere Weg gewesen. Aber dann Erklärungen abgeben? Es rauschte in seinem Kopf, aber er war sich der Tatsache bewusst, dass er gestern bei der Vernehmung eine Falschaussage machte. Was würde alles neu aufgerollt werden, wenn er plötzlich nachts, kurz nach einem Mord, mit einer Schussverletzung an der alten Klostermauer auftauchte und Lärm machte, um eingelassen zu werden? Seine kleine Wachzelle war so spät am Abend nicht mehr besetzt. Zwar besaß er einen Schlüssel für die Tür, aber es würde schon von innen der Riegel vorgelegt sein. Wie spät war es überhaupt? Und wie stand es um seine Schulter? Er konnte seinen rechten Arm tatsächlich bewegen.

„Ich geh' nach Hause", murmelte er vor sich hin. Seine Kinder würden ihn vermissen, wenn sie es auch gewohnt waren, dass er oft erst spät zurückkehrte. Jetzt müsste er sich wirklich erst einmal darüber klar werden, wie er weiter vorgehen wollte.

„Kann ich überhaupt ‚irgendwie vorgehen' oder sollte ich mich besser ganz ruhig verhalten?", fragte er sich. Doch der Schuss war bestimmt nicht nur als Warnung gedacht gewesen, dafür war der Treffer auf dem Riemen zu exakt. So exakt, dass es eigentlich nur ein glücklicher Zufall gewesen sein konnte, der ihn rettete. Allmählich fand Picard seinen gewohnten Schritt und er trottete in dem Zwielicht halbwegs flott den Abhang hinunter. Im Dorf brannte kaum noch eine Lampe. Nur bei der Heilerin war es noch hell.

„Die Alte soll doch schweigen können", dachte Picard. „Und meine Schulter muss sie sich ansehen. Ob ich da noch vorbeigehe? Medizin einkaufen wollte ich sowieso." Er lenkte seine Schritte also zu der etwas abseits gelegenen Wohnung der heilkundigen Frau.

Aus dem Inneren der Hütte klang Gesang, beschwörende langgezogene Töne.

„Verdammt, da ist noch jemand", fluchte Picard vor sich hin. „Aber egal, ich kann ja mit der Hustenmedizin anfangen, mal sehen, was da drinnen los ist." Er klopfte an die wackelige Tür. Erst nach dem zweiten Klopfen wurde geöffnet. Claire war späte Besucher gewöhnt und Picard musste sich nicht lange erklären.

„Ich habe noch Licht bei Ihnen gesehen und dachte, ich dürfte noch stören." Am Boden des großen und einzigen Raumes der Hütte lag ein schwarzer Hund. Es war schwer zu sagen, ob er auf einem Teppich oder den Resten eines solchen lag, viel Eindruck machte der fadenscheinige Bodenbelag jedenfalls nicht. Der ganze Raum war nicht unbedingt einer Heilerin würdig. Es war ein Durcheinander von Wäsche, Lebensmitteln, Haus- und Kochwerkzeug, Gebrauchsgegenständen und Absonderlichkeiten. Auch der Hund wirkte müde, alt und krank.

„Ich habe noch versucht, Karel etwas aufzumuntern, aber ich fürchte, es geht bald zu Ende mit ihm", antwortete Claire. „Was kann ich denn für Sie tun?", fragte sie.

„Wenn Sie sich vielleicht meine Schulter ansehen könnten? Ich habe mich verletzt." Auf ihr zustimmendes Nicken hin, begann Picard sich seines Hemdes zu entledigen. Claire hatte schon viel gesehen in ihrem Leben und so schnell brachte sie nichts mehr aus der Ruhe. Sie musste einmal eine sehr schöne Frau gewesen sein und vielleicht war sie es immer noch. Sie wirkte, als ob sie absichtlich von sich ablenken wollte, so unvorteilhaft war sie gekleidet und frisiert, wenn man die ungewaschenen Haare überhaupt Frisur nennen durfte. Was sie nicht verbergen konnte, war das Strahlen in ihren Augen, wenn diese Augen auch aus einem allmählich verlebt wirkenden Gesicht hervorglänzten.

„Da hat es Sie aber übel erwischt, wie haben Sie das denn geschafft?", fragte sie Picard. Dessen Schulter war mittlerweile großflächig blau verfärbt, mit einer kräftigen dunkelroten Schwellung in der Mitte der Fläche. Diese rote Stelle war länglich, weil der kräftige Taschenriemen den Druck der Kugel verteilt hatte. Durch das Blau zogen sich noch grünliche Streifen.

„Ich bin gestürzt", war die phantasielose Antwort Picards, dem es allerdings ziemlich egal war, ob Claire ihm glaubte. Sie würde nichts über ihn und seine Verletzung erzählen, da war er sicher.

„So, so, gestürzt", war auch ihr einziger Kommentar. Sie betastete die Stelle eine Zeit lang, ohne auf Picards Stöhnen zu achten. „Der Knochen scheint heile geblieben zu sein, Sie haben noch Glück gehabt. Haben Sie auch Geld?"

„Ein paar Francs werde ich entbehren können, wenn es sein muss, welche Behandlung empfehlen Sie denn?"

„Nur eine Salbe, mit der ich Ihre Schulter heute noch einreiben werde, für einen Franc. Morgen muss ich mir die Stelle noch einmal ansehen und dann entscheiden, wie es weitergeht. Sollte der Knochen doch verletzt sein, kann es schwierig werden."

„Fangen Sie an, so langsam tut die Sache höllisch weh. Einen Franc gebe ich Ihnen gerne und werde auch morgen wiederkommen, wenn nicht alles über Nacht abklingt."

„So schnell wird das nicht gehen, Sie können froh sein, wenn es morgen nicht schlimmer ist." Claire rieb Picard die Salbe auf die Schwellung und der zog sich dann rasch wieder an.

„Eine gute Nacht wünsche ich Ihnen und auch das Beste für Ihren Hund. Vielen Dank."

„Auch Ihnen eine gute Nacht und gute Besserung. Hoffentlich können Sie schlafen." Claire sah Picard direkt in die Augen. Dem fiel ein, dass er noch Medizin für seine Kinder einkaufen wollte, aber irgendwie schien ihm das jetzt nicht mehr passend. Wie Claire eben neben ihm gestanden hatte und seine Schulter abtastete und einrieb — das war erstaunlich wenig unangenehm gewesen, eigentlich ganz schön, irgendwie musste er an das Wort „Heimat" denken. Wie konnte es möglich sein, dass er Claire bislang bloß als die „alte Kräuterhexe" angesehen hatte?

„Bis Morgen", brachte er nur heraus und verschwand. Er war verwirrt. Erst ein Toter, dann Bestechung, ein Angriff und zum Schluss dieser intensive Blick einer faszinierenden Frau. So etwas war der Pförtner nicht gewohnt. Bislang war es ein Höhepunkt für ihn gewesen, wenn der Gesundheitsrat des Departements der Klinik einen Besuch abstattete und er den Vierspänner vom Eingang bis zum Hauptgebäude begleiten durfte.

Bei Picard zu Hause war alles dunkel, wie er es erwartet hatte. Er entzündete die Gaslaterne und setzte sich in die Küche. Die Kraft, die Läden zu schließen, brachte er nicht mehr auf. Darum hatte sein Mörder leichtes Spiel. Die erste Kugel traf Picard in den Rücken. Ein Arm stieß dann durch die zerschossene Scheibe und aus nächster Nähe traf eine zweite Kugel seinen Kopf. Dann schnelles Getrappel von flüchtenden Füßen, aber das hörte Picard nicht mehr.

Besessene (Energumenen, daemoniaci, obsessi) sind Kranke, deren leibliche und seelische Thätigkeiten in höherem oder geringerem Grade im Dienste eines ihnen fremden dämonischen Willens stehen und wirken... Die B.heit hat von der Umsessenheit an viele Stufen bis zur eigentlichen B., welche sich durch die gewaltsamsten Störungen der körperlichen Functionen, in geistiger Beziehung aber manchmal durch plötzliche Kenntniß fremder Sprachen und Wissenschaften, Eindringen in die Gedankenwelt Anderer und ähnliche Erscheinungen offenbart.
Herders Conversations-Lexikon, 1854

Die Kutsche rasselte über das grobe Pflaster der Landstraße. Der Kopf des müden Astronomen schlug immer wieder gegen die gepolsterte Innenwand des Coupés. Die Beobachtungen der vergangenen Nächte forderten ihren Preis. Schwarz reckten sich die Felsen in den dunklen Himmel. Was tagsüber einen hellen dunstigen Horizont bildete, der die blühenden Wiesen mit den anmutig eingebundenen Baumgruppen einrahmte, schien jetzt wie ein lauerndes Tier über das Land zu schleichen. Mit jeder vergehenden Minute wurden die Schatten tiefer und immer mehr Details verschwanden aus der idyllischen Landschaft. Was blieb, war Dunkelheit. Die Nacht würde mondlos sein und nur das Funkeln der Sterne ein mattes Licht in die Welt gießen.

Der Mars lockte Flammarion. Wie lange schon versuchte er, diesem schrecklichen Planeten sein Geheimnis zu entreißen? Die Kanäle! Wer hatte sie geschaffen? Er verfluchte die Mattigkeit der Linsen seines Fernrohrs. Wie Pergament, vor die Fenster eines Raumes mit Aussicht auf 1000 Wunder gespannt. Diese Beschränktheit! Er ahnte die Seele

26

des Universums, glaubte sie zu spüren, dicht schwebte sie vor ihm und doch war alles nur wie wabernder Nebel über trügerischem Sumpf.

Die Stadt lag weit hinter ihm, hier in der Freiheit und Reinheit des Landes wollte er den Kontakt zur Sternenwelt herstellen. Am hellen Tage hatte er eine hoch gelegene, weit vorspringende Klippe gefunden, die ihm für seine Zwecke geeignet erschien. Die seelische Verbindung zu dem Planeten ist wichtiger als die optische, hergestellt durch eine sowieso unzureichende Leistung des Teleskops. Das war jedenfalls die Idee des Versuchs, den Flammarion wagen wollte.

Die letzten heimeligen Lichter der geduckten Bauernkaten verschwanden. Die Weite des Landes wurde abgeschnürt von dem höher und höher wachsenden Gebirge. Das Schnauben der Pferde mischte sich mit dem Klang der ächzenden Achsen und der rollenden Räder. Nachvögel schrien, doch nur geisterhaft drangen ihre Stimmen durch den Lärm der Kutsche.

„Hoh", klang es vom Kutschbock und das schaukelnde Gefährt verlangsamte sein Tempo. „Hoh", kam es erneut von vorne und das Coupé stand still. Die Pferde strahlten Unruhe aus. Solange der Kutscher sie in der Dunkelheit nach vorne trieb, waren sie unempfänglich für die Stimmung der Nacht. Jetzt stampften sie ungeduldig mit den Hufen, schlugen mit ihren Schweifen.

„Und Sie wollen wirklich hier aussteigen?", wandte sich der Kutscher nach hinten. Flammarion gab nur ein bestätigendes Zeichen mit der Hand. Sieben Finger hielt er in die Höhe. Es war verabredet, dass sein Fahrer ihn am nächsten Morgen zur siebten Stunde hier wieder abholen sollte. Flammarion wollte nicht mehr reden. Er hatte schon während der Fahrt versucht, seinen Geist für die Wunder der Welt zu öffnen und wollte sich jetzt bestimmt nicht von einem Droschkenkutscher umstimmen lassen. Darum verschwand er ohne weitere Gesten und Verabredungen im Wald. Es war alles besprochen und sollte der Fahrer ihn morgen doch sitzen lassen, könnte er immer noch mit einem gehörigen Fußmarsch der Einsamkeit entkommen. Jetzt dachte er nur noch an seinen Plan.

Nur für den Notfall war er mit Kerzen und einer kleinen Laterne ausgerüstet, er wollte sich ganz dem Licht und der Energie des Kosmos' hingeben. Schwarz schimmerte das Gebüsch zwischen den dunkelgrauen Stämmen der Bäume. Der Wald besaß körperlich wahrnehmbare Tiefe. Der Weg wand sich durch das schlafende Pflanzenreich, gelegentlich streifte ein hängender Zweig das Gesicht des Astronomen. Die Tierwelt schlief nicht.

Flammarion tastete nach dem Umschlag mit dem Holzschnitt. Hier war seine mentale Energie gespeichert. Der „Wanderer zwischen den Welten" symbolisierte überdeutlich sein Streben nach Erkenntnis.

Wanderer am Weltenrand
Werk eines unbekannten Künstlers.
Erstmals erschienen 1888 als Illustration in
Die Atmosphäre. Populäre Meteorologie von Camille Flammarion

Spiritistische Sceancen hatten ihm nichts gebracht. All die aufgebrachten Hysteriker, die er im Rahmen dieser Veranstaltungen kennen lernte, hinderten ihn an echter Meditation. Aber ihre Techniken verachtete er nicht. Mit einer Kerzenflamme hatte alles angefangen. Wenn er sich ganz diesem Strom erhitzter Gase überließ, seine Augen nichts mehr außer dem feurigen Leuchten wahrnahmen, es still wurde in seinem Kopf, dann ahnte er…? Das war ihm nicht klar, genau das wollte er hier herausfinden. „Was sehe ich hinter der Flamme?", fragte er sich immer wieder. Er spürte eine Existenz, die er wahrnehmen wollte, aber nicht begreifen konnte. Atemübungen halfen ihm, führten aber zu keinem greifbaren Ergebnis. Wenn er sich auf seinen Atem konzentrierte, ihn als Energiestrom wahrnahm, färbte die Energie sich ein, floss als blaues Licht durch seinen Körper. Sie füllte seine Lunge, verteilte sich im Rumpf, drang durch die Schultern in die Arme, strömte durch die Fingerspitzen nach außen. Wie einen Ball konnte er die Energie in den

Händen halten, magnetische Anziehung und Abstoßung spüren und doch blieb alles nur Phänomen. Kein Hinweis auf die kosmische Quelle dieses Lichtes.

Hier in der Abgeschiedenheit des Südens sollte das anders werden. Schon die lange Anreise diente dazu, Paris mit seiner lauten Hektik und dem lichtverschmutzten Himmel zu vergessen. In der Reinheit der Provence wollte er sich „seinem Planeten" dem Mars endlich nähern. Dafür war er hier.

„Habe ich mich übernommen?" Er war Naturwissenschaftler, sollte es ihm da nicht möglich sein, seine Angst durch Erklärung ihrer Wurzeln zu bekämpfen? Den Schrei der Nachteule zu überhören? Das Heulen der Wölfe zu ignorieren? Im Sommer drohe dem Menschen keine Gefahr, hatte man ihm versichert, die Tiere seien nicht hungrig genug. Konnte er sich darauf verlassen?

„Still! Da lief etwas!" Aufgescheuchtes Getrappel. Kam es ihm näher? Entfernte es sich? Sein Herz pochte bis zum Hals und erschwerte ihm das Hören. Flattern, heftiges Flügelschlagen, ein durchdringender lauter Schrei – Stille.

„Da hat nur ein Raubvogel seine Beute geschlagen, ein Kaninchen vielleicht", dachte er bei sich und sein Puls raste. „Eine Katze eine Taube ermordet oder was sonst" und sein Puls raste immer noch.

Der Wald wurde immer dichter, das Licht der Sterne reichte nicht bis zu seinem Grund herab. Flammarion kannte den Weg, tagsüber hatte er ihn sich eingeprägt, doch nicht damit gerechnet, dass die Wände dieser hölzernen Schlucht den letzten Rest von Helligkeit so vollständig verschlucken würden. Ein einziger Stern schimmerte noch vom Himmel herab. Wenn er in seine Richtung ginge, müsste er doch von allein dem Verlauf des Weges folgen, rechnete er sich mit kühlem Verstand aus. Und wagte die nächsten Schritte. Kies knirschte unter seinen Sohlen.

„Wenn ich mir hier ein Bein breche, ist es aus", dachte er. Bilder von ihm selbst, im Morast liegend und geschwächt mit ausgehungerten Ratten kämpfend, wollte er nicht sehen. Und konnte sie nicht vertreiben. In seinem Pariser Observatorium sah das Unternehmen noch anders aus. Ganz allein müsse er sein, um sich dem Mars wirklich öffnen zu können, zwei Seelen, die sich ungestört begegnen. Ob der Kutscher etwas unternehmen würde, wäre er, Flammarion, am nächsten Morgen nicht zur Stelle? Warten bestimmt, um den verabredeten Lohn einzustreichen, aber dann? Wenn er wirklich nicht käme? Ein zweiter Stern funkelte auf, da, ein dritter. Der Weg wurde weiter, es schimmerte mehr Licht. Der Astronom blieb stehen, für einen kurzen Moment der Orientierung.

Die Gegend hatte er sich genau eingeprägt, es müsste möglich sein, die Klippe zu finden.

Und dort war sie; steil ragte sie in den Himmel. Der Wald öffnete sich zu einer schmalen Wiese hin. An ihrem Ende brach der Boden plötzlich weg; ein gähnender Abhang lag vor der Tiefe, dahinter fast endlose Weite. Flammarion konnte eine Hochebene überblicken, deren Ausdehnung er am Tage mit mindestens zwanzig Meilen geschätzt hatte. Darüber wölbte sich ein makellos reiner Sternenhimmel. Fixsterne, Planeten und die schwachen Flecken der Galaxien durchbrachen das tiefe Schwarz. Der kühne Felsvorsprung über dem steilen Hang war das Ziel des Astronomen. Dreimal war Flammarion in der Helligkeit des Tages hinauf- und heruntergeklettert; er glaubte, diese Übung nun auch im Halbdunkel der Sternennacht vollbringen zu können. Er war froh, dass er nicht sehen konnte, wie steil und tief es unter ihm herunterging, der Schwindel beim Gedanken an den möglichen Sturz lähmte ihn schon fast. Sein Wille war aber so groß und unbedingt, er kannte kein Halten. Seine Füße fanden etwas wie Stufen im Fels, seine Hände Aussparungen in der Wand und so gelangte er auf sein fantastisches Plateau. Weit weg und tief unter ihm glommen die letzten kleinen Lichter in den Dörfern. Doch die meisten der Menschen vom Land schliefen schon und hatten ihre Lampen gelöscht. Die Lichter in der samtenen Schwärze des Himmels brannten. Cassiopeia, hoch über ihm, markierte den Zenit, die Lichtkaskade des Perseus leitete den Blick zu ihr hinauf. Unerreichbar fern und doch in seltener Klarheit und Helle schimmerte der Andromedanebel vom Firmament herunter und in fast exakt östlicher Richtung leuchtete der rote Mars. Flammarion wurde ruhig. Jedenfalls versuchte er es. Diese Nacht sollte die Entscheidung bringen.

„Kann der Mensch sich dem Himmel nähern?" Teleskope hatten die Monde der Planeten gezeigt, Sterne waren Punkte geblieben. „Wie ihnen ihr Geheimnis entreißen?" Dafür war er hier. Er wollte sich auf den Planeten Mars konzentrieren, in einer gut vorbereiteten Nacht voller Aufmerksamkeit die Signale dieses Himmelskörpers assimilieren.

„Und wenn nichts kommt?" Das durfte einfach nicht passieren. Würde das nicht bedeuten, dass die unbekannten Naturkräfte für immer unbekannt und unerkannt bleiben wollen?

Flammarion fand allmählich eine bequeme Sitzposition. Er begann damit, die Bewegungen des Nachthimmels zu verfolgen. Zuerst fixierte er einen Stern. Er wollte verfolgen, wie dieser Stern seine Position, relativ zu den darunter liegenden Berggipfeln änderte. So entsteht Gefühl für die scheinbare Bewegung des Himmels, die natürlich nur die Drehung der Erde widerspiegelt.

Dann machte Flammarion sich auf die Suche nach den sogenannten Wandelsternen, den Planeten. Mars war schon da, später würde Jupiter die Szenerie beherrschen. Sein stabiles Leuchten ist die dominante Lichtquelle vieler Nächte. Kaum wahrnehmbar ändern die Planeten ihre Stellung in dem gleichmäßig rotierenden Muster der Fixsterne.

„Mars!" Flammarion versuchte, nichts mehr zu denken, außer diesem Wort. Wenn er „Mars" dachte, tauchten Bilder in seinem Kopf auf. Hohe schlanke Lichtgestalten gruben mit Gedankenkraft tiefe Kanäle in den Boden. In ihren phantastischen Häusern feierten sie rauschende Feste, in ihren exotischen Gärten gaben sie sich den ausgefeiltesten Genüssen hin.

Flammarion schloss die Augen. Er wusste, das waren nicht seine Bilder. Zu lange und zu oft hatte er den Spiritisten zugehört und nun hinderten die Visionen ihrer Autosuggestion seinen klaren Geist daran, eigene, echte Bilder zu empfangen. Er dachte an die Kerzenflamme, die ihn nach langen Abenden im Observatorium oft beruhigte. Ihr gleichmäßiges Leuchten besänftige ihn auch jetzt. Er öffnete seine Augen wieder und schaute auf den Mars. Rot stand er tief am Himmel und blieb stumm. Flammarion versuchte, seine Augen auf einen Punkt im Nichts zu richten, am Mars vorbei zu sehen und ihn trotzdem wahrzunehmen. Ein helles Blitzen lenkte ihn ab: eine Sternschnuppe. Die „Carte du Ciel" fiel ihm ein, eines der modernsten und ehrgeizigsten Projekte in der Geschichte der Astronomie. Mit Hilfe der Photographie sollte der Nachthimmel vollständig kartographiert werden. So würde es der Nachwelt möglich sein, Veränderungen am Firmament wahrzunehmen, für die ein einzelnes menschliches Leben zu kurz war. Die Wissenschaft würde… Dafür war er doch nicht hier. Der Mars! Immer noch stand er wie unbewegt am Himmel, wenn Flammarion auch um seine Bewegung wusste.

Das rote Licht dieses Planeten schien immer stärker zu werden. Flammarion dachte an nichts mehr. Jedenfalls wurden die Momente immer länger, in denen ihm das gelang. Er meinte, eine geistige Kraft in sich selbst zu spüren, die begann, sich zu verselbstständigen. Da war eine Form von Energie, die sich nicht leugnen ließ. Oder war es nur sein Blut, das in den Ohren rauschte? Flammarion erlebte das Gefühl sich auszudehnen, die Weite des Universums in seinem Innern wahrzunehmen. Aber der Mars? Da war nichts! Immer noch schweigend hing er am Nachthimmel, ohne sich um den Astronomen und Forscher zu kümmern. Flammarion begann wieder, bewusst an die Kanäle zu denken. Auch die Lichtwesen, von denen ihm die Spiritisten erzählten, tauchten wieder auf.

„Unsinn", dachte er. „Das ist nicht echt." Müsste er verzweifeln? Viel zu früh! Er versuchte es erneut, atmete ruhig und gleichmäßig, dachte an nichts.

„Ob es einen Unterschied macht, ob meine Augen offen oder geschlossen sind?", fragte er sich. „Dem Mars wird das egal sein." Wenn er seine Augen aufhielt und den Planeten anstarrte sah er zu viel von der Welt. Der kleine rote Punkt war zu winzig, um Flammarions Bewusstsein alleine zu füllen. Schloss er aber die Augen, kamen die Gedanken. „Unbekannte Naturkräfte", dieses Buch hatte er selbst geschrieben, wie konnte es sein, dass er nun so gar nichts spürte?

Da war Jupiter! Er stand schon ein paar Grad hoch am Himmel; Flammarion hatte sein Auftauchen gar nicht bemerkt. „Seltsam, Jupiter lässt sich doch nicht übersehen", dachte er. Aber auch das brachte ihm den Mars nicht näher. Zwar war seine Aufmerksamkeit für den übrigen Nachthimmel eine Zeit lang getrübt gewesen, aber das ließ sich noch lange nicht als Erkenntnisgewinn in Bezug auf den Mars verbuchen.

„Du gleichst dem Geist, den du begreifst, nicht mir." Wie ein Albdruck stand dieses Faust-Zitat über dem Astronomen. Voller Idealismus war er in Paris aufgebrochen und nun kam allmählich die Ernüchterung. Wie viele suchende Geister vor ihm hatten schon versucht, die Wunder der Schöpfung zu verstehen; dem Leben sein Geheimnis zu entreißen? Und jetzt wollte er in einer lauen Sommernacht das Rätsel des Universums lösen!

Es war allmählich auch gar nicht mehr warm. Eine feuchte Kälte stieg vom Boden auf und kroch in seine Kleidung. Es musste ungefähr vier Uhr morgens sein. Ganz fern im Osten war die früheste Andeutung einer blassen Helligkeit zu sehen, im Westen war die Nacht am tiefsten. Flammarion fing an, auf seinem Platz hin und her zu rutschen. War es ihm sogar recht, dass er schon an den Sonnenaufgang denken durfte? Seine Niederlage konnte er sich nicht eingestehen, die Worte „Vorbereitung" und „Übung" trösteten ihn. Er wusste jetzt, wie schwer es werden würde, über die Grenzen der klassischen Naturwissenschaft hinauszugehen, aber für Flammarion war das kein Grund zum Aufgeben.

Er vertrieb sich noch ein wenig die Zeit mit Beobachtungen der Sternbilder und fing an, sich über die mögliche Messung von geistigen Kräften Gedanken zu machen. Eigentlich wartete er nur noch auf den richtigen Zeitpunkt, den Rückweg anzutreten.

Der Kutscher Richard kam nicht allein.

Als er zu Beginn der Nacht von der Fahrt mit seinem seltsamen Gast zurück ins Dorf kam, war er noch nicht müde genug, um gleich sein Lager aufzusuchen. Er wusste von dem Rest Wein, der in der Poststation auf ihn wartete und begab sich zu der Tonflasche.

Das Postgebäude zeigte mit seiner schmalen Seite zum Hof, hinter der zweiflügeligen Holztür lag die große Diele. Die schmalen Fenster unter der Dachtraufe spendeten schon tagsüber fast kein Licht, jetzt, in der Nacht, brachte Richards kleine Laterne kaum Helligkeit in den großen dunklen Raum. Doch er besaß genug Übung im Versorgen der Pferde und hielt sich damit nicht allzu lange auf.

Gleich hinter dem Stall befand sich seine Kammer. Die Wände waren vor langer Zeit weiß gekalkt worden, allmählich nahmen sie das Grauschwarz des rußigen Ofens und vieler gerauchter Pfeifen an. Der Boden zeigte ein einfaches Muster aus Steinen. Ob es sich um gebrannte Ziegel oder behauene Felsstücke handelte, wäre bestenfalls nach einer gründlichen Reinigung noch zu erkennen gewesen.

Die Familie des Postmeisters schien zu schlafen. Richard liebte diese Stunden. Wie sein eigener Herr konnte er sich dann in dem großen Gebäude bewegen, niemand sah im auf die Finger oder dachte sich neue Aufgaben für ihn aus. Im Winter kochte er gerne alleine in der Küche Kräutertee. So hatte er einen Grund, sich in diesem, für seine Begriffe, reichhaltig ausgestatteten Raum aufzuhalten und davon zu träumen, mit seiner Familie am eigenen Herd zu sitzen.

Den ersten Schuss nahm er noch nicht wirklich wahr, das Klirren der Scheibe schreckte ihn auf und der zweite Knall trieb ihn schon vors Haus. So war er einer der ersten, die nach dem Anschlag auf der Straße standen. Andere Türen wurden geöffnet, allmählich flammte hinter allen Fenstern Licht auf. Nur bei Picard blieb es dunkel. Sein nächster Nachbar, George, machte auch schon auf sich aufmerksam.

„Hier stimmt was nicht, alles voller Scherben!", rief er und schwenkte seine Laterne dabei. Offensichtlich hatte er es nicht eilig, allein und als erster das Grundstück zu betreten. Die kleine Schar der Dörfler, einige im Nachtgewand, andere in eilig übergeworfenen Mänteln versammelte sich vor Picards Haus. Der grobknochige André übernahm die Führung und schritt durch die offen stehende Gartenpforte. Nach einem weiteren Schritt drehte er sich um und schaute seine Nachbarn auffordernd an. Die meisten kamen zögernd näher, einige hielten sich sehr weit im Hintergrund. Zurück ins eigene Haus ging keiner. André gelangte an das zerstörte Fenster, blickte hinein, hob seine Lampe durch die zersplitterte Scheibe.

„Mein Gott, Picard!", entfuhr es ihm. „Die Kinder!" Ohne weitere Verzögerung eilte er zur Haustür, rappelte vergeblich an der Klinke, trommelte gegen die Türfüllung. „Macht auf, wir sind's! Ich bin's, André! Alain, mach auf, was ist los?" Andere griffen bereits durch die Scheibe, um das Fenster zu öffnen, als es an der Haustür rumorte. Der alte Jean stand im Türrahmen und blickte verwirrt auf die versammelten Nachbarn.

„Wo sind die Kinder?", schrie André nur und stürmte an Jean vorbei. Er kannte das Haus auch von innen und fand sofort die Schlafkammer. Mit zitternder Hand öffnete er. Da saß Alain auf der unbezogenen Matratze, zwei kleinere Geschwister fest im Arm, dem dritten hielt er die Hand auf den Mund gepresst. Der neunjährige Francois lag unter dem Bett.

Nachdem klar war, welch entsetzliches Verbrechen sich hier, mitten im Dorf, ereignet hatte, sprach jeder mit jedem und der Kutscher Richard erzählte dem Dorfgendarmen Pierre auch von der merkwürdigen Verabredung, die er mit dem Fremden getroffen hatte. Für den wäre es zwar unmöglich gewesen, die Tat zu vollbringen, aber es war doch sehr auffällig, dass im Dorf jemand umgebracht wird, während eigenartige Besucher sich nachts in die Wildnis bringen lassen.

Der Gendarm schickte einen Boten zum Polizeichef nach Saint Rémy und beschloss Richard zu begleiten, um den Verdächtigen aus der Natur zu holen. Ansonsten herrschte nämlich völlige Ratlosigkeit im Dorf bei der Frage, wer es auf Picard abgesehen haben könnte. Ebenso wie bei Lino. Da musste es doch eine Gemeinsamkeit geben und der Fremde hatte bestimmt damit zu tun. Nur müssten da noch Komplizen sein, gefährliche Männer aus dem Ausland vielleicht oder Fremdenlegionäre, unehrenhaft entlassene. Die Vermutungen überschlugen sich, aber die meisten Dörfler waren doch froh, in der Kutsche nicht selbst mitfahren zu müssen.

Flammarion stand am Wegesrand. Seine niedrige Gestalt wirkte in dem weiten Mantel mit dem großen Hut und dem gewaltigen Bart doch wuchtig. Richard stoppte das Gefährt und Pierre stieg gleich aus. Er hatte überlegt, den Fremden durch seine Anwesenheit im Coupé zu überraschen, sich aber doch dagegen entschieden. Jemanden, der die Nacht im Wald verbringt, während in der Umgebung Morde geschehen, sollte man nicht ohne Not aus der Fassung bringen. In Richards Reichweite auf dem Kutschbock befand sich grundsätzlich ein sehr solider Knüppel und Pierre stand nun mit beiden Beinen fest am Boden, alle Riemen an den Waffen seiner Gendarmenausrüstung gelockert. Sollte dieser Waldläufer irgendwie seltsam werden, vielleicht sogar drohen oder zu flüchten versuchen; dann würde man sich schon zu helfen wissen.

Trotzdem waren Pierres Nerven zum Zerreißen gespannt. Wirtshausschlägereien, Lebensmitteldiebstähle, Familienstreitereien zwischen Menschen die er kannte, das war er gewohnt. Aber Verdächtige nachts aus dem Wald holen? Vielleicht sogar einen Mörder? Das war nicht seine Welt. Doch der Lohn eines Dorfgendarmen ist gering und jede Chance angenehm aufzufallen musste genutzt werden. Außerdem hatte er jetzt schon die schneidende Stimme des Polizeiobersten im Ohr: „Was haben Sie bislang unternommen, um das Verbrechen aufzuklären?" Natürlich war er für die Lösung eines Mordfalls nicht zuständig, aber es machte sich bestimmt gut, wenn er einen Verdächtigen präsentieren konnte.

Mit aller ihm zur Verfügung stehenden Autorität baute er sich vor dem Fremden auf:

„Mein Herr, kann ich bitte Ihre Papiere sehen?" Flammarion starrte ihn ungläubig an. Eben war er noch auf der Suche nach der Seele des Mars gewesen und jetzt sollte er mitten im Wald seine Legitimation zeigen? Das drang nicht wirklich in sein Bewusstsein.

„Los, Ihren Ausweis, machen Sie schon", drängte der Gendarm.

„Meinen Ausweis?", murmelte Flammarion. „Sicher." Er fing an, in seinem Mantel zu kramen.

„Was machen Sie überhaupt hier nachts im Wald?", schnauzte Pierre. Der kleine Astronom blickte ihn abschätzend an, sein Temperament begann aufzuflackern. Immerhin war er ein international bekannter Forscher und Buchautor. Sollte er sich von einem Dorfgendarmen abkanzeln lassen? Doch er war nicht in Paris und mit den Sitten hier auf dem Land nicht ganz vertraut. Außerdem fühlte er sich schwach nach der durchwachten Nacht und dem ergebnislosen Starren. Müde überreichte er dem Gendarmen seine Dokumente. Der entzifferte sie im Schein der trüben Laterne, die an der Kutsche blakte.

„Camille Flammarion, wohnhaft in Paris, so, so." Pierre sagte dieser Name nichts. „Und bekomme ich vielleicht auch noch Antwort?", herrschte er den berühmten Astronomen ein zweites Mal an.

„Antwort?", fragte der zerstreut zurück.

„Ja, Antwort, wenn der Herr geruhen würde. Was treiben Sie hier die ganze Nacht im Wald?" Natürlich merkte auch Pierre, dass kein Landstreicher vor ihm stand. Die gepflegte Kleidung und die feine Lederbrieftasche des seltsamen Waldläufers standen in starkem Kontrast zu der verdächtigen Lage, in der dieser angetroffen, fast schon aufgegriffen wurde. Doch Respekt und Vorsicht hätte Pierre bei Reisenden mit eigener Kutsche und Bediensteten gezeigt. Selbst hundert Jahre nach der Revolution konnte es äußerst misslich sein, einem Grafen lästig zu werden. Hier fühlte Pierre sich sicher. Auch mit einem Angriff von Seiten des Fremden rechnete er nicht mehr, dafür wirkte der einfach zu normal. Was der wohl wirklich hier trieb?

„Astronomische Beobachtungen", kam nun die kurze Antwort.

„Beobachtungen, so, so", wiederholte Pierre. Er war unschlüssig, was er von dieser Auskunft halten sollte. Astronomische Beobachtungen, bei St. Martin im Wald? Genau das sagte er dann auch:

„Hier? Im Wald?"

„Ja, hier im Wald", gab Flammarion zurück, der diese Situation schon kannte. Astronomen werden nicht selten nach ihrem nächtlichen Treiben befragt.

Pierre schob seine Mütze zurück, rieb sich das Genick und schaute zu Richard. Der zuckte mit den Achseln.

„Herr Flammarion, hoffentlich haben Sie nichts dagegen, wenn ich Sie auf dem Rückweg begleite?", fragte Pierre, mit aus Hilflosigkeit geborener Höflichkeit.

„Dann müssen Sie aber die Hälfte des Fahrpreises übernehmen", antwortete Flammarion kaltblütig.

„Fahrpreis?!", polterte Pierre los. „Nun werden Sie mal nicht frech, Herr Beobachter, Sie stehen unter Verdacht. Los, rein in die Kutsche!"

„Verdacht? Was für ein Verdacht?", wollte Flammarion wissen.

„Los, rein und machen Sie keine Dummheiten!", wurde der Gendarm ernsthaft wütend. Er hatte entschieden, seinem Vorgesetzten einen Verdächtigen zu präsentieren und kam jetzt in Fahrt. Städter, die glaubten sich über die zurückgebliebene Landbevölkerung lustig machen zu können, mochte er überhaupt nicht leiden und das bekam Flammarion jetzt zu spüren.

„Sie können gleich mit Colonel Vidocq über den Fahrpreis verhandeln, der wird ihnen die Tarife schon erklären. Los, ziehen Sie den Mantel aus und geben Sie ihn her. Und ich warne Sie noch mal, keine Dummheiten!"

„Meinen Mantel?", wagte Flammarion zu fragen und Pierre löste den Knüppel an seinem Gürtel.

„Ich will sehen, was darunter ist und sei froh, wenn wir dich nicht an die Kutsche binden und du hinterher laufen darfst." Pierres cholerisches Temperament brach allmählich durch. Man macht nicht das sanfteste Schaf des Dorfes zum Gendarmen. Er wies mit seinem Knüppel auf das große hintere Wagenrad.

„Da die Hände drauf und dann einen Schritt zurück!", befahl er.

„Was erlauben Sie sich?", verschaffte auch Flammarions heißblütiges Temperament sich Luft. „Sie stehen vor Camille Flammarion, dem Autoren von *Astronomie Populaire*!"

„Schnauze!", war Pierres einziger Kommentar. Er holte mit dem kräftigen Stock aus. „Anlehnen!" Dann gab er sich aber doch Mühe, bei der Durchsuchung keinen Stoff zu zerreißen oder dem Mann Schmerzen zuzufügen. Autor, Astronomie – so ganz geheuer war ihm das doch nicht. Ob er vielleicht schon einen großen Fehler gemacht hatte? Waffen waren bei diesem merkwürdigen Fremden jedenfalls nicht zu finden.

„Im Dorf hat es gestern und heute einen Toten gegeben", ließ er sich sicherheitshalber herab, zu erklären. „Und Sie treiben sich hier in der Nacht herum. Ich muss Sie wirklich bitten, mich zu Colonel Vidocq zu begleiten."

Flammarion stieg halb besänftigt in das Coupé. Das ‚schöne Methoden habt ihr hier' verschluckte er lieber.

Die Rückfahrt ins Dorf verlief vorerst schweigend. Nachdem sie so aneinander geraten waren, gab es keinen Raum für leichte Konversation. Picard zermarterte sich das Hirn: „Flammarion, habe ich den Namen irgendwo schon mal gehört? Und Astronomie…?"

„Braucht man für Astronomie nicht ein Fernrohr?", brach er dann ziemlich unvermittelt sein Schweigen, als er endlich darauf gekommen war, was an der Geschichte dieses sonderbaren Fremden ungereimt erschien.

„Sicher", antwortete Flammarion, der diesen Einwand längst erwartete. „Meistens schon. Ich mache aber nur Positionsbestimmungen." Er hätte gleich weiter ausholen können, hielt es aber für klüger, den Dorfgendarmen im Dunkeln tappen zu lassen. Sollte der doch die Rolle des ungebildeten Fragers einnehmen, er Flammarion, würde auf alles eine Antwort wissen.

Epilepsia, Morbus caducus – Teutsch, fallende Sucht, böses Wesen, schweres Gebrechen, schwere Noth, das Unglück – Französisch, Epilepsie, Haut mal. Eine Kranckheit, wovon der Mensch, so damit beschweret, zu gewissen Zeiten schnell, ohne Sinn und Verstand dahin fället, bisweilen ganz ohne Bewegung bleibet, zuweilen aber ein und das andere Glied zucket, und dabey gemeiniglich aus dem Munde schäumet.
Zedlers Universallexicon, 1750

Vincent blickte wie so oft in der Nacht aus dem Fenster. Das halbe Gesichtsfeld war durch eine gewaltige Zypresse versperrt. Die Kirche von Saint Martin war als schwacher, schwarzer Schatten diffus erkennbar, vom Rest des Dorfes fast nichts zu sehen. Dunkelheit kroch wie ein großes Tier zwischen den Häusern, Büschen und Hügeln umher, verschluckte das Gebirge am Horizont. Er dachte an die *Sternennacht*, den riesigen Wirbel der Milchstraße, der den Mond mit der Venus verband. Die flackernden Gedanken seines Wahns peitschte er damals mit dem Pinsel auf die Leinwand. Dieses Bild hatte ihn befreit, war Zeuge seiner beginnenden Heilung gewesen. Glaubte er jedenfalls in diesem Sommer. Welche Höhen und Tiefen musste er nach der *Sternennacht* noch durchschreiten? Und jetzt? Um Entlassung hatte er gebeten und die war sogar gewährt worden. Wenn auch nur unter Auflagen. War das jetzt alles hinfällig? Ein Toter! Und er – angeklagt – verdächtigt – vielleicht sogar schuldig. Das blasse Gesicht der Leiche ließ ihn nicht los. Gestern, im Gewitter, unter der elektrischen Macht der Blitze hatte er sich opfern wollen, ob schuldig oder nicht. Da! Ein neuer Blitz.
Doch es schien sich nur eine Tür in Saint Martin geöffnet zu haben und dem matten Licht der Stube etwas Freiheit zu gewähren.
Vincent starrte ins Nichts.
Nach der reinigenden Naturgewalt der vorigen Nacht hatte er sich eine Zeit lang befreit gefühlt, die Aufhebung durch Roulin wie eine Errettung empfunden. Doch heute? Der Tag war klar gewesen, sein Inneres nicht.
Immer wieder dachte er an die Salpêtrière. Sollte er froh sein? Vor hundert Jahren hätten sie ihn vielleicht an Ketten geschmiedet, für Geld der Öffentlichkeit zur Schau gestellt. Jedes Aufbegehren als Verschlimmerung der Krankheit gewertet und mit Peitschenhieben behandelt.
Glücksgefühle überkamen ihn. Hier am Fenster in ziemlicher Geborgenheit, fernab von den Schrecken des Tages, allein mit der Nacht, die Ruhe bringt – warum blieb er nicht hier?
Ein neues Licht brannte im Dorf, näher als das Erste. Er hatte gar nicht mit bekommen, wie es aufflammte. Heimelig leuchtete die kleine Later-

ne durch die Nacht. Er als Maler begleitet von innen die arbeitenden Bauern und Handwerker dort draußen. Wenn sie irgendwann seine Bilder sähen? Was würde das ändern?

Ein Schuss zerriss die Stille. War es möglich, dass der ruhig dasitzende Vincent erstarrte? Ein zweiter Schuss. Mitten in der Nacht! Das waren keine Jäger! Keine Bauern, die Vögel von den Feldern vertrieben. Vincent fror. Gewalt in Saint Martin! Ob Dämonen ihn bald packen würden? Das Grauen schlich in sein Bewusstsein. Es wurde getötet! Und er sah zu! Blut pulste in seinen Ohren. Licht erschien im Dorf, schien zu schweben – ein Irrlicht. Noch mehr Licht. Die Häscher! Ob sie die Anstaltsmauern überwinden würden, um ihn endlich zu holen? Er überlegte zu fliehen. Doch wohin? Wäre es nicht eine Flucht vor sich selbst?

Vincent wusste um seine Krankheit, doch die medizinische Bezeichnung interessierte ihn nicht wirklich. Einst schrieb er seinem Bruder, er solle Epileptiker sein, habe er Doktor Gachet im Nebensatz reden gehört. Doch machte er sich nie die Mühe, genauer nachzufragen. Wozu auch? Schlimm waren nicht die Anfälle, sondern die Angst vor der nächsten Raserei. Wenn er tobte, spürte er nichts, daran konnte er sich irgendwie erinnern. Doch wenn er jetzt Angst hatte, dann musste er bei klarem Verstand sein und draußen wurde wirklich geschossen. Doch er hörte nichts mehr. Und zwischen den beiden Schüssen? War da ein Klirren von Glas gewesen? Man ging mit Lampen im Dorf umher, da war Vincent jetzt sicher. Doch er selbst gehörte nicht zum Dorf, ihn würde man nicht rufen. Eigentlich gehörte er nirgendwo hin. Selbst wenn die Patienten von Saint Paul ihm die Angst vor seiner eigenen Verrücktheit etwas genommen hatten, fühlte er sich doch nicht als einer von ihnen. Vincent wusste, dass er eines Tages gehen würde. Sei es in die Freiheit, in die Verzweiflung oder in den Tod.

Sein Blick fiel auf das Gemälde des gemalten Korridors der Anstalt. Ein Gegenstück zur Sternennacht und doch mit dieser so sehr verwandt. Erdtöne statt Lichtfarben, massive Gewölbe statt flirrender Sterne. In der Sternennacht verbindet eine turmhohe Zypresse den Himmel mit der Erde, im Korridor stützen mächtige Pfeiler eine tonnenschwere aber pulsierende Decke. Die halbrunden, steinernen Bögen spannen sich über den Flur, wie das leuchtende Band der Milchstraße über das Land. Der Boden fließt in Wellen. Doch was fließt da? Ist es Blut, das unter den Türritzen hervorströmt? Sich in großen, spiegelnden Lachen ausbreitet. Die Anstalt zu überschwemmen droht.

„Wird das Licht am Ende des Tunnels mich retten?", fragte sich Vincent. Ausgänge gibt es viele, von beiden Seiten scheint helles Licht auf den dunklen Boden. Ganz vorn die Treppe, auch in freundlichem Gelb. „Kann sie mich in die Freiheit führen?", war Vincents nächste Frage an sein eigenes Bild. Der dunkel gekleidete Mann beschäftige ihn. Sehr klein und doch im Mittelpunkt des Bildes. Seine Gestalt, abgewandt vom Betrachter, im Begriff hinter einer Tür zu verschwinden. Symbol für die Anstalt, die ihn für immer verschlucken würde?

Verfolgungswahn (Délire de persécution), ein krankhafter Geisteszustand, bei dem die Irren durch Sinnestäuschungen (Halluzinationen) beängstigenden Inhalts sich von andern Personen verfolgt glauben. Meist glauben die Kranken an ihrem Bette, hinter einer Wand oder sonst in ihrer Nähe flüsternde oder gar laute, deutliche Stimmen zu hören, die einen Anschlag gegen ihre Gesundheit oder ihr Leben planen. Seltener glauben sie die verfolgenden Personen wirklich zu sehen, aber sie kombinieren in der mannigfachsten Weise wirklich Erlebtes und wahnhafte Vorstellungen zu umständlichen Schilderungen, deren Grundzug stets der Glaube an fremde Nachstellungen ist. ... Sobald sich V. kundgibt, sind die Kranken, die meist schon vorher Zeichen abnormer Seelentätigkeit dargeboten haben, einer Irrenanstalt zu überweisen.
Meyers Großes Konversations-Lexikon, 1909

„Dieser Betrüger", murmelte Roger leise vor sich hin. Trotzdem war er gut zu verstehen. Die meisten hörten Roger gut zu, es war einfach besser so. „25 Zentner Mehl für 40 Zentner Korn und das hast du ihm durchgehen lassen?", wurde er lauter. Daniel trat noch einen weiteren Schritt zurück, schaute Roger aber weiter an. Er sagte lieber nichts.
„Muss ich mich daneben stellen und die Säcke einzeln auf- und zubinden, wenn du wieder im Dorf mahlen lässt, weil unser eigene Mühle nicht zu gebrauchen ist. Wie lange soll die Reparatur eigentlich noch dauern?"
„Es ist schwierig, sagt der Zimmermann..."
„Ich will nicht wissen ob es schwierig ist. Wenn es leicht wäre und immer noch nicht erledigt, könntest du gleich deinen Hut nehmen. Wie lange soll es noch dauern? Ist diese Frage vielleicht auch schwierig?"
Daniel schluckte. „Es fehlt noch an dem geeigneten Holz. Es muss besonders hart, gerade gewachsen und trocken sein. Sonst kann Maurice keine Gewähr für einen einwandfreien Lauf der neuen Welle geben."

„Ich frage, wann ihr fertig seid und du erzählst mir, dass noch nicht mal das Holz besorgt ist. Sollen wir unsere Mühle vielleicht ganz abreißen damit du schön gründlich einen Neubau planen kannst?" Roger lief leicht rot an und seine Augen schienen zusammenzuwandern. „Was macht ihr eigentlich den ganzen Tag?"

„Die alte Welle ist ausgebaut und die Aufhängungen für die neue sind vorbereitet. Wenn das Holz da ist, kann es nicht mehr lange dauern."

„Die Aufhängungen sind vorbereitet, das bringt mich auf eine Idee. Weißt du, was man noch vor 100 Jahren mit Betrügern gemacht hat? Aufgehängt hat man sie, das ging ruckzuck. Und alle, die mit ihnen unter einer Decke steckten gleich mit, da wurde gar nicht lange gefackelt. Mühle kaputt, zu wenig Mehl, kein Holz für die Arbeit... Ich werde dir demnächst etwas genauer auf die Finger sehen, mach dich darauf gefasst. Und jetzt geh und schaff das Mehl ins Lager. Und erzähl mir nächste Woche nicht, das Lager sei feucht und das Mehl verdorben, dann schaffst du auf eigene Kosten Ersatz herbei."

Daniel verließ den Raum, ohne ein weiteres Wort zu sagen. Er kannte diese Auftritte und er hasste sie. Wahrscheinlich war bei der letzten Pirsch Roger das Jagdglück wieder einmal fern geblieben, vielleicht hatte er am Abend vorher nur zu tief ins Glas geschaut, das konnte man nicht wissen. Jedenfalls war seit dem Mord bei ihm der Kontrollzwang noch unerbittlicher geworden. Sicher, seine Arbeit machte er gut, aber als Mensch war er kaum zu ertragen. Dachte Daniel jedenfalls.

Roger trommelte mit seinen Fingern einen Marsch auf die dicke Eichenplatte. Der Nicole aus dem Gasthof Linde, der würde er es auch noch zeigen. Einen versoffenen alten Bock hatte sie ihn genannt, ihm eine Ohrfeige gegeben und gleich laut angefangen zu schreien. Nur weil er sie gleich stehen ließ, war es nicht zu einem Auflauf gekommen. Das könnte er jetzt überhaupt nicht gebrauchen. Aber Nicole, verdammt noch mal, die war es wert! Wenn es nicht mitten im Dorf wäre, könnte sie ihm gerne noch ein paar Schläge geben und dabei herumschreien, das würde ihm gefallen.

„Ja, Nicole, in der Linde, ich komme wieder, da sei nur sicher. Und wenn du dich in Hitze geschrien hast, dein Kleid ins Rutschen gekommen ist, deine Haare aufgelöst um dich herumfliegen, dann schlage ich ein ganz bisschen zurück, ganz sacht. Und noch ein bisschen mehr. Die wird schon noch sehen und es wird ihr gefallen." Roger leckte seine Lippen. Seine Zahlen stimmten, ihm konnte keiner was. Und Doktor Gachet? Ein Weichling! Der machte ihm keinen Ärger, traute der sich gar nicht. Aber dieser Daniel? Ob der etwas gemerkt hatte? Irgendwie kam der Bursche ihm aufsässig vor in der letzten Zeit. Oder war der wirklich dumm genug, sich von Zimmerleuten und Müllern aufs Kreuz legen zu lassen?

„Den werde ich etwas genauer beobachten in der nächsten Zeit. Das war kein Scherz. Es war nur ein Fehler, ihm das auch zu verraten, da hätte ich vorsichtiger sein müssen. Sei es drum, der hält das sowieso nur für leere Drohungen."

Roger glitt ans Fenster. Seinen Körper hielt er in Form, am liebsten auf der Jagd. Stundenlang konnte er durch den Wald laufen, durch die Berge klettern, immer spähend, immer witternd. So oft seine Arbeit ihn frei gab, war er draußen.

Aber seine Verantwortung ließ ihm wenig Spielraum. So viel konnte geschehen, wenn er nicht vor Ort war. Unterschlagungen und Versäumnisse durfte es nicht geben. Dienstboten, Gehilfen, Pfleger, Wärter, Handwerker, Mediziner… die Liste der möglichen Übeltäter war lang. Aber er hatte sie alle im Auge, das beruhigte ihn. Meistens. Manchmal, wenn er so da saß, nachdachte, Gedanken an Diebstähle und Beschädigungen sich einstellten; dann war da so ein Gefühl: Wie ein schlechtes Gewissen, ohne zu wissen warum und wofür. Eine unbestimmte Spannung, irgendwo zwischen den Schultern und im Hinterkopf, die ihm zu schaffen machte. Tätigkeit war dann am besten. Listen kontrollieren konnte ihn befreien, manchmal ließ er seine Mitarbeiter die Bestände prüfen und er rechnete nach, ob sie richtig geprüft hatten. Bis tief in die Nacht konnte er sich an einem buchhalterischen Problem festbeißen, bis er dann plötzlich aufsprang, in den Keller stürzte, schwere Fässer rollte, um nachzusehen, ob auch das hinterste Fass in der letzten Reihe noch ordentlich gefüllt war.

Maurice, der Zimmermann, war selbstständig, das mochte Roger gar nicht. Trotzdem würde er ihm auf die Schliche kommen. Vielleicht sollte er selbst in den örtlichen Sägewerken nachfragen, wie schwierig Balken und Bretter für eine Mühlenwelle zu beschaffen sein. Und natürlich, wie hoch der Preis wäre. Hier drinnen hielt er es sowieso schon wieder nicht aus.

„Raus, nur raus!"

Er wanderte den sandigen Pfad durch das Flusstal in Richtung des Sägewerks. Dort wurde ein Teil der Pfosten und Bohlen noch von Männern geschnitten, die mit ihren groben Schrotsägen in Gruben standen. Es war eine schwere Arbeit und nur halbwegs erträglich für den, der oben stand.

Die neuste Errungenschaft war das mit Wasserkraft betriebene Horizontalgatter. Eine gewaltige Transmission brachte die Kraft über Ketten und Riemen an die Maschine. Ketten und Riemen – Rogers Gedanken schweiften ab. Was Vidocq, der Polizeichef, wohl so erlebte, wenn er seine Kontrollgänge bei den Freudenmädchen machte? Gab es da auch Ketten und Riemen?

Er war an Vidocq nicht recht herangekommen, wenn er sich auch durchaus Mühe gegeben hatte. Auch der Arzt, den der Polizeioberst bei seinen „Untersuchungen" hinzuzog, gab sich abweisend.

„Wahrscheinlich habe ich das alles diesem Schwachkopf von Gachet zu verdanken", dachte Roger. „Wenn der nicht überall so sehr seine Hilfsbereitschaft und Mildtätigkeit zur Schau stellte, würde man auch bereitwilliger den Verwalter von Saint Paul an einem Vergnügen unter Männern teilhaben lassen", spann er den Faden weiter. Jetzt würde er sich selbst das Vergnügen bereiten, Fakten zu sammeln. Immer wenn er glaubte, Informationen zu haben, die seinem Gegenüber fehlten, fühlte er sich besser.

Das Sägewerk kam in Sichtweite. Der schmale Pfad, den Roger gewählt hatte, führte auf die Rückseite des Wohnhauses zu, dahinter kam der Holzplatz und dann erst die Schuppen und Gruben.

Er klopfte nicht an. Ein Mann in seiner Position, der dem Werk schon manchen lohnenden Auftrag brachte, konnte sich einseitige Vertraulichkeiten erlauben.

„Jemand da?", rief er, als er schon in der Küche stand. Die kleine Yvonne schrak zusammen, einer der Äpfel aus ihrer Hand fiel zu Boden.

„Aber junge Frau…", sagte Roger gespielt vorwurfsvoll. „Wer wird denn Obst auf seine Gäste werfen?" Yvonne war rot angelaufen. Ihre großen, klaren Augen blickten Roger starr an. Ihre aufknospende, fast fraulich wirkende Figur zeichnete sich deutlich durch das dünne Sommerkleid ab. Ihre nackten Füße waren sonnengebräunt wie ihre Arme, die Schultern und das ebenmäßige Gesicht auf dem schlanken Hals.

„Willst du den da liegen lassen?", fragte Roger und schaute in Richtung des Apfels. Yvonne legte das Obst aus ihrer Hand in die Schüssel auf dem Tisch, dann bückte sie sich nach dem einen verlorenen Stück.

„Wie unhöflich von mir, einer Dame nicht zu helfen", sagte Roger und bückte sich auch. Beide knieten sie nun voreinander, der Apfel zwischen ihnen. Roger griff schnell nach der Frucht und legte seine Hand auf Yvonnes, die den Apfel schon erfasst hatte. Der Blick auf den Ansatz jugendlicher Brüste, den Roger erhaschen konnte, als sie beide sich vorbeugten, hatte ihn erregt.

Spiritismus (nlt. von lat. spiritus = Hauch) nennt sich der Glaube an den Verkehr des lebenden Menschen mit der Geisterwelt der Verstorbenen, welcher sich seit 1848 von Amerika über England nach Europa verbreitet hat und viele Anhänger (fünf Millionen) zählt. Er will Philosophie, Weltreligion, ja Transscendentalphysik sein, ist aber nur Aberglaube. Seine Vertreter, A. J. Davis, A. Kardec, Güldenstubbe, Zöllner u.a., behaupten, der Mensch bestehe aus Körper, Tierseele und einem göttlichen Geiste, welcher sich durch stetes Fortschreiten und mehrfache Verkörperung (Metempsychose oder Reïnkarnation) vervollkommne. Der Tod sei die Wiedergeburt des Geistes; eine Hölle gebe es nicht, sondern jeder von uns setze sogleich nach dem Tode das Leben, an welchem er hier Befriedigung gefunden habe, fort.
Wörterbuch der Philosophischen Grundbegriffe, 1907

„Positionsbestimmungen, so, so!" Vidocq war gebildeter als Pierre, er las regelmäßig Zeitung und ließ den wissenschaftlichen Teil nicht aus. Berichte aus den Kolonien interessierten ihn und am liebsten wäre er sowieso Kapitän eines Dreimasters gewesen. „Wo ist denn Ihr Sextant, haben Sie den im Wald verloren? Oder brauchen Sie den auch nicht, wo Sie doch schon ohne Fernrohr auskommen?"

„Planctenbewegungen, es geht mir nur um die Bewegung der Planeten", sagte Flammarion möglichst selbstverständlich. Vidocq aber schaute ihn fragend an, Flammarion schaute zurück.

„Das müssen Sie mir schon erklären", brach Vidocq das kurze Schweigen. „Was Sie in einer abgelegenen Gegend wie der unseren an den Planeten so beobachten."

„Die rückläufigen Bewegungen", brachte Flammarion noch hervor, den das Gefühl beschlich, allmählich an Boden zu verlieren. „Die Fixsterne heißen Fixsterne, weil ihre Positionen zueinander unveränderlich sind und die Planeten sind die Wandelsterne, die davon ausgenommen sind."

„Und das ist nur hier bei uns in der Provinz so, in Ihrem schönen Paris herrscht Ordnung am Sternenhimmel oder was wollen Sie mir noch alles vortragen?", zischte Vidocq. „Pierre wird Ihnen gleich erzählen, wie gut es sich in unseren Zellen schlafen lässt, wenn Sie nicht noch etwas Überzeugendes zu Ihrer Geschichte hinzufügen können."

Flammarion schluckte. Es war etwas anderes, in einer modernen Großstadt einem Wissenschaftler zu erklären, warum er sich mit Spiritisten einließ, als einem Polizeiobersten zu gestehen, dass es ihn zum Meditieren in die Wildnis zog. Doch hier ging es um Mord. Da wollte er sich nicht in Widersprüche verstricken, als Verdächtiger in einer Zelle schmachten und auf den Haftrichter warten. Und dieser Vidocq war offensichtlich nicht mit Halbheiten zu beeindrucken. Also heraus mit der Wahrheit. Ganz direkt? Scheibchenweise? Herumgeredet hatte er schon lange genug, also jetzt die Flucht nach vorn:

„Ich habe eine geistige Verbindung zum Mars gesucht", bekannte er. „Das geht in dem Hexenkessel von Paris wirklich nicht."

„Und warum haben Sie das nicht gleich gesagt?", fragte Vidocq.

Flammarion druckste herum. Der sonst so wortgewaltige streitbare Mann fühlte sich offensichtlich unwohl in seiner Haut. „Weil ich nichts gefunden habe und nicht als Spinner dastehen wollte", gab er zu.

„Sondern lieber als Hauptverdächtiger in einem Mordfall?", hakte Vidocq nach.

„Hauptverdächtiger?" Flammarion war entsetzt. „Ich dachte, die Morde wären im Dorf passiert und nicht in den Bergen, wo man mich gefunden hat. Und warum sollte ich jemanden umbringen, ich bin zum ersten Mal in dieser Gegend und erst seit drei Tagen hier?"

„Ich glaube Ihnen, Monsieur Flammarion, jetzt ist es an mir, ganz offen zuzugeben, dass es schon einen anderen Verdächtigen gibt. Außerdem nur noch einen Auffälligen und das sind tatsächlich Sie. Aber den zweiten Mord hätten Sie wirklich nur begehen können, wenn in den Bergen eine andere sehr schnelle Kutsche gewartet hätte.

Herr Flammarion, ich kenne einiges von Ihren Schriften und ich schätze Ihre Arbeit sehr. Wenn Sie Pierre nicht so offensichtlich die Unwahrheit gesagt hätten, wären Sie von mir ganz anders begrüßt worden. Und ich würde mich glücklich schätzen, wenn Sie einem wissenschaftlichen Laien wie mir erklären könnten, was Sie mit „geistiger Verbindung zum Mars" meinten. Und das frage ich nicht aus polizeilichem Interesse."

Flammarion atmete auf. „Glück gehabt, das hätte ins Auge gehen können", dachte er. „Es geht mir darum, herauszufinden, was Sterne und Planeten wirklich sind", zeigte er seine Absicht, keine Schwierigkeiten machen zu wollen. Dass er zusammen mit Vidocq die seelische Enttäuschung der vergangenen Nacht teilen wollte, bezweifelte er noch.

„Herr Flammarion, ich habe jetzt einige dringende Gespräche zu führen und Sie müssen müde sein, nach der durchwachten Nacht. Würden Sie mir die Ehre gestatten, Sie für heute Abend zum Essen einladen zu dürfen? Im Restaurant Sanglier vielleicht?"

Flammarion überlegte: War der Polizeioberst nur zu höflich, um ihn darauf hinzuweisen, dass er Saint Rémy noch nicht verlassen durfte. Wollte er überhaupt schon weg? Was er jetzt brauchte, war ein klarer

Kopf. Überstürzte Entscheidungen rächten sich oft. Warum sollte er nicht ausschlafen und den Abend mit einem gebildeten Mann verbringen, der seine Werke kannte?

„Ich komme gern", sagte er. „Zur achten Stunde vielleicht?"

„Acht Uhr ist eine gute Zeit", antwortete Vidocq. „Ich werde Sie erwarten."

Die Sonne schien Flammarion ins Gesicht, als er das Kommissariat verließ und die Laute der Stadt drangen an sein Ohr. Er war müde, hundemüde aber trotzdem spürte er, wie die Spannung von ihm abfiel. Langsam spazierte er zu seinem Logis im Hotel Le Château des Alpilles. Zum ersten Mal, seit seiner Ankunft nahm er den Ort wirklich wahr. Die Platanen auf dem Markplatz und an den Straßenrändern filterten das Licht und ließen goldene Inseln auf dem Pflaster erscheinen. Die meist dreistöckigen Häuser versuchten mit ihren verzierten Fassaden einen Hauch von Pracht in das Ortsbild zu geben. In vielen der kleinen Werkstätten und Läden herrschte reges Treiben. Der Tag hatte begonnen und der Mittagstisch war noch weit. Flammarion bemerkte erst jetzt, wie hungrig er war.

Der Ober runzelte kaum merklich die Stirn und brachte trotz der vorgerückten Stunde ohne weitere Umstände das verlangte Frühstück. Flammarion aß mit gesegnetem Appetit.

„Hauptverdächtiger!", murmelte er vor sich hin. „Schräger Vogel, dieser Kommissar." Irgendetwas an Vidocq war dem Astronom seltsam vorgekommen, er konnte nur nicht so genau formulieren, was es eigentlich war. „Gibt es so etwas wie einen *irren Blick*?", fragte er sich. Alles, was Vidocq tat, war von einer Aura der Intensität umgeben, aber es war nicht die Intensität eines mit seinem Instrument verschmelzenden Musikers auf der Bühne. Eher das Verlangen des Absinth Trinkers vor der leeren Flasche. Aber Vidocq hatte sich völlig klar ausgedrückt und logisch nachvollziehbar gehandelt.

„Es sind seine Augen", dachte Flammarion. „Sie flackern." Er war gespannt, was der Abend bringen würde: Ein träges Austauschen von Allgemeinplätzen oder eine wirkliche Unterhaltung auf dem hohen Niveau gebildeter Männer?

Therapie od. Therapeutik, griech., die Lehre von der ärztlichen Behandlung [458] der Krankheiten; sie setzt daher die Kenntniß dieser letztern, die Pathologie voraus, mit der sie auch meistens gemeinschaftlich behandelt wird. Die allgemeine T. handelt von den allgemeinen, durch die Grundformen der Krankheiten bedingten und daher auf alle od. viele Krankheiten anwendbaren Behandlungsweisen; die spezielle T. von dem ärztlichen Verfahren bei den einzelnen Krankheitsformen nach ihren besonderen Verhältnissen.

Herders Conversations-Lexikon, 1857

Das Baden tat Vincent wohl. Es war nicht so sehr das Sitzen in dem Bottich, was er schätzte. Da hatte er so seine Zweifel, ob lauwarmes Wasser als einzige Therapie überhaupt von Nutzen für die Kranken war. Was er dabei genoss, waren die Unterhaltungen mit Doktor Gachet. Dabei fühlte er sich ernst genommen und respektiert. Als Mensch und als Künstler. Gachet, der selbst gerne zeichnete, hatte ihm sogar einige Grundlagen der Radiertechnik erklärt. Eben war er vorbei gekommen und beruhigte ihn wegen der polizeilichen Vernehmungen. Er solle sich keine Sorgen machen, es wäre doch wohl alles nur Routine gewesen. Die Gendarmen wüssten, dass van Gogh keine Pistole besäße und vor allem überhaupt kein Motiv hätte, den armen Lino umzubringen. Und dass er die Nacht von Picards Tod eingeschlossen in seiner Zelle verbrachte.

Dann war er allerdings auf seine Tochter Marguerite zu sprechen gekommen mit weniger erfreulichem Tonfall. Er, Vincent, solle sich auf keinen Fall Hoffnung auf eine mögliche Verbindung machen, Marguerite würde das nicht wollen und er, Gachet, eine solche Verbindung in keinem Fall unterstützen. Vincent solle nur an sich selbst denken und an seine Kunst. Es sei offensichtlich, dass die Kunst Vincents Bestimmung und auch seine beste Therapie sei.

Van Gogh sah in der letzten Nacht noch die Häscher aus dem Dorf über die Anstaltsmauern klettern. Nachdem sie ihn am nächsten Morgen immer noch nicht gepackt hatten, gelang es ihm, an einen guten Tag zu glauben. Gegen seine Anfälle konnte er sich nicht wehren, doch wenn es ihm gut ging, dann war er auch stabil.

Natürlich machte er sich immer noch berechtigte Sorgen, für den Mord an Lino belangt zu werden, aber das war keine krankhafte Angst, diese Sorge war echt. Wobei er jetzt, wo wieder Klarheit in seinem Kopf herrschte, kaum glauben konnte, dass er selbst der Täter war.

Und dass Gachet ihn nicht zum Schwiegersohn haben wollte? Seltsamerweise machte ihn das stark. Weil der Arzt überhaupt nur die entfernte Möglichkeit einer Verbindung zwischen Vincent und Marguerite ansprach, fing van Gogh an, ernsthafter darüber nachzudenken. Und er war Marguerite wirklich zugetan. In Arles hatte er gelegentlich das Freudenhaus besucht; echte Emotionen gab es dabei nicht. Saint Rémy war für ihn ein asexueller Ort gewesen, bis er Marguerite kennenlernte.

Doktor Gachet hatte Vincent zu sich nach Hause eingeladen, um ihm die Möglichkeiten der Radiertechnik vorzuführen und bei dieser Gelegenheit sah er dessen Tochter zum ersten Mal. Mit der allmählichen geistigen Gesundung des Malers schien sein kunstbegeisterter Arzt Gefallen daran zu finden, seine Gesellschaft zu suchen, jedenfalls schlossen sich mehrere gemeinsame Sonntagsessen in Gachets Haus an. Anfangs schien Gachet es als Teil der bald abzuschließenden Behandlung zu sehen, wie Vincent mit Marguerites Nähe zu Recht kam. Bald wurde im diese Nähe aber zu eng und weitere Einladungen blieben aus.

Vincent war sehr unsicher gewesen. Zwar wusste er um seine sonnengebräunte kräftige Gestalt, aber er kannte auch seinen Ruf als verrückter Künstler. Und doch – was funkelte in Marguerites Augen, wenn sie ihn ansah?

„Warum gibt sich Gachet gerade jetzt Mühe, mir Marguerite auszureden? Ob sie ihn gebeten hat, mich wieder einzuladen? Ob sie vielleicht damit drohte, mich in Saint Paul besuchen zu kommen? Was wäre das für ein Skandal: die Tochter des Anstaltsleiters meldet sich beim Pförtner, um einen der einsitzenden Idioten zu besuchen!" Vincent lächelte, doch das Lächeln starb schnell in seinem Gesicht. „Der Pförtner! Musste er sterben, damit ich leben kann? Und ich habe zugeschaut."

Doch van Gogh war es gewohnt, dass irgendetwas über ihm schwebte. Unbestimmte Ängste oder Ahnungen waren fast immer da, wenn nicht der Rausch des Schaffens ihn überkam. Sicher, seine Gemälde waren das Ergebnis sorgfältiger Studien und intensiver Überlegungen, die Farbentheorie des Delacroix war ihm sehr vertraut. Doch wenn die Entscheidungen gefallen waren, welche farbigen Flächen in welchem Winkel aufeinandertreffen sollten, dann brach ein Sturm los. Ein Sturm, den er selbst steuerte und dem er sich dabei überließ. Ja, genau so war es, anders ließ es sich nicht formulieren. Und welcher Sturm losbrechen könnte, wenn er gesundet und stabil um Marguerites Hand anhielte? Sie mit glücklich strahlenden Augen ihm um den Hals fallen würde…?

Vincent war an der Tür zu seiner Kammer angekommen. Ihr warmer Holzton schmeichelte seinen Augen. Er öffnete und erschrak. In seinem Stuhl saß jemand. Roulin, der Pfleger. Ein Pinselstiel ragte aus seiner Brust, ein Ohr war abgeschnitten und mit dem Messer an die Lehne genagelt. Unter dem Stuhl eine große dunkelrote Blutlache. Van Gogh bekam einen Stoß in den Rücken und fast wäre er in seinem Zimmer auf die Leiche gestürzt. Dupres stand im Flur und schlug mit Schwung die Tür zu. Vincent hörte nur noch das Rasseln des Schlüssels und seine Drehung im Schloss.

Dupres war einer der unbeliebtesten Wärter in Saint Paul. Grundsätzlich schlich er auf leisen Sohlen durchs Haus, verrichtete nur widerwillig seine Arbeit und ließ seine häufig schlechte Laune an den Patienten, Hilfsmägden und Küchenburschen aus. Er gehörte zu der Sorte von Menschen, die kleine Diebstähle begehen, die Beute anderen unterschieben und die Unschuldigen dann bei passender Gelegenheit anschwärzen.

„Wenn meine Kollegen in Schwierigkeiten sind, stehe ich selbst besser da", lautete seine Devise. Aber er war vorsichtig dabei und obwohl niemand ihn mochte, konnte ihm noch nie ein Vergehen nachgewiesen werden.

Doktor Gachet hatte ihn geschickt, weil er noch etwas mit dem Künstler zu besprechen habe.

„Diese Besprechung fällt wohl aus", war Dupres zynischer Gedanke. Er machte sich schleunigst auf den Rückweg, aber allein.

„Monsieur Gachet, es ist unglaublich", stieß er hervor, durch die Tür stürzend, die er ohne anzuklopfen aufgestoßen hatte. „Van Gogh ist ein Vieh, er schlachtet die Wärter!" Zitternd ließ er sich auf einen der Besucherstühle fallen. „Ich glaube nicht, was ich soeben gesehen habe."

„Nun beruhigen Sie sich, was reden Sie denn da?", war Gachets erster Kommentar. „Sie waren doch eben noch ganz vernünftig."

„Vernünftig!? Roulin ist tot und der Maler schneidet ihm die Ohren ab! Ich habe ihn eingeschlossen und hoffe selbst, dass ich das nur geträumt habe. Aber alleine mache ich van Goghs Zelle bestimmt nicht wieder auf."

Gachet stand auf, ging um seinen Schreibtisch herum und fasste Dupres mit einer hilflosen Bewegung an die Schulter.

„Roulin? Wieso Roulin?", war alles was ihm einfiel.

„Doktor Gachet, ich begreife nicht, was ich da eben gesehen habe. Van Goghs Tür stand auf und ich hatte vom Weiten schon den Eindruck, dass da was nicht stimmt. Als ich näher kam, sah ich Roulin reglos in einer Blutlache liegen und den Maler ihm ein Ohr abschneiden. Ich habe gleich die Tür zugeschlagen und abgeschlossen. Vielleicht lebt Roulin noch, sollten wir nicht schleunigst nachsehen?" Dupres schien allmählich seine Fassung wiederzufinden, Gachet dagegen starrte völlig ungläubig:

„Sie haben gesehen, wie van Gogh Roulin ein Ohr abschnitt?" Er schien geschockt. Dupres liebte es, sich in Szene zu setzen und machte sich jetzt schon Vorwürfe, weil er das Einsperren des Künstlers nicht noch etwas mehr aufgebauscht hatte.

„Können wir nicht mit den Wärtern aus dem Erdgeschoss zu van Gogh herauf gehen?", blieb er aber in der Initiative.

„Natürlich", gab Gachet zurück, der so langsam zu verstehen schien, was er von Dupres eben gehört hatte. „Wir müssen uns um Roulin kümmern."

Die wenigsten Anfälle von Patienten wurden in Saint Paul sofort zur Chefsache, trotzdem war es jetzt nicht das erste Mal, dass Gachet in einer Notsituation gerufen wurde. Meistens ging es dann um Selbstmord.

Kalter Schweiß stand zwischen Vincents Schulterblättern. Er dachte an Michelangelo. Der hatte sich nachts in Leichenhäuser geschlichen und die Toten gestohlen. Für anatomische Studien, die zu seiner Zeit von der Kirche verboten waren.

Doch das hier war echt. Roulin, tot in seinem Lehnstuhl. Von so lebendigen Halluzinationen war Van Gogh bislang verschont geblieben, wenn die Leiche am Seeufer ihn auch bereits daran zweifeln ließ.

„Da steckt ein Plan dahinter", murmelte Vincent. „Aber wer? Wer will mir das antun und Roulin?"

Sein Rückgrat verhärtete sich, sein Kopf schien wie auf einer Holzstange über seinem Rumpf zu thronen. Er musste unbedingt die Augen abwenden, wusste aber nicht, wohin er schauen könnte. Goyas Gefängnisbilder stiegen vor seinem inneren Auge auf, die Caprichos von gemarterten und gestraften Menschen quälten ihn.

„Ich habe das alles schon gewusst!", stieß er hervor. Er stürzte zu einem Stapel Gemälde, die noch unverpackt an der Wand lehnten. Wie im Fieber hantierte er mit den ungerahmten Bildern. Er war auf der Suche nach dem Korridor von Saint Paul, hatte er nicht schon im letzten Jahr dargestellt, wie das Blut durch die Spalten unter den Türen strömte? Immer ungeduldiger hasteten seine Finger durch die Werke, doch dann – der Schock. Die Zukunft. „Der Rundgang der Gefangenen". Den hatte er ganz vergessen. Warum stieß er gerade jetzt auf diese Zeichnung?

Als er sich von Gustave Dorés Gemälde inspirieren ließ, fühlte er sich in Saint Paul gefangen. Ob diese Gefangenschaft ihm bald wie das verlorene Paradies erscheinen würde?

„Wenn man gesund ist, muss man von einem Stück Brot leben und dabei den ganzen Tag arbeiten können und dazu noch die Kraft haben, zu rauchen und ein Gläschen zu trinken; das braucht der Mensch unter allen Umständen." So hatte er aus Arles an seinen Bruder Theo geschrieben. Und die Erfüllung dieser kleinen, einfachen Wünsche rückte für ihn in immer weitere Ferne.

Van Gogh war hin und her gerissen. Er hatte Angst vor dem Toten und doch – immerhin war es Roulin, der war immer gut zu ihm gewesen. Vincent wollte sich verabschieden. Der Abschied von Roulin würde der Abschied von seinem eigenen Leben sein.

„Das hier lassen sie mir nicht durchgehen, dafür werde ich büßen müssen", dachte der Maler. Ohne weiter nachzudenken zog er den Pinsel aus Roulins Brust. Die Wunde begann erneut heftig zu bluten. Van Gogh wollte das sofort stoppen, hielt aber das spitze Ende des Pinsels in seiner Hand. Die Borsten konnte er nicht ohne physischen und inneren Widerstand zurück in Roulins Brust schieben; auch die Kleidung war über der Wunde verrutscht. Als er das Klappern der Riegel an der Tür hörte, flog diese auch schon auf. Zwei kräftige stämmige Wärter stürmten ins Zimmer und griffen nach dem Künstler. Bevor Dr. Gachet und Dupres beide die Schwelle überschritten, steckte van Gogh schon in der Zwangsjacke. Die Wärter befestigten noch eine Fessel an seinen Beinen, als ihn der Blick des Anstaltsarztes traf.

„Was tun Sie nur, Herr van Gogh?", rief Gachet, der einen stark irritierten Eindruck machte. Vincent konzentrierte sich auf den Trost, den die Zwangsjacke ihm spendete. Er konnte nun das Blut an seinen Händen und auf seiner Kleidung nicht mehr sehen. Roulins Ölportrait tauchte vor ihm auf. Die Blumen auf dem gemalten Tapetenmuster schwebten in die Höhe. Wie die Sporen von Weiden und Löwenzahn flogen sie durch die Luft, er, Vincent, flog mit. Saint Paul lag schon weit unter ihm, als er zum ersten Mal nach unten blickte, hier, zwischen den Wolken, gab es kein Blut.

Dann fand er sich in einer Badewanne wieder, ohne Wasser aber der Deckel fixiert und gesichert. Seine Arme steckten immer noch in der Zwangsjacke.

Rache, Vindicta, Ultio, Vengeance, ist ein zweydeutiges Wort, weil Rache und Strafe öffteres von den Scribenten vor eins genommen worden – Thomasius in juris prud. Divin. Lib. 3. Cap.7, §48 nennet es ein würcklich Ubel, welches einem von seines gleichen angethan wird, den er im natür-

51

lichen Stande beleidigt hat, zu dem Ende, daß der Beleidigte ins künfftige vor ihm sicher sey.
Zedlers Universallexicon, 1750

Roger erwachte mit einem ungewohnten und sehr unangenehmen Gefühl im Mund. Ausgeschlagene Zähne, die Wunden mit Sägemehl verklebt. Er spuckte. Alle Knochen taten ihm weh, sein Kopf schmerzte. Mühsam drehte er sich auf den Rücken. Er schien am Boden einer Sägegrube zu liegen.

„Verdammt!", war vorerst alles was er denken konnte. Er robbte bis zur nächsten Seitenwand und zog sich ein kleines Stück in die Höhe. Das Blut kreiste in seinem Kopf, es pulste in den Ohren und ein Nerv schien geklemmt zu sein. Seine Beine fühlte er jedenfalls nicht. „Vielleicht auch besser so", fluchte er leise vor sich hin. Roter Schleim floss bei diesen Worten aus seinem Mund. Er hustete.

Immerhin, die Leiter war zu sehen, er schien hier nicht verrotten zu sollen. Er zog sich noch weiter hoch, versuchte ein Bein anzustellen und sich in den Stand zu drücken. Doch ihm wurde schwarz vor Augen und er sank in die nächste Ohnmacht.

Als er das zweite Mal zu sich kam, quälte ihn der Durst. Es war bereits Abend geworden und seine letzte Aufnahme von Flüssigkeit musste lange her sein. Trotzdem fühlte er sich etwas besser. Es schien jedenfalls nichts gebrochen zu sein und er konnte seine Beine bewegen. Das Pochen im Kopf ließ sich irgendwie ignorieren.

Die Leiter stand immer noch am Rand der ungefähr drei Meter tiefen Sägegrube. Roger versuchte mit ihrer Hilfe aufzustehen und kam tatsächlich langsam, Sprosse um Sprosse, mit schmerzenden Knochen in die Höhe.

Das Knurren war laut. Und nah! Oben am Rand seiner Falle war ein Dobermann aufgetaucht. Roger wollte jetzt hier raus. Mit einer raschen Bewegung löste er die große eiserne Schnalle seines Gürtels, zog ihn heraus und fasste das andere Ende des Riemens. Wie mit einer Geißel schlug er in Richtung des Hundes. Der wich etwas zurück, Roger konnte ihn nicht mehr sehen und kletterte weiter. Als er den oberen Rand fast erreichte, begann er, blind über die Kante zu schlagen. Er hörte ein Jaulen und Schnappen. Ihm blieb nichts anderes übrig, als den Blick über den Rand zu wagen und der Dobermann sprang gleich auf ihn los. Roger duckte sich, so gut das auf einer hölzernen Leiter möglich ist, der Hund verfehlte ihn und stürzte die drei Meter in die Tiefe. Unten schien er geschickt abzurollen und begann gleich zu versuchen, an der Leiter hoch zuspringen. Roger wollte die letzten Stufen erklimmen, erblickte aber die geifernden Lefzen der nächsten Bestie. Drei weitere große schwarze Hunde warteten auf ihn. Er kletterte zwei Stufen zurück und beobachtete den Dobermann am Boden. Wie aus Reflex begann er, mit seinem Gürtel auf das Tier einzuschlagen.

„Da musst du dir schon etwas Besseres einfallen lassen, als mit einem dünnen Riemen hier herumzuwedeln", hörte er plötzlich eine Stimme von oben. Dominique, Yvonnes Vater. „Und glaub bloß nicht, dass das hier je vorbei ist. Wenn du es tatsächlich schaffen solltest, dieses Loch zu verlassen, werden wir noch ein paar lohnende Holzgeschäfte zusammen machen. Und wenn du dir heute Nacht in die Hose machen sollt, musst du dich mit Sägemehl begnügen, Wasser wird es da unten nicht geben." Er verschwand vom Rand der Sägegrube.

„Achtung!", konnte Roger ihn noch den Hunden zurufen hören. Der Dobermann am Boden begann wieder gegen die Leiter zu springen. Ohne noch lange zu zögern ließ Roger sich fallen, mit angewinkelten Beinen, die Knie zuerst. Mit einem trockenen Pfeifen wich die Luft aus den Lungen des Hundes. Trotzdem versuchte er noch, zu schnappen und sich festzubeißen. Roger gab ihm einen Fausthieb auf die Schnauze, auf die Ohren, auf den Schädel. Irgendwann regte das Tier sich nicht mehr. Roger war nun voll mit Adrenalin. Er griff sich die Leiter und fing an, sie immer wieder im spitzen Winkel gegen die Grubenwand zu stoßen. Es quietschte und knarrte, Roger fluchte, wenn sich der Leiterholm nur in die Wand bohrte. Allmählich lockerten sich die Sprossen, die Holzkonstruktion gab nach. Noch drei, vier Stöße und der Gefangene verfügte über zwei halbe Leitern. Er zog aus einem Leiterholm alle Sprossen und drückte sie in die freien Öffnungen des anderen Holms. Die ehemals unterste Sprosse behielt er in der Hand. Die unvollständige Leiter stellte Roger so in einen Winkel der Grube, dass die freien Sprossenenden von der Wand gestützt wurden. Diese wackelige Stiege kletterte er sofort empor. Oben am Rand begegnete ihm der wütende zweite Hund, wahrscheinlich ein Mischling aus Dobermann und Rottweiler. Roger schlug mit der Leitersprosse auf das Tier ein, das wich geschickt aus und verbiss sich im Jackenärmel. Der war allerdings aus solidem Rindsleder. Trotzdem konnte Roger diesen Arm nicht bewegen, er musste die Leiter loslassen und sofort mit der Faust auf den Hund einschlagen. Genau ins Auge. Laut jaulend ließ der Mischling los, doch sofort nahm der dritte Hund seinen Platz ein und begann, nach Roger zu schnappen.

Der hatte außerdem den Halt verloren und rutschte mit seinem Behelfsgerüst an der Grubenwand nach unten.

„Verdammte Sauerei!" fluchte er, verlor aber nicht die Initiative. Er stellte die halbe Leiter wieder an die Wand, packte den übrigen Holm genau in der Mitte, balancierte ihn solange, bis er den Schwerpunkt genau getroffen hatte. Dann stieg er ein weiteres Mal nach oben. Fast oben angekommen reckte er den Arm mit dem Leiterholm in die Höhe und begann, das Holz kreisen zu lassen. Leicht schräg, so dass die Grubenkante ihn nicht stoppte. Die Hunde hechelten an ihrem Rand, schienen nichts zu begreifen. Nachdem Rogers Propeller in Schwung gekommen war, senkte der leicht den Arm und ließ den Leiterholm dicht an den Tieren vorbei sausen. Bei der nächsten Umdrehung traf er die Schnauze des Rottweilers. Der zuckte kurz zurück, ließ nicht einmal ein Heulen hören. Die zweite Bestie zeigte sich sowieso völlig unbeeindruckt. Der Winkel war einfach zu ungünstig, um einen ernsthaften Treffer zu landen. Roger wurde wütend. Er warf den Leiterholm nach unten, stieg nach und lehnte ihn im flachen Winkel gegen die Wand. Dann stieg er die Leiter wieder bis über die Hälfte empor und sprang auf den angelehnten Holm. Beim dritten Versuch gelang es und der Leiterholm zerbrach. Schnell hatte Roger einen über einen Meter langen, sehr soliden Knüppel mit gesplitterter Spitze in der Hand. Den ersten Hund konnte er mit dieser Spitze von unten aus vertreiben, noch eine Stufe an Höhe gewinnen, so dass es ihm möglich wurde, mit Kraft und Schwung auf das zweite Tier einzuschlagen. Dominique tauchte in der etwa 20 Meter entfernten Tür des Wohnhauses auf, eine Schrotflinte in der Hand. Roger rollte über die Kante und nutzte seinen verbleibenden Schwung, den Mischling genau vor die Schnauze zu treten. Mit dem wirbelnden Holz hielt er sich den Rottweiler vom Leibe und dann war er auch schon auf den Beinen, genau vor einer offenen Schuppentür. Er stürzte in die Baracke, schlug die Tür hinter sich zu, sah einen Riegel und legte ihn vor. Die Schrotkugeln des soeben abgefeuerten Schusses prallten auf das Holz, ließen die kleine Scheibe klirren. Glasscherben regneten herab. Roger sackte zusammen.

„Nur eine Sekunde Pause", dachte er und spähte doch schon durch das Halbdunkel. Äxte, Hämmer und Sägen hingen an einer Schuppenwand aufgereiht. Er griff sich ein handliches Beil, hastete zur Vordertür des Gebäudes, öffnete sie leise und huschte hinaus. Auf dem Holzplatz türmten sich meterhoch die Stapel der frisch geschnittenen Bohlen und Balken. Die Gänge dazwischen waren eng. Roger verschwand wie ein lautloser Spuk.

Der Abend mit Vidocq war bislang glatt verlaufen. Flammarion hatte ausführlich über seine Arbeit als Astronom berichtet, der Polizeichef über weite Strecken nur zugehört. War das Respekt vor dem Ruf des international bekannten Buchautors oder nur noch ein weiterer Versuch, einen Tatverdächtigen auszuhorchen? Flammarions Urteil stand noch nicht fest und er beschloss, den Umstand der von Vidocq fast allein geleerten Sherry Flasche auszunutzen.

„Und Sie, Colonel?", fragte er sein Gegenüber. „Wie viele Morde gibt es hier im Jahr?" Vidocq brauchte einen Moment, um sich auf den abrupten Themenwechsel einzustellen.

„Morde? Eigentlich gar nicht. Nur bei den Insassen von Saint Paul ist die Situation oft unklar. Es gibt viele Selbstmorde dort. Und die Angehörigen fragen sich manchmal, ob das alles mit rechten Dingen zugeht. Und manchmal frage ich mich, ob den Angehörigen die Unterhaltskosten nicht zu hoch sind, Sie verstehen? Aber bislang konnte ich dort keinen Mord beweisen."

„Sitzen denn alle zu Recht in der Anstalt fest?", wollte Flammarion wissen. „Früher ist ja so mancher im Kloster verschwunden und ich frage mich oft, wie einige Bräuche der Vergangenheit in unseren modernen Zeiten ersetzt werden." Der Astronom hatte sich entschieden, dem Polizeichef auf Augenhöhe zu begegnen. „So spüre ich am schnellsten, ob er mich immer noch verdächtigt", dachte er. Und der Fall begann ihn zu interessieren. Welche unbekannten Naturkräfte manifestieren sich im Irrsinn? Über dieses Problem hatte er im Laufe des Tages viel nachgedacht und dabei die Existenz eines großen brach liegenden Forschungsfeldes bemerkt.

„Was haben die Leute in Saint Paul denn so für Krankheiten?"

Vidocq verdrehte nur die Augen: „Fragen Sie das Doktor Gachet, aber nicht mich. Ich bin jedes Mal froh, wenn ich dieses Irrenhaus verlassen kann. Die meisten von dem Pack gehören meiner Meinung nach ins Zuchthaus, denen ist sowieso nicht zu helfen. Oder man sollte sie ausstellen und Geld mit ihnen verdienen, dann wären sie wenigstens noch nützlich. Das ganze Theater von Gachet mit seinen Badewannen bringt doch gar nichts."

„Gibt es überhaupt keine geheilten Fälle in Saint Paul?", hakte Flammarion nach.

„Heilung!", schnaubte Vidocq. „Die Simulanten hätten im Arbeitshaus schon früher Ihre Maske fallen lassen und in die wirklich Irren kriegt keiner mehr Verstand hinein. Schon gar nicht dieser Doktor Gachet."

„So, so", versuchte Flammarion Zeit zu gewinnen. Er fing umständlich an, die Spitze einer neuen Zigarre zu beschneiden. Vidocqs Standpunkt, der sich hier zeigte, war nicht der seine, aber der Mordverdacht gegen ihn stand auch noch im Raum. „Doktor Gachet", griff er darum den neuen Gesprächsfaden auf. „Ist der gut als Arzt?"

„Gut?", fragte Vidocq zurück. „Finden Sie es gut, wenn Verbrecher ihrer gerechten Strafe entzogen werden?"

„Das nicht, aber was ist schon gerecht? Gibt es in der Justiz nicht den Begriff der Unzurechnungsfähigkeit?"

„Ein ganz schöner Begriff", ätzte Vidocq. „Diesem Gachet bin ich vor zehn Jahren zum ersten Mal begegnet. Ich musste eine Mutter festnehmen, die ihre eigenen Kinder getötet hatte. Und vor Gericht entbrannte ein Streit darüber, ob dieses Monster die Kinder aus Gier oder Wahnsinn umbrachte. Wer seine eigenen Kinder aus Verzweiflung umbringt und sie verspeist, weil man mit ihnen gemeinsam verhungern würde, handelt aus niederen Motiven. Wer sie grundlos tötet, ist verrückt und entgeht seiner Strafe. Finden Sie das gerecht? Dann denken Sie so, wie Doktor Gachet."

Da war es wieder, das Flackern in den Augen. Flammarion wurde sehr vorsichtig.

„Was ist das denn für eine Geschichte?", sagte er darum nur und das Entsetzen in seiner Stimme war nicht gespielt. „Wie ist die denn ausgegangen?", hakte er noch nach.

„Die Sache hat sich ewig hingezogen und nach meinen ersten Aussagen wurde ich vor Gericht nicht mehr gebraucht." Vidocq schien sich zu beruhigen. „Und dann hat das Weib sich umgebracht, in der Zelle. Hat sich selbst die Pulsadern an der Wand aufgescheuert, kaum zu glauben." Vidocq nahm noch einen großen Schluck Sherry. „Doch lassen Sie uns nicht davon reden, der späte Abend sollte der Wissenschaft gehören. Ihr Projekt von der großen Sternenkarte gefällt mir. Das ist ein ehrgeiziges Unternehmen, ganz nach meinem Geschmack. Und so viel wie heute Abend habe ich noch nie über die Einrichtung von Observatorien gelernt. Aber Ihre geistige Verbindung zum Mars, die müssen Sie mir noch mal erklären, das ist mir zu hoch."

Lag da etwas Lauerndes in Vidocqs Blick? Im Inneren des Astronomen tobte der ihm altbekannte Streit. Vidocq schien genau die Art von Bildungsbürger zu sein, die er, Flammarion, bekämpfte. Doch er wusste jetzt schon, dass er nicht gewinnen könnte. Gegen Ignoranz ist kein Kraut gewachsen, man kann die Menschen nicht zur geistigen Reife zwingen. Sollte er jetzt über die feinstofflichen Zusammenhänge dozieren, die er im Kosmos vermutete und am Ende wieder einmal fast wie ein Verrückter dastehen?

„Wenn Vidocq mich für einen Spinner hält, kann mir das letztlich egal sein, aber wenn ich jetzt meine Aussage von heute morgen zurücknehme, wird mir das schaden", dachte Flammarion. „Sie sollten das nicht überbewerten", sagte er darum mit möglichst gleichmäßigem Tonfall. „Es geht mir einfach um den unerklärbaren Rest in der Sternenforschung. Von mir aus können Sie es die Frage nach dem Sinn nennen." Der Astronom schwieg.

„Das ist alles?", entgegnete Vidocq.

„Das ist alles", lautete Flammarions Antwort.

Vidocq war alles andere als dumm und er bemerkte natürlich, dass der Astronom ihm etwas vorenthielt. Aber Bestandteil seiner Ermittlungen war das nicht. Trotzdem reagierte er gereizt, als Flammarion weiter sprach:

„Es ist spät geworden und morgen möchte ich früh abreisen, die Arbeit im Observatorium ruft mich. Ich werde mir einen letzten kleinen Schluck einschenken."

„Abreisen, morgen?", fragte Vidocq. „Ich fürchte, Herr Flammarion, das wird nicht mögliche sein."

„Nicht möglich?" Flammarion zog in gespielter Überraschung die Augenbrauen hoch, auch um sich seine Enttäuschung nicht anmerken zu lassen. Seine so selbstverständlich angekündete Abreise war ein Test gewesen, er hatte es vermeiden wollen, wie jemand mit einem schlechten Gewissen um Erlaubnis zu fragen.

„Sie müssen wissen", druckste Vidocq herum, „Pierre, der Dorfgendarm, ist nicht ganz glücklich mit der kleinen Rolle, die er spielt. Vielleicht hat er auch Angst um sein Amt, ich weiß das nicht so genau. Jedenfalls hat er gestern gleich ein Protokoll angefertigt in dem Sie als Verdächtiger genannt werden. Und mir stünde es nicht gut zu Gesicht, wenn ich es Ihnen nun ermögliche, die Stadt zu verlassen."

„Sie wollen mich hier festhalten? Soll ich auch eingesperrt werden?" Flammarions Entrüstung war nur zum Teil gespielt.

„Bei allem Respekt, es gibt Vorschriften, an die ich mich halten muss. Aber selbstverständlich werden Sie nicht ‚eingesperrt', wie Sie es zu nennen belieben. Sie können auch zurück nach Paris, aber dann müsste ich Ihnen einen Begleiter mitgeben, was vielleicht doch zu viel Aufsehen erregt. Und in diesem Fall wäre auch eine Kostenfrage zu klären."

Vidocq war stolz, diesem berühmten Autoren seine Bedingungen erklären zu können. Andererseits ärgerte ihn Pierres eigenmächtiges Handeln, der mit seinem Protokoll alles unnötig verkomplizierte. Und Flammarion würde ihn niemals als gleichwertigen Gesprächspartner akzeptieren, das war ihm im Laufe des Abends klar geworden. Der Astronom war Dozent durch und durch, soviel war sicher.

„Betrachten Sie das Ganze als verlängerten Urlaub, das macht die Situation für alle Beteiligten am erträglichsten", schlug Vidocq vor. „Haben Sie nicht selbst gesagt, die Ruhe hier sei der Hektik in Paris vorzuziehen?"

Flammarion wusste, wann er verloren hatte.

„Etwas Arbeit hat ein Forscher immer im Gepäck", sagte er. „Ein paar Tage werde ich hier wohl noch verbringen können. Wie lange glauben Sie, werden Sie mich vor Ort benötigen?"

Vidocq zog die Stirn in Falten. „Es gehört zur Natur von polizeilichen Ermittlungen, dass ihr Ende nicht vorhersehbar ist. Aber ich versichere Ihnen, dass Sie hier nicht über Gebühr lange festgehalten werden."

Flammarion hatte den Raum kaum verlassen, als Pierre, der Dorfgendarm, in das Restaurant stürzte. „Hier sind Sie, Colonel, gut dass ich Sie gefunden habe, es ist etwas Schreckliches passiert. Wieder in Saint Paul." Ohne abzuwarten ließ er sich in einen Stuhl fallen, eine Geste der Vertraulichkeit, die er sich unter weniger dramatischen Umständen kaum erlaubt haben würde. Er atmete tief durch. „Der verrückte Künstler hat einen Pfleger erstochen, mit einem Pinsel. Ein Ohr abgeschnitten hat er ihm auch noch."

Pierre bemerkte allmählich Vidocqs Schwierigkeiten, seinen Blick zu fixieren. „Das nennt man wohl glasige Augen", dachte er sich. Sein Blick fiel auf die Sherry Flasche.

„Woher wissen Sie, dass es van Gogh war?", fragte Vidocq ihn aber mit erstaunlich klarer Stimme. Gleichzeitig winkte er dem Kellner: „Ich muss zahlen, sofort bitte!" Dann wandte er sich wieder Pierre zu: „Sind Sie mit Ihrem Wagen hier?"

„Sicher, wir können gleich losfahren. Falls Sie jetzt nach Saint Paul zu fahren wünschen", beeilte Pierre sich noch, hinzuzufügen.

„Was glauben Sie denn, meinen Sie, ich möchte jetzt eine Spazierfahrt mit Ihnen unternehmen?", bellte Vidocq. „Und nun raus damit, wieso wissen Sie, dass der Künstler jemanden umgebracht hat, waren Sie dabei?"

„Nein, ich nicht, natürlich nicht", stammelte Pierre, der sich schon wieder ärgerte, wie schnell er sich von diesem Polizei Colonel aus der Fassung bringen ließ. „Doktor Gachet hat das gesagt. Eigentlich nur sein Bote, den er zu mir geschickt hat."

„So, so, sein Bote. Und Doktor Gachet. Das sind bestimmt alles fähige Detektive. Na dann wollen wir mal", sagte er in versöhnlicherem Tonfall. Es würde spät werden, allmählich akzeptierte Vidocq diese Tatsache. Und Gachet besaß einen ausgezeichneten Calvados, den er zu so später Stunde, nach einem so aufwühlenden Ereignis, vielleicht anbieten würde.

Pierre verfügte nur über ein leichtes Gefährt; Vidocq musste zu ihm auf den Kutschbock klettern, wenn er nicht mit der Ladefläche vorlieb nehmen wollte. „Erstochen, mit einem Pinsel? Hat dieser Bote das wirklich gesagt?"

„Hat er gesagt", bestätigte Pierre, der mit möglichst kurzen Sätzen keine Fehler mehr machen wollte.

Er trieb das Pferd zur Eile und sie verließen schnell die Stadt. Schon tauchten die Ruinen von Glanum Dam auf und sie bogen in den Weg, der zu Saint Paul führte. Am geschlossenen Tor wurden sie von einem Wärter erwartet. Einen Nachtpförtner gab es normalerweise nicht. Vidocq und Pierre wurden zu Gachet geführt, der zusammen mit Dupres in seinem Arbeitszimmer auf sie wartete.

„Wollen Sie zuerst einen Bericht oder gleich zur Leiche?", fragte Gachet nach einer kurzen Begrüßung. „Wir haben nichts verändert oder weggeräumt."

„Eine kurze Zusammenfassung würde ich gerne von Ihnen hören und dann den Tatort besichtigen", gab Vidocq zurück.

„Dieser Mann hier, Monsieur Dupres, hat den Toten gefunden. Vielleicht sollte ich ihm das Wort überlassen?"

Vidocq nickte nur zustimmend.

„Also das war schrecklich, ganz schrecklich", legte Dupres los. „So ein Tier. Ich bin noch ganz fassungslos." Er fing sich aber übergangslos und lieferte eine emotionslose Schilderung seiner Wahrnehmung: „Ich sollte van Gogh zum Direktor bringen und bin darum zu ihm gegangen. Als ich durch die offene Tür schaute, dachte ich, er habe Besuch, der in seinem Stuhl sitzt, was mir schon merkwürdig vorkam. Als ich näher hinsah, erkannte ich Roulin und einen merkwürdigen Gegenstand an der Stuhllehne. Dann sah ich den Pinsel, der Roulin aus der Brust ragte und das viele Blut. Da habe ich die Tür zugeschlagen, abgesperrt und Doktor Gachet informiert."

„Haben Sie mir nicht erzählt, Sie hätten gesehen, wie van Gogh dem Pfleger ein Ohr abgeschnitten habe?", fragte Gachet, bevor Vidocq das Wort ergreifen konnte.

„Ich muss in der Erregung ungeschickt formuliert haben", gab Dupres zurück. „Ich habe van Goghs Hand an dem Messer gesehen, das in der Lehne steckte. Erst nachdem ich die Tür verriegelte, auf dem Weg zu Ihnen, fingen die Bilder in meinem Kopf an sich zu ordnen. Ich habe so etwas noch nie gesehen", sagte er, in Vidocqs Richtung gewandt.

„Und ist Ihnen jemand begegnet, auf dem Weg zu diesem Künstler?"

„Nein, jedenfalls nicht in seinem Gebäudeflügel."

„Und der ist verschlossen?"

„Sicher."

Vidocq schaute zu Doktor Gachet.

„Dann führen Sie uns doch bitte zu dem Toten. Wo ist van Gogh?"

„Ein Stockwerk darunter, im Bad."

„Im Bad?"

„Ja, wir haben hier Badezuber, deren Deckel sich befestigen lassen. Außerdem trägt er eine Zwangsjacke. Doppelte Sicherheit erschien mir irgendwie angebracht."

„Etwas zu spät, möchte ich meinen", knurrte Vidocq.

Sie verließen das prächtige Verwaltungsgebäude des ehemaligen Klosters. Die Schönheit der Außenanlagen blieb von der Dunkelheit verborgen. Sie passierten die Kapelle, danach den Kreuzgarten.

„Hier ist es", murmelte Dupres, dem Gachet das Aufschließen und Zusperren der schweren Pforten überließ. Der Direktor wies vage in Richtung des steinernen Flures.

„Dort sind die Bäder." Er stieg die ersten Stufen hinauf. „Der arme Roulin", brachte Gachet nur noch mühsam hervor. Vidocq sagte nichts und auch Pierre hielt sich weiterhin zurück.

In van Goghs Zelle, die Dupres mit viel geschäftigem Geklapper seines riesigen Schlüsselbundes öffnete, sagte auch niemand etwas.

Der blutige Pinsel lag in Roulins Schoß.

„Der befand sich in der Hand des Künstlers, als wir den Raum betraten, ist es nicht so?", brach Gachet das Schweigen und blickte den Pfleger an.

„Ja, so war es, als ob der Maler ihn ein zweites Mal erstechen wollte."

„Also von einem Kampf zwischen Pfleger und Patienten haben Sie nichts gesehen, ist das richtig?", hakte Vidocq nach.

„So ist es."

„Auch nicht, als Sie den Raum zum ersten Mal allein betraten?"

„Auch da nicht."

„Es ist also eine Vermutung von ihnen, wenn Sie van Gogh als Mörder bezeichnen?", fragte Vidocq weiter.

„Vermutung?" Dupres gab sich überrascht und verwundert. „Eine Vermutung? – Wenn Sie so wollen…" Er brach ab.

„Eine Beobachtung ist es jedenfalls nicht?"

„Nein", gab Dupres jetzt unumwunden zu. „Eine Beobachtung war es nicht."

„Vielleicht sollten wir den Künstler selbst fragen", sagte Vidocq, in Gachets Richtung gewandt. „Hier habe ich das Notwendigste gesehen."

Vincent war sich nicht sicher, ob die Wanne mit Wasser gefüllt war, mit weicher Watte oder vielleicht sogar mit Ölfarbe. Jedenfalls schwebte er und fühlte sich doch getragen dabei. Er hatte Opium bekommen, nach der Tat, die man ihm anlastete und morgens schon seine regelmäßige Gabe Bromsalz. Er dämmerte nun in wohligen Träumen vor sich hin und dachte an seine Zukunft. Ins Gefängnis wollte er nicht, aber er würde bestimmt hier in Saint Paul bleiben können. Wenn man wüsste, dass er die Welt nach den Gesetzen seiner eigenen Wahrnehmung begriff, hätten die Gesetze der Gerichte keinen Einfluss mehr auf ihn. Er hatte sich viel mit dieser Frage beschäftigt, damals schon, nachdem er Gaugin mit dem Rasiermesser bedrohte und später auch, als er seinem Wärter ohne Vorwarnung und ohne Grund kräftig in den Bauch trat.

Und Theo müsste sich keine Sorgen mehr um ihn machen und auch Johanna hätte ihre Ruhe.

Ruhe! Das war es: Ruhe, die bräuchte er jetzt. Er konnte sich nicht wirklich daran erinnern, Roulin getötet zu haben, aber was machte das? Roulin wollte ihn jedenfalls verlassen und sogar seine eigene Familie. Und das nur für eine wenig besser bezahlte Stelle in Marseille. Er, Vincent, würde ihm das nie verzeihen. Und nun war er tot. Und saß auf einem Stuhl in seinem Atelier.

„Also bin ich ein Mörder. Aber ein kranker Mörder. Und wenn das bewiesen ist, dann brauche ich nicht mehr zu kämpfen." Das Opium war stark genug, um van Goghs Verlangen nach Wein zu unterdrücken, er wünschte sich nichts mehr in seiner Wanne. Nur die Arme hätte er gerne ausgestreckt, aber das ging nicht. „Vielleicht kann ich meine Hände nicht mehr gebrauchen, weil ich eine so schreckliche Tat begangen habe", dachte Vincent. Diese Idee beunruhigte ihn, aber auch das ging vorbei. „Wenn Roulin erst beerdigt ist, werde ich mich wieder bewegen können", wurde es dem Maler klar. Er pendelte zwischen Wachheit und

Schlaf, zwischen Wahn und Wirklichkeit und er schien nur ein winziger Punkt in einer sehr großen Welt zu sein.

Die eintretenden Gestalten nahm er nur als Schatten am Rande seines Bewusstseins wahr.

„Hier ist er", schien irgendjemand zu sagen, aber Vincent hatte keine Ahnung, wer das sein könnte. Ein Gesicht näherte sich ihm. Worte zischten aus dem Mund.

„…van Gogh – mich hören – getan haben – „

„Wem gilt das?", fragte sich der Maler und er versuchte, seinen Blick zu fixieren.

„Doktor Gachet", sagte Vincent, der seinen Arzt neben dem fremden Gesicht erkannte.

„Ich bin Monsieur Vidocq", kam es aus dem fremden Gesicht, dicht vor ihm. „Polizeioberst im Dienst der Republik."

„Es lebe die Republik! Vive la France!" Vincent wusste nicht, warum er das sagte, aber es erschien ihm richtig.

„Haben Sie Ihren Pfleger ermordet? Herrn Roulin?", fragte Vidocq ganz direkt.

„Ja, das wollte ich", gab Vincent zu. „Seine Augen machten mir Angst."

Der Polizeioberst und der Anstaltsleiter sahen sich ungläubig an.

„Und haben Sie ihn wirklich getötet?", hakte Vidocq nach.

Etwas drang zu van Gogh durch.

„Das ist wichtig", dämmerte es ihm. Er wusste, dass er sich jetzt gut überlegen musste, was zu tun sei.

„Herr van Gogh", mischte Gachet sich ein. „Es geht um Roulin. Haben Sie Ihren Pfleger umgebracht?"

„Ich weiß nicht. Vielleicht. Ist er denn tot?"

„Ob er tot ist?" Gachet konnte es nicht fassen. „Allerdings ist er tot und er sitzt im Sessel in Ihrem Atelier. Mit nur noch einem Ohr. Und Sie haben wir dort eben abgeholt."

„Malt er da mit meinen Farben? Das will ich nicht!"

„Herr van Gogh, haben Sie Ihren Pfleger heute umgebracht?", versuchte Gachet es ein weiteres Mal.

„So kommen wir nicht weiter", sagte Vidocq. „Herr Gachet, kann es sein, dass Herr van Gogh soeben einen Anfall erleidet? Der weiß doch gar nicht, was er sagt."

„Anfälle sehen bei ihm anders aus. Ich habe ihm Opium verordnet. Das beruhigt allerdings nur und führt nicht zu Halluzinationen."

„Ich habe die Gefahr in seinen Augen wirklich gesehen", murmelte van Gogh. „Er war wie ein wildes Tier."

„Und darum haben Sie ihn getötet?", wandte der Polizeioberst sich sofort wieder dem gefangenen Künstler zu.

„Ja", sagte Vincent in aller Schlichtheit und Kürze. „Das hätte ein guter Grund sein können", fügte er aber an.

Vidocq kannte die Höhen und Tiefen des menschlichen Lebens. Es gab nicht viel, was er noch nicht gesehen hatte. Er war als junger Soldat immer wieder in Händel mit seinen Offizieren geraten, musste gelegentlich die Fronten wechseln; verstrickte sich in Liebesabenteuer und brachte mehrere kleine Vermögen durch. Er hätte nachzählen müssen, um darüber Auskunft geben zu können, wie oft er in seinem Leben die Identität wechselte.

Doch in diesem Leben machte er Erfahrungen und auf genau diese wollten einige hohe Herren der Polizeibehörden gerne zurückgreifen. So begann vor über zehn Jahren seine Karriere bei der Geheimpolizei. Wenn bei Vidocq nicht so viele alte Rechnungen offen gewesen wären, hätte er, an Verstand allmählich gereift, vielleicht als Leiter dieser Behörde seinen kommenden Lebensabend genießen können. Das aber war ihm nicht vergönnt und er konnte froh sein, als er nur in den Süden abgeschoben wurde, nachdem immer mehr Details seiner Vergangenheit allmählich ruchbar wurden.

Doch diesen Fall hier konnte er in keinster Weise einordnen. Die grausame Hinrichtung des Irrenschließers, die Pistolenmorde, als Zugabe noch ein Mars-Süchtiger Astronom und außerdem die Flasche Sherry nach dem Abendessen.

„Ich werde morgen früh wiederkommen. Können Sie solange für die Sicherheit des Verdächtigen garantieren? Das scheint mir jetzt sinnvoller, als ein nächtlicher Transport ins Gefängnis nach Avignon."

Gachet nickte nur.

„Wie werden ihn hier drin behalten. Bewacht." Er wandte sich an Dupres: „Diese Aufgabe übertrage ich Ihnen. Sorgen Sie dafür, dass immer jemand hier ist."

Diagnose (Diagnosis, griech.), Erkennung, Beurteilung; insbes. das Urteil, das sich der Arzt über das Wesen einer Krankheit bildet. Die Kunst, eine D. zu stellen, die Diagnostik, ermittelt die Art und das jeweilige Stadium der Krankheit; das Urteil über ihren mutmaßlichen Verlauf heißt Prognose (Vorhersage). Handelt es sich darum, unter zwei oder mehreren Möglichkeiten durch genaueste Sichtung aller Einzelerscheinungen die vorhandene Krankheit festzustellen, so spricht man von Differentialdiagnose. Die richtige D. ist Grundbedingung für ein rationelles Heilverfahren, daher die wichtigste, oft aber auch die schwierigste Aufgabe des Arztes.

Meyers Großes Konversations-Lexikon, 1906

Doktor Gachet empfing Maurice, den Laufburschen des Hotel Le Château in seinem Arbeitszimmer.

„Ob der Herr Doktor die Freundlichkeit besäße, mir gleich Nachricht für den Herrn Direktor mitzugeben, ließ der Direktor mich bitten zu fragen", brachte Maurice mühsam hervor.

„Dann wollen wir mal sehen, was Sie für mich haben", gab Gachet sich jovial. Er überflog die paar Zeilen.

„Er möchte mich besuchen, der Direktor der Pariser Sternwarte. Heute Nachmittag. Sagen Sie ihm, er werde zum Tee erwartet."

Gachet ließ Flammarion in den kleinen Salon führen.

„Sie sind der Astronom, der mit sechszehn sein erstes wissenschaftliches Werk verfasst hat. Ich freue mich über die Ehre, Sie kennenzulernen."

„Und ich bin erfreut, weil Sie gleich heute für mich Zeit gefunden haben", gab Flammarion zurück.

Die zwei Herren, beide Wissenschaftler, arrangierten sich in ihren Sesseln, Tassen wurden zurechtgerückt, Gebäck auf Teller gelegt. Nach einigen einleitenden Floskeln über das Wetter, die Hektik von Paris und die Architektur von Saint Paul kam Flammarion zur Sache: „Wie ich Ihnen schon geschrieben habe, Doktor Gachet, bin ich nicht ausschließlich Astronom, sondern Naturforscher allgemein. Ganz besonderes Interesse hege ich für die Kräfte der menschlichen Seele, der Psyche, wissenschaftlich formuliert. Und ich bin der Überzeugung, die menschliche Natur lässt sich nur verstehen, wenn wir uns ganz besonders ihren Randerscheinungen und den extremen Auswüchsen widmen. Die Grenzen des Normalen liegen im Unnormalen und der Wahnsinn erklärt uns den Mechanismus der Vernunft. Und ich hoffe, diese Theorie mit Ihnen erörtern zu können, von Ihren beruflichen Erfahrungen lernen zu dürfen."

„Und wie kommen Sie dabei auf mich? In Paris, in der Salpêtrière, finden Sie doch Subjekte für Ihre Studien im Überfluss."

„Nun, Sie als Mann der Wissenschaft werden bestimmt Verständnis für meine Lage zeigen. Ich wollte hier im Süden den Himmel beobachten, fernab von den Lichtern der Großstadt. Und jetzt muss ich wegen der hier geschehenen Morde zur Verfügung der Polizei in der Nähe bleiben. Man findet es sonderbar, dass ich im Dunkeln umherstreife und vorgebe, die Sterne zu beobachten. Und nun möchte ich die Tage nutzen, um mit einem gelehrten Mann einige Gespräche zu führen, die mir bei meinem Werk über die Rätsel des Seelenlebens gewiss weiterhelfen werden", antwortete Flammarion. „Natürlich nur, wenn Ihre kostbare Zeit das erlauben sollte", beeilte er sich, hinzuzufügen.

„Ich soll also Ihre Wartezeit hier bei uns in der Provence verkürzen?", fragte Gachet. Er hatte bereits beim Empfang des Astronomen einen fahrigen und zerstreuten Eindruck gemacht, jetzt wirkte er gereizt. Flammarion schien durch diese Direktheit für einen Moment verblüfft. Aber er war nicht der Mann, der schnell aufgab.

„Wahrscheinlich machen diese Morde Ihnen sehr zu schaffen, das verstehe ich gut. Doch vielleicht könnte die Ablenkung durch ein rein theoretisches Gespräch für Sie eine Entspannung sein. Und vielleicht habe ich bei meinen Studien der menschlichen Seele Erfahrungen gemacht, die sogar für Sie nützlich sein könnten."

„Nützlich?" Gachet schien nicht zu verstehen, worauf Flammarion hinaus wollte. „Ja, Sie haben Recht, eine solche Mordserie habe ich nicht erwartet."

Flammarion rührte in seiner Tasse. Er wusste nicht, wie er diese Antwort auffassen sollte. Die gehäkelte Decke verdeckte die Maserung der Mahagonitischplatte nicht völlig. Teilweise schienen die schwarzen Linien im Holz sich mit den Rändern des Stoffes zu decken. Der Astronom betrachtete dieses Muster und redete einfach weiter:

„Neben den vielen Formen des Wahns, die wir nicht wirklich fassen können, die ererbt sind, mit denen die Unglücklichen zur Welt kommen, gibt es auch Zustände, denen Menschen erst später in ihrem Leben begegnen. Es existiert eine Form des Irrsinns, die ihre Opfer ohne Unterlass quält und es gibt Verrücktheiten, die kommen und gehen. Und was von selbst geht, kann auch mit Methode vertrieben werden. Was spät in das Leben eintritt, muss noch später auch herauszubringen sein."

„Sie beschreiben meine Arbeit sehr gut."

„Und ich möchte verstehen. Das ist meine Aufgabe und das ist die Aufgabe der Wissenschaft."

„Wissenschaft?" Gachet lachte gequält. „Glauben Sie, es wäre hilfreich zu wissen ob die schwarze Galle oder ein entzündeter Nerv die Tobsuchtanfälle hervorruft? Ob die Melancholie eine Erschöpfung des Geistes oder eine Krankheit der Seele ist? Selbst wenn ich weiß, wie sehr der

Druck der geweiteten Adern im Gehirn die Psyche verändert – was kann ich dadurch ändern?"

„Jede Wirkung hat ihre Ursache…", begann Flammarion, aber Gachet fiel ihm ins Wort:

„Was glauben Sie, wie lange ich schon Ursachenforschung betreibe? Über zehn Jahre lang allein hier in Saint Paul." Er wurde leiser. „Und irgendwann sind sie schon froh, wenn die Irren sich nicht gegenseitig tot schlagen und das Haus in Brand setzen." Er schwieg. Gachet sah sich selbst als tragische Gestalt. Gescheitert im langen Kampf gegen die Natur. Und im Kampf gegen die menschlichen Gesetze. Das Geld für Saint Paul floss umso reicher, je überzeugter er von einer Heil- und nicht von einer Pflegeanstalt sprach. Ein Unterschied, an den er selbst schon lange nicht mehr glaubte. Und allmählich wurde er müde, das zu verbergen. Aber hier vor einem Pariser Astronomen seine Bedenken preisgeben? Das war unachtsam gewesen. Unnötig vor Allem. Gachet ging in die Offensive:

„Was haben Sie denn Neues über die menschliche Psyche herausgefunden?", fragte er.

„Neues?" Flammarion spürte, wie sehr diese Frage seine Forschung auf den Punkt brachte. „Ich sammle. Ich sammle Erscheinungen. Und ich frage nach ihrer elektrischen oder magnetischen Natur."

Gachet winkte ab. „Das ist nicht mein Gebiet. Sie müssen verstehen, ich brauche eine Trennung zwischen Beruf und Neigung. Hier in Saint Paul bin ich für kranke Menschen verantwortlich. Und für den reibungslosen Ablauf des gesamten Betriebes. Das lässt mir keinen Raum für Spekulationen. Dafür habe ich die Kunst. Als Künstler darf ich experimentieren, ausprobieren und verwerfen. Als Arzt habe ich diese Freiheit nicht."

„Sie sind Künstler?" Flammarion war überrascht.

„Nicht wirklich", schränkte Gachet ein. „Aber ich zeichne und radiere und ich habe Kontakt zu einigen bedeutenden Künstlern.

„Ist der Mörder nicht auch Künstler?"

Gachets Gesicht verdüsterte sich. „Sie meinen van Gogh? Was wissen Sie über den?"

„Van Gogh? Ist das sein Name? Ich kenne einen Theo van Gogh, Kunsthändler in Paris?"

„Das ist sein Bruder."

„Sein Bruder? Ich bin erstaunt. Und der wird des Mordes verdächtigt?"

„So ist es."

„Das ist ja unglaublich! Ich habe in Paris ein Bild von ihm gesehen, die *Sternennacht*. Leider war ich zu beschäftigt, um mir nähere Informationen darüber zu beschaffen, aber nach meiner Rückkehr wollte ich das nachholen. Und dieser Maler wird hier behandelt? Und steht unter Mordverdacht?"

„Entschuldigen Sie, Herr Flammarion, aber in diesen Fällen ermittelt die Polizei noch. Und ich will nicht verschweigen, dass auch ich kein großes Interesse daran habe, einen Skandal zu publizieren. Wenn Sie Fragen zu den Morden haben, wenden Sie sich bitte an Colonel Vidocq. Wenn ich mir auch nicht vorstellen kann, dass Sie dort viel mehr erfahren."

„Das ist eine ganz schreckliche Geschichte und meine Verwicklung darin ist mir mehr als unangenehm. Aber mein eigentliches Interesse gilt dem Bild. Glauben Sie, ich kann mit dem Maler darüber reden?"

„Ich schlage einem verdienten Mann der Wissenschaft ungern etwas ab, aber der Zeitpunkt erscheint mir wirklich ungünstig. Nein Herr Flammarion, ich fürchte, Ihre Bitte ablehnen zu müssen."

Der Zigarrenrauch der beiden Herren kräuselte sich an die Decke, blaue Nebel waberten vor den Fenstern. Der Astronom blickte nach draußen, ließ seinen Blick umherschweifen, als suche er im Park der Anstalt nach neuen Argumenten.

„Ich verstehe", war dann doch alles, was er hervorbrachte. „Ich fürchte, Ihre Zeit schon zu lange in Anspruch genommen zu haben."

Gachet machte sich nicht die Mühe, dem Astronomen zu widersprechen.

„Haben Sie van Goghs Sternenhimmel gesehen?", fragte Flammarion noch, schob aber bereits seinen Stuhl nach hinten und machte Anstalten, aufzustehen.

„Gesehen, vielleicht, aber dann habe ich ihm keine allzu große Bedeutung beigemessen."

Diese knappe Antwort veranlasste Flammarion endgültig, Gachet die Hand zum Abschied hinzustrecken.

„Herr Doktor, ich danke Ihnen, für die Zeit, die Sie sich für mich genommen haben."

Auf seinem Rückweg in das beschauliche Zentrum von Saint Rémy sah Flammarion Vincents Sternennacht immer deutlicher:

Der strahlende Mond, die pulsierenden Sterne, das lebendige Band der Milchstraße, die geisterhafte Morgendämmerung am Horizont –alles schien ihm genau darzustellen, woran er selber glaubte: Das Weltall lebt.

Da war noch ein Kontrast im Bild gewesen, aber Flammarion konnte sich nicht mehr erinnern. Ein Berg? Ein Turm? Ein Baum? Vielleicht nicht so wichtig.

Der Astronom lächelte. Er war in Eile auf der Suche nach einem eher klassischen Gemälde gewesen, einem Geschenk für den Hochzeitstag seiner Eltern, den er fast vergessen hätte. Dann führte ihn in der Galerie einer von Theo van Goghs Assistenten in den falschen Raum. Dort wurden manchmal Bilder zwischengelagert, die gar nicht für die Ausstellungsräume gedacht waren. Dort stand die *Sternennacht*. Der Assistent erschien nicht sehr erpicht darauf, ausführliche Auskunft über dieses expressionistische Kunstwerk zu geben. Und Flammarion musste unbedingt den nächsten Kongress vorbereiten. Aber er ging nicht, ohne den Namen des Schöpfers dieses Werkes zu erfahren.

Er war der Überzeugung, dass die Astronomie die Menschheit verändern könne. Wer sich mit den Geheimnissen des Himmels beschäftigt, wird die kleinlichen Sorgen des irdischen Alltags allmählich überwinden. Daran glaubte er und darum fiel es ihm so schwer, sich van Gogh als schuldigen Gewaltverbrecher vorzustellen. Und selbst wenn es so wäre, dann müsste er, Camille Flammarion, Erforscher von Sternen und der Seele, diesen Ausnahmemenschen unbedingt kennenlernen.

Ob Vidocq ihm irgendwie dabei helfen könnte? Er könnte ganz bestimmt, aber warum sollte er das tun. Jedenfalls wollte Flammarion diesen Abend wieder im Restaurant Sanglier speisen.

„Vielleicht habe ich Glück und es ist das Stammlokal des Polizeichefs", dachte der Astronom. „Vielleicht sollte ich ihm anbieten, anhand der Bilder des verdächtigen Künstlers etwas über seinen Geisteszustand zu erfahren."

Im Restaurant waren einige Tische besetzt, doch Vidocq glänzte durch Abwesenheit. Die schweren Eichenmöbel vermittelten Behaglichkeit, die ausgestopften Tiere an den Wänden irritierten Flammarion genauso, wie am Vortag. Essensdunst und Tabakqualm hingen schwer in der Luft und ließen Trägheit in der aufgewühlten Seele des Naturforschers entstehen. Sollte er nicht mit der nächsten Gelegenheit nach Hause fahren und diese Geschichte auf sich beruhen lassen? Sich ein neues Konzept überlegen, das Wesen des Mars zu erkennen?

Nein, das entsprach nicht seiner Art. Und überhaupt, eine offizielle Erlaubnis, diesen Ort zu verlassen, konnte er nicht vorweisen.

„Sie kennen den Herren, mit dem ich gestern Abend hier speiste?", fragte er darum den Wirt, der ihm persönlich seinen bestellten Rehrücken brachte.

„Den Polizeiobersten? Monsieur Vidocq? Wer kennt den nicht?"

„Ich hatte gehofft, ihn hier zu treffen."

„Das ist ungewiss. Manchmal kommt er an drei Abenden nacheinander und dann sehe ich ihn drei Wochen nicht. Aber im Präsidium, da ist er täglich."

„So wichtig ist es auch wieder nicht. Monsieur…" Flammarion machte eine fragende Pause.

„Lebrun, meine Name ist Lebrun", gab der Wirt bereitwillig Auskunft.

„Monsieur Lebrun, darf ich Sie zu einem Glas von ihrem Wein einladen?", fragte Flammarion. „Und würden Sie die Sorte auftischen, die Sie selbst für die beste halten?"

Lebrun blickte sich in seinem Lokal um. An allen Tischen war bereits serviert, Vivien die Kellnerin machte sich schon in der Küche nützlich. Der Fremde vermittelte einen seriösen Eindruck, wenn er auch irgendwie überspannt dabei wirkte. Ein Gastwirt ist es gewohnt, mit den verschiedensten Menschen zurecht zu kommen und darum willigte Lebrun ein, sich auf ein Glas Bordeaux zu seinem Gast zu setzen.

Flammarion gab sich als Naturforscher und Buchautor zu erkennen und kam dann bald zur Sache.

„Ich wollte nicht unbedingt mit Monsieur Vidocq sprechen, es sind eher die Vorfälle in und um Saint Paul, die mich interessieren. Hat es vergleichbares dort früher schon einmal gegeben?"

Lebrun blickte sein Gegenüber skeptisch an.

„Warum fragen Sie mich das?"

„Nun, meine Geschäfte werden mich noch einige Tage hier in der Gegend halten und es ist eine Angewohnheit von Forschern, ihre Nase überall hereinzustecken. Den Künstler, den man der Morde verdächtigt, kannten Sie den?"

Lebrun ließ sich von Flammarions direkter Art überrumpeln und gab anstandslos Antwort:

„Gekannt habe ich ihn nicht, nur ein- oder zweimal von Weitem gesehen, wie er mit seiner Staffelei und seinen Leinwänden durch die Gegend zog."

„Und was hält man hier im Ort so von diesem Menschen?"

„Um den kümmert sich keiner, soweit ich es weiß. Sie sollten das auch nicht tun. Was wollen Sie sich mit Morden abgeben, wo Sie doch besser in die Sterne schauen können."

„Sie mögen Recht haben, doch diese ehemalige Abtei Saint Paul birgt Rätsel und das reizt Menschen meiner Natur."

„Dort hinten am Fenster sitzt der Verwalter des Irrenhauses, Monsieur Deville, soll ich ihm Ihre Karte bringen?"

Flammarion war überrascht.

„Vielleicht will der in Ruhe essen, ich bin nicht sicher."

„Überlegen Sie es sich", sagte Lebrun und stand auf. „Sie entschuldigen mich, ich muss in der Küche nach dem Rechten sehen."

Es kroch etwas heran in dem Astronom und Wissenschaftler: Besessenheit!

Wenn er ein Ziel verfolgte, kam unweigerlich der Punkt, an dem er entweder nicht mehr davon lassen konnte oder völlig das Interesse verlor. Und hier hatte er Interesse, musste er Interesse haben, solange er selbst auf der Liste der Verdächtigen stand. Außerdem wollte er den Mann kennenlernen, der im Bild so genau darzustellen verstand, was er, Flammarion, in allen seinen Schriften zu vermitteln suchte.

Vidocq würde ihm vermutlich nicht weiterhelfen, er könnte froh sein, wenn der ihm keine weiteren Schwierigkeiten machte. Gachet hatte sich abweisend gezeigt und Flammarion wusste nicht, womit er den Arzt doch noch zu einer intensiven Zusammenarbeit bewegen könnte.

Und hier saß nun ein Mann aus Saint Paul wie bestellt im gleichen Lokal. Sollte das sogar ein Wink des Schicksals sein? Zu gewinnen wäre viel und Flammarion fiel nichts ein, wodurch eine Kontaktaufnahme zu dem Verwalter des Hospitals schaden könnte.

Er winkte dem Wirt und bat ihn, Deville seine Karte zu überreichen.

„Monsieur Deville?"

Roger blickte auf.

„Der Herr dort drüben", Lebrun wies in Richtung des Astronomen, „hat mir einige Fragen zum Hospital Saint Paul gestellt und ich habe mir erlaubt, zu erwähnen dass Sie der Verwalter dieser Anlage sind. Daraufhin bat er mich, ihnen seine Karte zu überreichen."

Lebrun reichte Roger Flammarions, auf feinstem Karton geprägte, Visitenkarte, die dieser äußerst kritisch betrachtete.

„Der Direktor der Pariser Sternwarte möchte mich abends beim Essen stören? Was ist das denn für eine Geschichte? Das ist doch bestimmt ein Schwindler, der mich nach zwei Gläsern Wein um Geld angehen wird. Na, soll er herkommen der Bursche. Und Lebrun: Das nächste Mal, bevor Sie mit ihrem Wissen hausieren gehen, fragen Sie mich vorher. Ich mag es gar nicht, wenn über mich getratscht wird."

„Der Fremde macht einen sehr seriösen Eindruck, gestern Abend war er mit Vidocq hier zu Tisch."

„Vidocq? Ich weiß nicht, ob das unbedingt eine Empfehlung ist."

Lebrun signalisierte Flammarion Rogers Einverständnis und der Astronom begab sich zum Tisch des Verwalters.

„Flammarion, Camille Flammarion", stellte er sich vor und gab Roger die Hand. Der ergriff sie und schüttelte sie so kurz wie möglich.

„Deville", war alles, was er sagte.

„Bitte verzeihen sie, dass ich Sie so unvermittelt überfalle, ich bin Wissenschaftler und einem spannenden Thema auf der Spur".

Roger sagte nichts.

„Die Berufsbezeichnung auf meiner Karte ist Astronom und das ist sicher richtig. Aber wissenschaftliche Interessen lassen sich nicht auf ein so kleines Stück Papier drucken. Ich forsche noch in ganz anderen Gebieten, auch in der Salpêtrière in Paris."

Roger sagte immer noch nichts.

„Ganz besonders interessiert mich das Grenzgebiet zwischen dem Wahn und der Vernunft."

Flammarion verlor allmählich an Fahrt. Mit der Salpêtrière hatte er sich sehr weit vorgewagt. Eigentlich hatte er nur Berichte über diesen Moloch des Elends in der französischen Hauptstadt gelesen. Aber irgendwie wollte er das Interesse dieses kurz angebundenen Mannes ihm gegenüber wecken und er wusste noch nicht recht, wie das zu bewerkstelligen sei. Überhaupt, Monsieur Deville sah seltsam aus. Irgendwie wirkte sein Gesicht verquollen, zwei kleine Platzwunden zierten seine Stirn.

„Er muss einen Unfall gehabt haben", dachte Flammarion.

„Und diese Frage ist auch von wirtschaftlichem Interesse", kam ihm die rettende Idee. „Welcher Irre kann bei der Bewirtschaftung seines Hospitals mitarbeiten und wie stellt man das fest. Und wie wirkt sich diese Arbeit auf seinen Krankheitsverlauf aus?"

Flammarion war stolz auf diesen Gedanken.

„Warum besprechen Sie das nicht mit Doktor Gachet?"

„Das habe ich versucht, aber der Herr Direktor scheint mir ein sehr beschäftigter Mann zu sein."

„So, so, sehr beschäftigt. Er hat Sie rausgeworfen oder was wollen Sie mir damit sagen?"

In Roger arbeitete es. Er konnte sich alles vorstellen, aber nicht, dass dieser seltsame Fremde die Wahrheit sagte.

„Was will der wirklich", fragte sich der misstrauische Verwalter. „Kommt er von der Regierung und soll unsere Gelder prüfen? Will er einfach nur meine Kasse stehlen? Oder ist es ein Verrückter, jemand der mit den Morden im Zusammenhang steht?"

„Rausgeworfen, wie Sie es zu formulieren belieben, hat Doktor Gachet mich bestimmt nicht." Flammarion beschloss, aufs Ganze zu gehen.

„Vermutlich sind es die besonderen Vorkommnisse im Hospital, die ihn beschäftigen."

„Eine nette Beschreibung für Mord", antwortete Deville. „Aber sicher, das beschäftigt unseren Direktor natürlich sehr." Roger hatte beschlossen, dem Fremden auf den Zahn zu fühlen und dafür müsste er seine eigenen Zähne schon etwas auseinander bekommen. Glücklicherweise lagen die frischen Lücken weiter hinten und würden nicht auffallen. Bei herzlichem Gelächter vielleicht, aber das war wirklich nicht Rogers Stärke. „Und was genau wollen Sie jetzt wissen?", fragte er ganz direkt.

„Wissenschaft ist ein Austausch. Ein Austausch von Fakten und Erfahrungen. Und daraus ergibt sich Neues", dozierte Flammarion. Er spürte selbst, wie schwach sein Auftritt war, aber er konnte den Verwalter nicht einfach bitten, ihn zu dem gefangenen Patienten zu führen, obwohl Gachet das bereits abgelehnt hatte. Also musste er das Vertrauen dieses Mannes gewinnen, zumindest sein Interesse wecken. Und das schien nicht einfach zu sein. „Wer arbeitet denn mit Sensen und Sicheln auf ihren Feldern? Auch Patienten der Anstalt?"

„Sie glauben, dass wir den Irren Waffen geben und sie nach draußen lassen? Macht man das in Paris so? Eimer und Lappen sind deren Werkzeuge, vielleicht auch mal ein Besen."

„Aber nicht alle arbeiten mit?", fragte Flammarion. Er wollte Deville in jedem Fall bei Laune halten, das Gespräch durfte nicht abreißen.

„Natürlich nicht, wir haben eine Menge Verrückte hier, die zu gar nichts mehr zu gebrauchen sind. Da ist Vorsicht das Gebot der Stunde. Wissen Sie das nicht?" Roger wollte nun erfahren, mit wem er es zu tun hatte.

„Bringen Sie Ihre Fernrohre nachts zu den Bekloppten und lassen diese Ihre Untersuchungen machen? Oder was genau ist Ihre Arbeit in der Salpêtrière? Bringen Sie den Verrückten das ABC bei?"

„Ich habe keine Arbeit im Hospital", stellte Flammarion klar. „Ich erforsche den menschlichen Geist und dafür untersuche ich seine Grenzgebiete. Doch leider ist die Forschung nicht frei und auf Gelder angewiesen. Darum käme es mir sehr zustatten, wenn ich einen Beitrag dazu leisten könnte, die Kosten in den Hospitälern zu senken. Wenn das gleichzeitig noch dem Wohl der Kranken dienen könnte, hätten wir es mit echtem Fortschritt zu tun." Flammarion war selbst überrascht, wie leicht ihm diese Theorie über die Lippen glitt. So hatte er noch gar nicht darüber nachgedacht, eigentlich wollte er nur ein Gespräch mit einem Patienten, der als gefährlich eingestuft wurde. „Sag ich doch", dachte er bei sich. „Wissenschaft ist Austausch".

„Ob der wirklich Wissenschaftler ist?", fragte sich Roger. „Und wenn, kann ich ihn trotzdem benutzen, um Dominique, dem Sägewerker eins auszuwischen?" Roger dachte nur an Rache. Den ganzen Tag schon. Und da kam plötzlich so ein seltsamer Vogel und erzählte ihm Geschichten über Wahn und Vernunft. Er winkte Lebrun herbei. „Bringen Sie uns eine Flasche Calvados. Natürlich mit zwei Gläsern. Die Unterhaltung hier mit meinem neuen Freund wird immer interessanter." Roger wusste genau, welche Mengen an Alkohol er in sich hineinschütten konnte, ohne betrunken zu werden. Und wenn dieser merkwürdige Fremde trinkfester war als er selbst, wäre noch lange nichts verloren.

Flammarion hustete. Calvados war er nicht gewohnt.

„Das gibt sich", beruhigte ihn Roger. „Der zweite rutscht gleich besser." Er schenkte nach. „Trinken sie!", forderte er den Astronom auf. „Danach spricht es sich viel leichter."

Flammarion trank das zweite Glas zur Hälfte aus. Er wollte seinen Tischnachbarn bei Laune halten, aber der Calvados brannte doch zu sehr in seiner Kehle und in seinem Magen.

„Halbe Gläser zählen nicht", beschwerte sich Roger. Er schenkte sein eigenes Glas wieder voll und hielt es vor Flammarion auffordernd über den Tisch.

„Trinken wir auf die Wissenschaft", schlug er vor.

Flammarion leerte sein Glas, Roger natürlich auch. Er schenkte gleich wieder voll.

„Und auf die Verrückten", schlug er vor. „Ohne die hätten wir alle keine Arbeit."

Flammarion nippte nur an seinem Glas. Zusammen mit dem Wein, den er mit Lebrun verkostet hatte, waren die zwei vorherigen Calvados schon mindestens einer zu viel für ihn gewesen. Doch sie machten ihn auch mutig. Und Mut würde er brauchen. Immer klarer wurde es dem Astronom und Naturforscher, dass er im Dienst der Wissenschaft und der Gerechtigkeit notfalls in Saint Paul einbrechen müsste. Und dieser Deville, der da vor ihm saß, sollte ihm dabei helfen.

Nachdem Roger ihm noch einen vierten Calvados einschenkte, ging Flammarion in die Offensive. Er bat darum, sich die Heilanstalt zeigen und ihre Organisation erklären zu lassen. Er erwähnte die neue psychologische Theorie, nach der Besserung in Strafanstalten nicht nur schwierig, sondern sogar unmöglich sei. Die Gefangenen würden sich mit ihren verderbten Charakteren gegenseitig in noch tiefere Abgründe der Schlechtigkeit stoßen, nach ihrer Entlassung seien sie eine noch größere Gefahr für ihre Umwelt. Und ähnliches gelte für Heilanstalten, auch diese wären besser geeignet, einen Menschen verrückt zu machen, als ihn zur Vernunft zu bringen.

Roger schien das nicht wirklich zu interessieren, jedenfalls drehte er während Flammarions Vortrag die Calvados Flasche und studierte das Kleingedruckte auf der Rückseite.

„Wenn Sie wollen, führe ich Sie morgen durch Saint Paul", sagte er aber dann zu Flammarions Überraschung. „Kommen Sie doch um zehn Uhr zum Eingang, man wird Sie zu mir bringen."

Deville war sich sicher, dass er angelogen wurde. Halbwahrheiten, Lügen, Verdrehungen, irgendetwas in dieser Richtung musste er sich gerade anhören. Da man aber nicht jeden Abend zusammen mit dem Direktor der Pariser Sternwarte Calvados trank, hielt Roger sich zurück. Er würde es bestimmt sehr bald heraus bekommen, sollte hier ein Hochstapler vor ihm sitzen.

Schwermuth, Schwermüthigkeit, Melancholey, lateinisch Melancholia, welches aus dem Griechischen von nigra, Schwarze, und bilis, Galle, hergeleitet wird; daher sie auch im Lateinischen Arra bilis, und im Deutschen Böß, Schwarz Geblüte heisset: Französisch Melancolie. Man kann diese Kranckheit auf keine bequemere und deutlichere Art beschreiben, als wenn man saget, daß sie in einer Verletzung der Einbildungskraft beruhet, mit welcher jeder Mensch vermöge seiner Erfindungskraft, (ingenium) so er von dem weisen Schöpfer empfangen, begabet ist, und daß sie die Patienten ohne einiges dazu schlagendes Fieber angreiffet: Denn es lieget hier der Knoten nicht etwan allezeit in dem Blute selbst, oder in der üblen Beschaffenheit der inneren festen und fleischichten Theile, sondern es kommt auch vielmals diese ganze Beschwerung auf die Gedanken, oder Einbildungen und Phantasten selbst an.
Zedlers Universallexicon, 1750

„Ob ich meine Pistole jemals wiedersehen werde?", murmelte Pascal. Seine Stirn war in sorgenvolle Falten gelegt, seine Augen blickten traurig.

„Du willst mir auf keinen Fall sagen, wem du sie geliehen hast?", fragte Claire zurück. „Hast du Angst?"

Pascal ließ sich lange Zeit mit seiner Antwort. „Angst ist ein großes Wort, ich verstehe einfach die Lage nicht. Es ist ein einflussreicher Mann, dem ich die Waffe geliehen habe, und ich will nicht ins Gerede kommen, keine Schwierigkeiten, verstehst Du? Was soll ich machen, wenn die mir plötzlich etwas anhängen, weil mit meiner Waffe geschossen wurde? Kann man so etwas feststellen? Wenn es so war…" Er seufzte. „Vielleicht hätte ich besser geschwiegen, einfach abgewartet."

Claire sah ihn aus funkelnden Augen an, egal schien ihr dieser Pascal nicht zu sein, aber sie war auch beleidigt: „Dann fang erst gar nicht an, geheimnisvoll herumzureden, wenn du mir doch nichts erzählen willst. Da musst du Dich schon entscheiden."

„Vögel wollte er vertreiben, weil die ihn angeblich stören. Und ich glaub das auch noch. Ist bestimmt gelogen." Auf Claires Vorwurf ging Pascal gar nicht ein. Er betrieb die Herberge in der Stadt, allerdings die für das einfache Volk, nicht das vornehme Hotel, in dem Flammarion sich eingemietet hatte. Pascal liebte das Leben und er genoss es, soweit seine bescheidenen Einkünfte und die viele Arbeit es ihm erlaubten. Zu einer festen Bindung war es bei ihm noch nicht gekommen, Schankmägde dagegen hatte er schon viele gehabt. Und wenn das Rheuma ihn plagte, ging er zu Claire. Claire hatte schon manchem Mann die Wunden gesäubert und die müden Gelenke gepflegt, allein war auch sie.

„Geht es dabei nicht um Kaliber?", fragte sie in versöhnlicherem Tonfall. „Kann man so was nicht messen?"

„Ja und es war eine Pistole, mit der Picard und Pierre umgebracht wurden. Heißt es jedenfalls, mit dem Polizeichef habe ich natürlich nicht geredet."

„Ein Gewehr wäre besser, das haben hier viele."

„Gejagt und gewildert wird viel. Aber gerade von den feinen Herren haben auch viele noch eine Pistole. Und dann gibt es ja auch noch die Soldaten in der Kaserne."

„Ja, die Soldaten, die gibt es hier…" Claire gab sich Mühe ihrer Stimme ein erotisches Timbre zu verleihen. Ihre Hände wanderten an Pascals Rücken herunter, strichen über seine Lenden und Leisten. „Und hier unten plagt das Rheuma Dich nicht?", flüsterte sie.

Pascal stöhnte wohlig. „Da bin ich ganz besonders verspannt…" Claire nestelte an seinem Hosenbund. Sie würden miteinander schlafen, das wusste sie schon jetzt. Und wieder würde sie dabei an ihre Tochter denken, die sie schon vor Jahren verloren hatte. Nach der Wut und dem grausamen Schmerz der ersten Monate war eine stille Melancholie über sie gekommen, die sie nie wieder verlassen hatte. Und wenn sie doch schöne Momente erleben durfte, kamen verlässlich die Vorwürfe: „Warum habe ich Blanche nur zu den Ärzten gebracht, warum habe ich sie nicht allein behandelt? Ich wusste, dass es Pfuscher sind." Aber ihre eigene Behandlung war nicht erfolgreich gewesen und sie stand noch am Beginn ihrer Tätigkeit als Heilerin. Ihr Mann, der damals noch lebte, sie vielleicht sogar noch liebte, war von Anfang an dagegen gewesen, dass sie selbst versuchte, Blanche zu heilen. Und alle, die sie kannte, waren das auch. Und dann ging alles ganz schnell. Der Aderlass des ungeschickten Doktors war viel zu stark, die geschwächte Blanche verfiel zusehends. Der Streit mit dem Arzt hätte Claire fast ins Zuchthaus gebracht. Das war jetzt ihre letzte hohle, schale Befriedigung, an das Auge zu denken, das sie dem Kurpfuscher ausgekratzt hatte.

Kein Aderlass, das war ihre Bedingung gewesen, als sie zustimmte, die kleine Blanche ins Spital zu bringen.

Pascals Hand glitt unter ihren Rock. Mit Macht versuchte Claire die Bilder der Vergangenheit abzuschütteln, sich dem Moment hinzugeben.

Sie spürte seine zunehmende Erregung, drückte ihn fester. Er zog sie zu sich auf die Liege, griff nach den Bändern ihrer Bluse. Sie beugte sich vor, streichelte sein Gesicht mit ihren Brüsten, die er innigst mit seinen Lippen liebkoste.

Bald wechselten sie auf Claires breites Lager aus Fellen und Decken hinter dem Wandschirm. Pascal brachte die bereits heftig atmende Heilerin immer näher an den Höhepunkt. Mit seiner Zunge tat er Dinge, die er sicher nicht vom intensiven Studium der Bibel kannte.

Das Massageöl hatten sie mitgenommen und als er endlich in sie eindrang, waren ihre beiden Körper längst feucht und glänzend.

„Komm mit zu mir!", forderte der nun völlig entspannte Schankwirt Claire später auf; die Frau, die mit ihm für kurze Zeit nach langer Pause erleben durfte, was Glück bedeutet.

„Damit ich zusehen kann, wie du mich mit deinen Mägden und den Frauen deiner Gäste betrügst? Nein, mein Lieber, lass es uns so lassen, wie es ist: du hinter deinem Tresen, ich bei meinen Tinkturen und Kräutern."

„Du kannst nicht auf die anderen Männer verzichten, die außer mir noch Rheuma haben, das ist es doch, warum du in diesem Loch bleiben willst."

„Dafür dass es nur ein Loch ist, kommst du ganz schön oft und gerne her", gab Claire zurück.

„Um eine schöne Frau zu erobern, würde ich noch ganz woanders hingehen."

„Eben, jetzt hast du dich verraten. Hättest du gesagt ‚Um DICH zu erobern, ginge ich überall hin', das hätte mich beeindruckt."

Claire konnte Pascal nicht böse sein, sie wusste von Anfang an, woran sie mit ihm war. Diese Ablehnung, mit ihm, dem Charmeur, zusammen zu leben, machte ihnen beiden den folgenden Abschied leichter. Und Pascal wäre vermutlich sehr erschrocken, wenn Claire tatsächlich seinem Drängen nachgäbe.

Kaum war er fort, kam die Schwärze zurück. Tätigkeit und Gesellschaft waren ihr immer willkommen, allein hatte sie den trüben Erinnerungen nichts entgegenzusetzen.

Der Weg von Claires Wohnung zu Pascals Schänke lag völlig im Dunkeln. Es war spät und auf ihn warteten keine Gäste. Das blasse Licht der Sterne reicht nur dazu aus, die verwehenden Nebelbänke geisterhafter wirken zu lassen. Irgendwo schrie ein Kauz.

Pascal mochte die Nacht. Doch diese Nacht war unheimlich. Nahezu körperlich. Ob allein die feuchte Luft der Finsternis diese Andeutung von Greifbarkeit verlieh? Fast hatte er das Gefühl, die Dunkelheit mit den Händen greifen zu können, die Energie zu spüren, die in der Schwärze der Schatten lauerte.

Er war froh, als er den Wald verließ und in dem matten Licht die Silhouette seiner Wirtschaft erkennen konnte. Fast wäre er in die Gestalt gestolpert, die plötzlich vor ihm stand. Ein breiter Hut, ein wehender Umhang, mehr konnte er nicht erkennen.

„Um Himmels Willen, wer da?", entfuhr es ihm.

„Pascal?", hauchte eine Stimme ihm entgegen.

„Und wer sind Sie?", fragte der zurück, während er die Schlinge am Griff seines Messers lockerte.

„Doktor Gachet, ich muss mit Ihnen reden."

„Jetzt? Hier draußen?"

„Natürlich nicht. Ich glaubte, Ihre Schänke sei zu dieser Stunde noch geöffnet, aber ich wollte Sie gerne allein sprechen. Darum versuchte ich, Ihr letzter Gast zu werden."

„Sie? Mein letzter Gast? Nun, völlig überrascht bin ich nicht. Geht es um meine Pistole?"

„Wollen Sie wirklich hier draußen im Dunkeln reden?", fragte Gachet. Pascal überlegte. So ganz geheuer war ihm der Besuch des Doktors nicht. Aber wenn dieser wirklich Übles im Schilde führen sollte, hätte er hier leichteres Spiel als drinnen.

„Wenn er ein Mörder ist und mich mit meiner eigenen Waffe töten will, warum sollten wir dann erst ins Haus gehen und noch die Begegnung mit einer Dienstmagd riskieren?", dachte Pascal. Ihm war unwohl, aber er machte die wenigen Schritte über die Lichtung, öffnete die Tür, entzündete eine kleine Laterne und bat Gachet herein. Der legte seinen weiten Umhang und den Hut ab und wirkte nun, in der vertrauten Umgebung, völlig ungefährlich.

„Darf ich Ihnen noch etwas anbieten?", fragte Pascal.

„Ich will es gleich hinter mich bringen, es ist mir einfach zu unangenehm", gab Gachet zur Antwort. „Herr Topas, Ihre Waffe ist weg."

„Weg?", war alles, was Pascal dazu einfiel.

„Ja, weg. Man muss sie mir gestohlen haben. Ich hoffe, Sie denken nicht, ich würde leichtfertig mit einer Pistole umgehen und sie irgendwo verlieren. Die Waffe war eingeschlossen, in meinem Schreibtisch. Sie glauben gar nicht, wie peinlich mir das ist. Natürlich werde ich Ihnen den Schaden ersetzen." Gachet konnte seine Anspannung kaum verbergen. Seine Fäuste auf der Tischplatte zitterten leicht und die Knöchel traten weiß hervor.

„Gestohlen?" Pascal konnte sich noch keine Meinung bilden. Er hatte nichts dagegen, dass man im Dorf von seiner Waffe wusste. Er war oft spätabends allein in seiner Schänke und er konnte sich seine Gäste nicht aussuchen. Aber zumindest die Einheimischen waren gewarnt. Offen zeigen durfte er die Pistole natürlich nicht. Diebstahlgefahr und fehlende Genehmigung. Es arbeitete in Pascals Kopf. Es war nur ein Gerücht, dass die Morde mit einer Pistole ausgeführt wurden, er hatte es von einem seiner Gäste gehört. Und der wollte es von jemand anderem gehört haben. Man wusste doch, was von solchen ‚Informationen' zu halten war. Die letzten zwei Tage hatte er viel darüber nachgedacht, was die Polizei wohl feststellen könnte, wenn sie die Kugeln aus den Toten herausholen würde. Er wusste es nicht. Und gerade jetzt wollte er nicht durch verdächtige Fragen auffallen. Und nun auch noch diese merkwürdige Geschichte.

„Die Pistole war alt", sagte er. Pascal wollte Zeit gewinnen. Zeit und Klarheit. „Und Sie haben den Diebstahl gemeldet? Die Polizei war doch bestimmt bei Ihnen im Saint Paul?"

„Das ist es ja gerade", gab Gachet zurück. „Ich fragte mich, ob das ratsam ist. Niemanden interessierte bislang Ihre Waffe, aber jetzt, wo Menschen gestorben sind, ist vielleicht alles anders. Und, im Vertrauen, ich habe schon genug Scherereien mit den beiden Toten. Beide haben für mich gearbeitet und jetzt ist sogar in Saint Paul ein Mord passiert, wenn auch ohne Pistole."

„In Saint Paul?", Pascal war überrascht.

„Sie werden es sowieso erfahren, van Gogh, der verrückte Künstler, hat seinen Pfleger erstochen. Vermutlich hat er auch mit Ihrer Pistole, die er mir gestohlen hat, die beiden anderen Morde verübt, aber das lässt sich nicht beweisen." Gachet blickte aus dem Fenster ins Dunkel. „Und so richtig plausibel ist es auch nicht. Meint jedenfalls Vidocq." Er griff nach dem Becher mit Rotwein, der mittlerweile auf dem Tisch stand. „Kann ich mich auf Sie verlassen?", fragte er.

„Verlassen? Was meinen Sie?"

„Dass Sie nicht reden. Mich nicht in Schwierigkeiten bringen. Das meine ich." Doktor Gachet gehörte zu den einflussreichsten Persönlichkeiten in Saint Remy. Zwar überließ er Roger Deville die gesamte technische Leitung von Saint Paul, aber im Zweifelsfall war er immer noch sein Vorgesetzter. Pascal wollte ihn nicht zum Feind haben. Außerdem hatte er sich bislang immer gut mit Gachet verstanden. Der hatte einen Hang zum einfachen Volk und zum Umgang mit ungewöhnlichen Menschen. Darum war er, der hochangesehen Anstaltsleiter von Saint Paul, oft Gast in Pascals einfacher Schänke gewesen. Hatte ihm sogar von einigen seiner Schwierigkeiten mit der gehobenen Gesellschaft erzählt. Dass ein leitender Irrenarzt nur fast überall gut angesehen sei. Trotz der Reformen von Pinel war der Ruf nach Zucht- und Arbeitshäusern nicht verstummt. Viele hielten Hospitäler für Geisteskranke für Diebstahl am Steuerzahler. Und Pascal fragte sich manchmal, ob mit Doktor Gachet selbst alles in Ordnung sei.

„So lange mich keiner fragt, rede ich ganz bestimmt nicht", versprach Pascal. „Und ich glaube nicht, dass Vidocq zu mir kommen wird."

„Hier sind 100 Francs als Entschädigung für die verlorene Pistole. Das ist sehr viel Geld. Wenn doch jemand nach den Waffen hier im Dorf forschen sollte: Vielleicht haben Sie die Ihre ja längst an einen durchreisenden Gast verkauft. Oder noch besser: Sie haben nie eine besessen."

„Ich weiß nicht", gab Pascal zu bedenken. „Ich will Ihnen natürlich helfen, wo ich kann, aber ich möchte auch in nichts hineingezogen werden."

„Sie stecken schon mit drin", behauptete Gachet. Er leerte seinen Becher, stand auf und warf sich seinen Umhang über die Schultern. „Vielleicht kann ich mich auch gar nicht daran erinnern, mir je eine Pistole geliehen zu haben. Dann sieht es so aus, als hätten Sie eine schlechte Erklärung abgegeben, um Ihre Waffe nicht vorzeigen zu müssen. Nein Pascal, es ist besser, wenn Sie die Pistole schon lange nicht mehr haben. Gute Nacht."

„Geh nicht", war alles, was Johanna hervorbringen konnte. Theo stampfte unruhig durch den kleinen überhitzten Raum. „Und bitte, rauche nicht so viel. Es schadet mir und dich wird es noch umbringen." Theo sog heftig an seiner Zigarette, die er dann mit einer fahrigen Bewegung im Aschenbecher zerdrückte. Fast mechanisch zog er sein silbernes Etui hervor, klappte es auf und hielt dann doch mitten in der Bewegung inne.

„Vincent ein Mörder! Angeklagt! Eingesperrt! Das übersteht er nicht ohne mich."

„Und unser Kind? Soll ich die Geburt allein überstehen? Das ich dich überhaupt bitten muss – ich bin entsetzt."

„Madeleine wird hier sein", sagte Theo ohne viel Überzeugungskraft.

„Madeleine, die hat nicht einmal selber Kinder."

„Ich muss raus, Luft, ich brauche Luft…" Theo stürzte zur Wohnungstür, hastete auf den Flur, erreichte die Treppe, hielt inne, drehte um und warf sich zu Johanna aufs Bett. „Natürlich lasse ich dich nicht alleine", flüsterte er ihr so zärtlich, wie es ihm möglich war, ins Ohr. „Ich werde ihm telegrafieren, dass ich so bald als möglich bei ihm sein werde."

„Und wenn er es wirklich war?", murmelte Johanna fast unhörbar. „Wenn seine Krankheit ihn überwältigt hat?" Theo starrte seine Frau ungläubig an.

„Das glaubst du?"

„Ich weiß nicht, was ich glauben kann. Ich weiß aber auch nicht, was ich ausschließen darf."

Es war ein schwüler Junitag, die schwere Gewitterluft lastete fast körperlich in der Wohnung, die wochenlang schon unbarmherzig von der Sonne bestrahlt wurde. Johanna war im neunten Monat schwanger, seit vier Wochen hatte sie das Bett nicht mehr verlassen. Sie wäre glücklich gewesen, wünschte sich nichts mehr als ein Kind und war doch voller Angst. Die Hebamme machte immer ein besorgtes Gesicht, wenn sie sie abtastete, sagte aber nichts. Der Arzt hatte Bettruhe verordnet, nur zur Vorsicht, wie er vorgab. Das Kind läge nicht ganz optimal, das würde sich aber alles finden, sie solle sich keine Sorgen machen. Keine Sorgen! Bei der ersten Geburt! Und dann dieser Vincent. Johanna mochte es sich nicht eingestehen, aber sie hasste ihn schon, bevor sie ihn kennenlernen konnte. Vincent, Vincent, immer nur Vincent! Bruderliebe ist etwas Schönes, aber hatte das hier nicht krankhafte Züge? Seine Bilder stapelten sich in der Wohnung, standen im Weg und ließen sich nicht verkaufen. Und ständig kamen neue! Zusammen mit den Briefen. Waren diese im optimistischen Ton verfasst, ging es Theo gut, waren die Briefe depressiv, stürzte Theo meistens ab. Er machte sich Vorwürfe, weil er seinen Bruder auf dem Kunstmarkt nicht protegieren konnte, obwohl er sonst fast alles für ihn tat.

„Du glaubst, Vincent sei ein Mörder? Der seine Leichen kunstvoll in Sesseln drapiert?"

„Habe ich ihn angeklagt? Habe ich ihn eingesperrt? Lies doch den letzten Brief, den er aus Arles geschrieben hat"

„Arles?", fragte Theo verständnislos.

„Ja, Arles", gab Johanna zurück. „Wo er sich am liebsten mit dem Revolver verteidigt hätte. Weißt du das nicht mehr?"

„Das gelbe Haus!" Fast ehrfurchtsvoll kam es von Theos Lippen. „Vielleicht hätte er es wirklich besser schützen sollen."

Eine Schar aufgebrachter Bürger war im letzten Sommer bei den städtischen Behörden erschienen, um Schutz vor dem wahnsinnigen Maler zu verlangen, der es fertig brachte, sich selbst ein Ohr abzuschneiden und dieses einer Prostituierten zu übergeben.

Vincent wurde daraufhin in die Tobsuchtszelle gesteckt, danach zusammen mit anderen Geisteskranken im Hospital festgehalten. Es ließ sich keine Krankheit eindeutig diagnostizieren, doch Vincent selbst hatte nun Zweifel an seinem Vermögen, allein leben zu können. So kam es zu seiner freiwilligen Übersiedlung nach Saint Paul de Mausole in Saint Rémy.

Trieb, die beharrlich wirkende, einem Dinge inwohnende Ursache einer Thätigkeit, insofern ihr eine Richtung auf einen bestimmten Zweck beigelegt wird. – Bei dem Menschen findet sich nicht nur ein Theil dieser thierischen T-e wieder, sondern man bezeichnet bei ihm dadurch auch gewisse constant u. beharrlich wirkende Impulse des Begehrens u. Wollens, der Zuneigung u. der Abneigung, welche entweder der menschlichen Natur allgemein zukommen, od. gewissen Klassen von Menschen – eigenthümlich sind.... Man unterscheidet dabei entweder nach den Beziehungspunkten einzelner T-e, od. nach Gesichtspunkten einer ästhetischen od. sittlichen Werthgebung sinnliche u. geistige, niedere u. höhere T-e, u. die Gewalt der ersteren bringt den Menschen oft in Conflict mit den Anforderungen der geistigen Bildung u. der Sittlichkeit.
Pierer's Universal-Lexikon, 1857

Dupres strich über den Lauf der Waffe. Das glatte kühle Metall erregte ihn. Und das Wissen, etwas gewagt zu haben. Die Sache mit dem Künstler wäre doch fast schief gegangen. Doktor Gachet schien Verdacht geschöpft zu haben. Doktor Gachet! Endlich hatte er gegen den auch etwas in der Hand.

Dupres war es leid, gegen die unteren Ränge in Saint Paul zu kämpfen. Er war für Höheres berufen, das wusste er. Darum hatte er sich schon lange mit Dietrichen, Schlüsseln und Haken beschäftigt und alle wichtigen Ecken der Anstalt ausgespäht. Aber Roger war ein scharfer Hund, da sollte man besser vorsichtig sein. Einfache Diebstähle waren zwar ein netter Nebenerwerb, durften aber nicht aus dem Rahmen fallen. Wobei Dupres zugeben musste, wenn er vor sich selbst ganz ehrlich war, dass allein der Nervenkitzel bei seinen kleinen Gaunereien ihn reizte.

Er war sehr überrascht gewesen, als er den Revolver in Gachets Schreibtisch fand.

„Was will der mit einer Waffe?", fragte Dupres sich immer wieder. „Ob er ein schlechtes Gewissen hat? Und ob es ihn nervös macht, wenn Morde geschehen und aus seinem Besitz eine mögliche Tatwaffe verschwindet?" Dupres beschloss, den Arzt auf die Probe zu stellen. „Wenn ich ihn zu einem heimlichen Treffen einlade, bei dem er seine Waffe zurück erhalten kann, dann möchte ich nur wissen, ob er tatsächlich erscheint. Und ich werde aus der Ferne beobachten, ob sich im Umfeld Gendarmen verbergen. Wenn er wirklich allein kommt, dann ist er in irgendetwas verwickelt." Dupres wollte diesen Plan noch ausreifen lassen, hielt ihn aber für eine gute Basis, um den Herren von Saint Paul unter Druck zu setzen.

Jetzt stand als nächstes der Besuch bei der Köchin Chlodette an. Der Gedanke an ihre großen Brüste ließ ihm keine Ruhe. Er wusste, wie sehr die Frau ihn verachtete, aber das spornte ihn nur noch mehr an, ihr nachzustellen. In der letzten Woche hatte sie ihm doch tatsächlich eine Handvoll ausgekochter Knochen vor die Füße geworfen und ihn aufgefordert, sich hinzulegen und sie abzunagen. Dann würde sie ihm auch schnell den Nacken kraulen. Die Hilfsmägde schütteten sich aus vor Lachen.

„Denen wird ihr Spott noch leid tun", murmelte Dupres.

Er genoss einige Privilegien, weil es seine Aufgabe war, die Arbeit der Pfleger und Wärter zu koordinieren. Wenn auch nur auf der tiefsten Ebene. Er nutzte diese Vorrangstellung schamlos aus, teilte sich selbst für die am wenigsten unangenehmen Arbeiten ein und organisierte sich möglichst viele Freiräume. Gab es Unregelmäßigkeiten bei den Mahlzeiten, weil vielleicht Patienten an ihren Betten fixiert waren oder über die Mittagszeit draußen auf den Feldern arbeiteten, musste er das der Küche mitteilen. So fand er immer wieder Anlass für Beschwerden und Nörgeleien. Zwar sehnte auch Dupres sich nach menschlicher Wärme, Zuneigung und Anerkennung, aber das konnte er nicht zugeben. Am wenigsten vor sich selbst. So geriet er immer wieder mit seinen Mitmenschen in Streit und dieses ewige Gezänk bestärkte ihn in seiner Meinung, es sei am besten, für sich zu bleiben und sich um niemanden zu kümmern. Seine Fantasien von sexuellen Ausschweifungen mit Chlodette bestanden zum großen Teil aus Szenen ihrer Unterwerfung und seiner totalen Kontrolle. Es wäre ein leichtes, sie der Unterschlagung zu beschuldigen, die dafür notwendigen Lebensmittel könnte er ohne weiteres selbst verschwinden lassen. Aber er suchte einen Weg, sie zu belasten, mit dem er sie erpressen könnte. Wie Doktor Gachet.

Dupres gehörte zu der Gruppe von Wärtern, die in Saint Paul wohnten. Er war Mitglied eines äußerst bunt gemischten Personals. Ganz unten in der Gruppenhierarchie standen die eher unauffälligen ruhigen Insassen, denen einfache Aufgaben übertragen wurden. Sie halfen bei der Wäsche ihrer Mitpatienten und der Säuberung der Räume; einige durften im Garten und auf den Feldern mitarbeiten. Den wenigsten wurde Werkzeug mit Spitzen oder Schneiden in die Hand gegeben; irgendwelche Schlüssel bekam keiner von ihnen. Dupres Beruf stand im Wandel vom „Irrenschließer" zum „Pfleger" und für beide gab es Beispiele unter seinen Kollegen.

Weil es häufig nachts zu Anfällen bei den Kranken und zu Tumulten in den Schlafsälen kam, waren rund um die Uhr Wärter zur Stelle. Darunter befanden sich Landstreicher, die nur im Winter einen warmen Platz brauchten, neben Pflegern mit langjähriger Erfahrung. Eine hohe Fluktuation des Personals war jedenfalls gegeben, die Arbeit in der Irrenanstalt nicht sehr beliebt.

Dupres war hier heimisch. Den Traum von einer eigenen Familie hatte er nicht lange geträumt. Als er seine erste eigene Kammer auf dem Dachboden bezog, fing sein Traum vom beruflichen Aufstieg in Saint Paul an, für ihn Wahrheit zu werden. Nun wohnte er im Erdgeschoss, in einem Raum mit einer richtigen Tür und einem verglasten Fenster. Manchmal glaubten einige Dienstmägde seinen Versprechungen, ihnen Vorteile verschaffen zu können, und besuchten ihn nachts oder am Tage in erschlichenen Pausen.

Drogen (frz.), Drogerie-, Apothekerwaren, die tierischen, pflanzlichen und mineralischen Rohstoffe, aus denen die Apotheker die offizinellen Heilmittel bereiten. Der Kleinhandel mit D., soweit sie als Heilmittel in Betracht kommen, ist durch Verordnung vom 27. Jan. 1890 Beschränkungen unterworfen. Drogenkunde, s. Arzneimittel. Drogist, ein Kaufmann, der mit D. Handel treibt.

Brockhaus' Kleines Konversations-Lexikon, 1911

Der Kies knirschte unter Flammarions Sohlen. Die Oleanderbüsche und der Lavendel bedeckten die Beete links und rechts des Weges, Platanen und Zypressen filterten das Licht der steigenden Sonne. Es war schön hier in Saint Paul de Mausole, das stand außer Frage. Die Mönche, die diese Anlage einst bauten, verfügten über einen Sinn für ausgewogene Proportionen und sie hielten das rechte Maß zwischen Verzierung und Schlichtheit. Die Anlage schien im Laufe der Jahre mehrfach erweitert worden zu sein, jedenfalls unterschieden sich die verwendeten Materialien. Unverputzte Bruchsteinwände standen glatten Mauern gegenüber, aufgesetzte Profile, Simse und Friese kontrastierten mit grob wirkenden Gebäudeteilen.

Nachdem Flammarion das schmiedeeiserne Portal zwischen den aufwändig gestalteten Mauerpfeilern durschritten hatte, fehlte ihm aber der Sinn für solche Wahrnehmungen. Ihm wurde immer klarer, wie sehr er eine gut durchdachte Strategie benötigte, dass er würde improvisieren müssen.

Das breite Tor war tagsüber üblicherweise geöffnet, wenige Schritte dahinter befand sich die Pförtnerloge. Eher ein kleines Kabuff. Flammarion grüßte den darin sitzenden Herren und erzählte ihm von seinem Termin mit dem Verwalter. Der Pförtner rief in den angrenzenden Raum, wo sich ein Junge an irgendwelchen Geräten zu schaffen machte: „Victor! Komm mal her und bringe diesen Herren in das Kontor von Monsieur Deville."

Der Junge sprang auf und ging auf Flammarion zu. Er sagte nichts, schlug aber den Weg in das Innere der Anlage ein. Der Astronom folgte ihm ebenso schweigsam. Ihm war übel. Alkohol war er überhaupt nicht gewöhnt und erst recht nicht solche Mengen, wie am gestrigen Abend. Bei seinem sehr schmalen Frühstück glaubte er noch, einen Boten zu Deville schicken zu müssen um den Termin abzusagen. Er machte sich dann aber doch auf den Weg, weil er meinte, dass seine Kopfschmerzen an der frischen Luft vielleicht am schnellsten verschwinden würden. Die Kraft der Morgensonne unterschätzte er dabei. Nun passierten sie auch noch ein Gebäude, in dem Schweine zu leben schienen. Jedenfalls drang der Geruch in Flammarions Nase und sein Magen begann zu rebellieren. „Durchatmen", sagte er sich. „Einfach gleichmäßig weiteratmen, es wird schon gehen."

Das Gebäude hinter dem Stall war deutlich aufwändiger konstruiert, eine prachtvoll geschnitzte Eichentür markierte seine Mitte. Der Geruch verwehte.

„Hier ist es", sagte der Junge nur und betätigte den prächtigen Türklopfer. Einer von Devilles Buchhaltern öffnete.

„Der Herr hier möchte zum Verwalter", wurde ihm mitgeteilt. Sorbet, der Buchhalter, gab sich Mühe, so etwas wie ein gewinnendes Lächeln zustande zu bringen.

„Dann kommen Sie doch herein, Sie werden erwartet."

Die Kühle der Diele und ihre Dunkelheit taten Flammarion wohl. „Ein Astronom sollte am besten gar nicht in der hellen Sonne herumlaufen", dachte er und folgte dem Buchhalter die breite bequeme Treppe hinauf. Sorbet klopfte und Devilles kräftiges „Herein" war deutlich durch die geschlossen Tür zu hören.

„Der scheint ja vor Energie zu bersten", war Flammarions erster Gedanke, nachdem er eingetreten war und den Verwalter mit elastischen Schritten auf sich zukommen sah.

„Guten Morgen", rief Deville und drückte dem Astronom kräftig die Hand. „Was wollen Sie sehen?"

„Alles!", gab Flammarion sich vital. „Wir Wissenschaftler schrecken vor nichts zurück. Haben Sie vielleicht einen Plan der Gebäude, für einen ersten Überblick?"

Es kostete Deville viel Mühe, sein überschwängliches Auftreten beizubehalten.

„Der will gleich die Gebäudepläne sehen? Warum fragt er nicht sofort nach meinem Schlüsselbund?"

Deville war sich jetzt sicher, einen Betrüger vor sich stehen zu haben. „Was glaubt der nur, was es hier zu stehlen gibt?"

Natürlich gab es in Saint Paul Baumaterial für Reparaturen, Werkzeug, Brennholz, Lebensmittel, Wäsche und Schuhe. Für die hier lebenden Mitarbeiter auch einen Vorrat an Wein und Spirituosen. Aber wer könnte solch schwer beweglichen Güter aus einer ummauerten Anstalt heimlich abtransportieren wollen?

„Die Pläne sind sehr sorgfältig verpackt und irgendwie komme ich nie dazu, Kopien anfertigen zu lassen. Ich schlage vor, wir unternehmen einen kleinen Rundgang, dann ist das alles weniger theoretisch."

Er bugsierte Flammarion gleich Richtung Tür.

„Ich hause hier zwischen den Wirtschaftsgebäuden", erklärte er. „Und was die Irren betrifft...ein großer Teil der Anlage steht leer."

Draußen vor der Tür hob Deville den Arm und wies auf das etwas zurückliegende Gebäude mit den meisten Verzierungen an den Fenstern und der Fassade.

„Dort residiert Doktor Gachet. Aber den kennen Sie ja bereits." Und in diesem Moment wurde ihm klar, was der seltsame Fremde hier suchte. Opium natürlich! Opium, Bromsalz und was sonst die Apotheke hier noch bieten konnte. Er schaute den Astronomen unauffällig von der Seite an. Blass war er jedenfalls. Und wer weiß, ob er dieses Zeug selber schlucken wollte oder ob er nur damit handelte.

Flammarion musste nun eine Unzahl an Details der Bewirtschaftung von Saint Paul über sich ergehen lassen. Wie man Gemüse lagerte, welche Feldfrüchte selbst angebaut und was eingekauft wurde. Deville zeigte ihm Geräteschuppen und die Wagenremise, aus purer Bosheit schleppte er den Astronom durch alle Hühner- Schaf- und Schweineställe. Die Abneigung des feinen Herren gegen diesen Schmutz und Gestank war Deville nicht verborgen geblieben.

„Und hier liegt unser Bauholz", wies er auf einen kleinen Stapel schäbiger Bretter. „Das hat unser Zimmerman im teuersten Sägewerk der Region eingekauft. Sie werden in Ihrem Observatorium vermutlich auch immer wieder erleben, was passiert, wenn man nicht alles selber macht. Man darf seinen Leuten einfach kein Geld in die Hand geben, da muss man immer den Daumen drauf haben. Ich habe den Preis dieser armseligen Bohlen noch nachträglich drücken können, aber glauben Sie mir, das ist ein harter Kampf gewesen. Und als der Sägewerker dann soweit war, mir ein paar Francs zurück zu erstatten, ist ihm der Deckel seiner Kasse verrutscht. Sie glauben gar nicht, was so ein Mensch für Beträge hortet."

„Tatsächlich?", war Flammarions ganze Antwort. Er dachte fieberhaft darüber nach, wie er am unauffälligsten nach dem eingesperrten Künstler fragen könne.

Deville war enttäuscht.

„Aber vielleicht ist der Kerl auch nur zu geschickt, um bei der Erwähnung einer vollen Kasse gleich nachzuhaken", sagte er sich. „Wer weiß, was der alles im Schilde führt?"

„Und für die Instandhaltung der Krankensäle sind Sie auch zuständig?", fragte Flammarion den Verwalter, um das Thema in die richtige Richtung zu bringen.

„Da gibt es nicht viel instand zu halten. Alles Empfindliche ist längst kaputt und der größte Rest ist unverwüstlich. Und schließlich wird auf die Irren aufgepasst."

Aufgepasst, das war das Stichwort. Flammarion glaubte, sich an dieser Stelle, ohne den Umweg über die Patienten im allgemeinen, direkt nach van Gogh erkundigen zu können.

„Müssen Sie da auf einen nicht ganz besonders aufpassen? Gibt es nicht einen Mordverdächtigen in Saint Paul?"

„Verdächtigt? Der Mann hat gestern Abend noch gestanden, der wird heute bestimmt noch abgeholt. Und Gachet hat ihn wochenlang frei rumlaufen lassen!"

Die Wut auf seinen Chef hatte diesen Ausbruch Devilles zugelassen. Er würde niemals Verrückte in die Freiheit lassen, bei ihm wäre jede Tür doppelt verriegelt.

Gachet, der war doch selber irre. Malte bunte Indianerbilder in seiner Freizeit und traf sich mit seltsamen Leuten. Alles Künstler hieß es. Ihm konnten die gestohlen bleiben, mit ihren verzerrten Bildern, auf denen nichts stimmte. Natürlich interessierte er sich nicht für diese Form von Kunst, aber Zeitung las man ja. Und hatte Gachet diesen malenden Mörder nicht sogar bei sich zu Hause empfangen? Deville ertrug es nur schwer, einem Menschen untergeordnet zu sein, von dem er eine so geringe Meinung hatte, aber was ging das diesen Opium Süchtigen an? Der spielte seinen Wissenschaftler perfekt, ließ sich irgendwie nicht fassen der Mann.

Jetzt aber wirkte er bestürzt.

„Van Gogh hat gestanden, sagen Sie? Das kann ich gar nicht glauben."

„Wieso das denn nicht? Und warum interessiert Sie das?"

„Weil ich ein Bild von ihm gesehen habe, eine Sternennacht. Und das berührt einen Astronomen natürlich. Und ich glaube nicht, dass jemand mordet, der solche Bilder malt."

„Noch ein Kunstbesessener", dachte Deville. Dieser Besucher fing an, ihm auf die Nerven zu gehen. Ob er einen letzten Versuch machen sollte, ihn noch einmal an den reichen Sägewerker zu erinnern? Ansonsten hatte er genug von der Gesellschaft des Astronomen und Hobbypsychologen.

„Ich muss mich noch um verschiedene Dinge kümmern heute. Unsere Ölmühle ist kaputt und das bringt einiges aus dem Rhythmus. Und ich muss aufpassen, dass unser Zimmerman nicht wieder ein Vermögen für das neue Holz ausgibt.

Ich hoffe, ich konnte Ihnen einen interessanten Einblick in unsere Anstalt gewähren."

Flammarion war überrascht über das abrupte Ende.

„Aber am wichtigsten sind doch die Krankensäle, die haben wir noch gar nicht gesehen."

„Tut mir leid, das müssen Sie mit Doktor Gachet abmachen, das ist nicht mein Bereich, da kann ich Sie nicht hinführen."

Deville wirkte so bestimmt und Flammarion hatte keine Idee, was er jetzt noch vorbringen sollte.

„Dann danke ich Ihnen und wünsche Ihnen viel Erfolg mit der neuen Mühle."

Sie standen vor dem Eingang zur Kapelle, das Kabuff des Pförtner in Sichtweite.

„Ich finde hinaus", sagte Flammarion mit einem Kopfnicken in Richtung Ausgang, während er Deville die Hand hinstreckte.

„Auf Wiedersehen", murmelte der bloß und schien mit den Gedanken schon bei seinen Geschäften zu sein.

Der Astronom schlenderte auf das Portal zu. Eilig hatte er es nicht. So kurz vorm Ziel und dann war alles nichts! Eine Idee keimte in ihm auf. Nur eine Idee und doch gewann sie gleich Macht über ihn. Flammarion war von der Existenz des feinstofflichen Geistes überzeugt, seine Werke beschäftigten sich mit Leben im Kosmos und der Beseeltheit der Welt. Trotzdem war er ein ungeduldiger, streitbarer Charakter, von seiner eigenen Wichtigkeit und Überlegenheit besessen. Er ließ sich kaum etwas abschlagen und er konnte einen einmal eingeschlagenen Kurs nur schwer ändern. Und hier kamen mehrere Faktoren zusammen:

Flammarion war wirklich skeptisch, was das Geständnis des Künstlers betraf und er war neugierig auf seine Person. Im Gefängnis würde er ihn aber kaum besuchen können, in der Heilanstalt schien ihm die Möglichkeit wahrscheinlicher.

Und etwas stimmte hier nicht, da war er sicher. Dieser fahrige, abweisende Doktor Gachet und der merkwürdige Verwalter mit seinem geschwollenen Gesicht. Flammarion hatte sich mehrfach gefragt, was der für einen Unfall gehabt haben könne und er hielt die Möglichkeit einer Schlägerei für immer realistischer. Und warum wollte Gachet ihn nicht mit dem Maler sprechen lassen, was wäre dabei gewesen?

Flammarion sprach den Pförtner an:

„Ich habe noch eine Verabredung mit Doktor Gachet, ich soll ihn bei der Abfassung des Gutachtens in der Sache van Gogh unterstützen. Ob ihr Junge mich wohl zu ihm bringen kann?"

Der Pförtner war etwas irritiert, weil der Besucher doch fast an dem Haus vorbeigegangen sein musste, in dem Gachet residierte. Aber so ein feiner Herr, der schon einmal beim Direktor gewesen war und danach beim Verwalter? Was sollte man da sagen?

„Victor, bringe diesen Herren jetzt zu Doktor Gachet", war darum alles, was er hervorbrachte.

Wieder gingen die beiden den Kiesweg der schön bepflanzten Auffahrt hinauf.

„Der Direktor ist bei dem Künstler, hat mir Monsieur Deville eben mitgeteilt", sagte Flammarion möglichst beiläufig zu Victor. „Wir sollen direkt dorthin kommen."

Der Junge nickte nur. Er sah es nicht als seine Aufgabe an, sich über das Tun und Lassen der Erwachsenen allzu viele Gedanken zu machen. Flammarion hatte Glück dass Victor überhaupt wusste, wo van Gogh eingesperrt war. Aber ein Mörder in Saint Paul – da sprachen sich alle verfügbaren Einzelheiten schnell herum.

„Guten Tag, Monsieur", sagte Flammarion in möglichst forschem Ton zu dem postierten Wächter. „Ist Doktor Gachet schon eingetroffen?"

„Doktor Gachet?", war die einzige Antwort des Wächters.

„Ja, Doktor Gachet, Sie werden doch wissen, wer das ist."

Der Posten erhob sich und schaute den Astronom herausfordernd an.

„Doktor Gachet kenne ich natürlich, aber Sie habe ich hier noch nie gesehen. Wer sind Sie und was wollen Sie hier?"

Flammarion schaffte es, möglichst selbstverständlich den Ton zu wechseln.

„Verzeihen Sie, ich dachte, Sie seien informiert. Doktor Gachet hat mich gebeten, ihn bei der Untersuchung von Herrn van Gogh zu unterstützen. Er sagte auch, wenn er sich verspäte, sollen Sie mich herein lassen, damit ich mich mit dem Künstler schon bekannt machen könne."

„Davon ist mir nichts bekannt."

„Hören Sie, ich möchte gerne heute noch meinen Zug erreichen und will mich hier gar nicht lange aufhalten."

Flammarion zückte seine aus feinem Leder gebundene Brieftasche und entnahm ihr einen Zehnfrancsschein, den er dem Wärter hinhielt.

„Darf ich Sie damit ein wenig drängeln?"

Der Wärter machte einen ungepflegten und ärmlichen Eindruck, was aber nichts über seine Intelligenz aussagte. Er blickte von dem Schein zu dem vornehmen Herren und wieder zurück.

„Ich will gar nicht wissen, warum Sie drängen, aber für 50 Francs lasse ich Sie zehn Minuten zu dem Verrückten. Und Sie tragen die Verantwortung, für alles was geschieht.

Der Astronom schluckte. Auch sein Geld wuchs nicht auf Bäumen. Er legte noch zwei Zehner zu dem ersten. So weit wie er sich jetzt schon vorgewagt hatte, warum sollte er da nicht noch ein wenig feilschen, wie ein echter Ganove.

„Jetzt können Sie die Tür wohl öffnen."

Vincent war nüchtern. An diesem Morgen gab es weder Brom noch Opium. Er musste nicht mehr in dem Zuber liegen, die Zwangsjacke trug er aber noch. Er war nicht nur nüchtern, sein Kopf war auch klar. Nur die Vergangenheit lag unter einem leichten Nebel verborgen. Er war sich nicht sicher, ob die Wirklichkeit so grausam war, wie seine Erinnerung. Heute konnte er jede Einzelheit erkennen und er fühlte, wie seine Gedanken den Gesetzen der Logik folgten.

„Wenn ich wirklich gestanden habe, Roulin umgebracht zu haben, kann mir das tatsächlich Vorteile verschaffen. Ein kranker Mann wird vielleicht besser behandelt, als ein verstockter Verbrecher. Aber kann ich mich darauf verlassen? Und will ich etwa als Mörder dastehen?"

Van Gogh beschloss, sein Geständnis zu widerrufen. Jetzt klopfte es an der Tür.

„Seltsam", dachte er. „Kann ich etwa öffnen?"

Der Riegel knirschte und herein trat ein kleiner, kräftiger Mann von sehr gepflegtem Äußeren. Eindeutig kein Irrenschließer.

„Herr van Gogh?", fragte der Herr. „Darf ich mich vorstellen? Mein Name ist Camille Flammarion."

„Flammarion? Sie?" Vincent war verblüfft. Natürlich nahm er beim ersten Anblick seines Besuchers an, einen Justizbeamten vor sich zu haben, eventuell einen anderen Arzt. Aber der berühmte Astronom, der wissenschaftliche Bücher für normale Menschen schrieb? Nun hier, in seiner Zelle? Konnte das sein? War er doch nicht so klar, wie er sich fühlte? Erlaubte man sich seltsame Scherze mit ihm?

„Sie kennen mich?" Flammarion schien erfreut.

„Sicher, ich habe einiges von Ihnen gelesen." Vincent beschloss, das Spiel, wenn es denn eins sein sollte, vorerst mitzumachen.

„Und ich habe Ihre gemalten Sterne gesehen. In Paris, in der Galerie Ihres Bruders." Van Gogh gab keine Antwort.

„Was soll das?", fragte er sich. „Ich sitze hier in einer Zwangsjacke und soll mich mit einem berühmten Autor über meine Bilder unterhalten? Und der bringt jetzt sogar noch Theo ins Spiel?"

„Ich wollte unbedingt mit Ihnen über dieses Bild reden", fuhr Flammarion fort. Vincents nachdenkliches, fragendes Gesicht fiel ihm auf. Der Astronom verlor etwas an Schwung.

„Wenn ich mir auch die Umstände unserer Unterhaltung anders wünschen würde", geriet er fast ins Stottern.

„Haben Sie gar keine Angst vor mir?", fragte Vincent ihn. Er nickte in Richtung Tür. „Immerhin ist sogar der Wärter draußen geblieben."

„Angst?" Während Flammarion dieses Wort wiederholte, nahm es für ihn Gestalt an. Seine Nerven waren mittlerweile völlig überreizt. Und seine Überzeugung von der Unschuld des Künstlers geriet ins Wanken. Er blickte auf Vincents gefesselte Arme. Er registrierte die kräftige Gestalt und die Glut in den Augen. Und das zerstörte Ohr.

Flammarion kannte sehr viele Geschichten von Menschen, die in Todesangst Tonnengewichte hoben oder die unter Hypnose komplizierteste Fesseln öffneten. Wozu war dieser Mann mit den intensiven Gesichtszügen wohl fähig?

„Haben Sie je einen Menschen getötet?", fragte er ganz direkt.

„Nein", war Vincents schlichte Antwort.

Der Astronom glaubte dem Maler.

„Kann ich irgendetwas für Sie tun?"

„Berichten Sie Theo von mir. Sagen Sie ihm, mir ginge es gut. Er und Johanna, Sie sollen sich keine Sorgen wegen mir machen."

„Bestimmt, das werde ich", versprach Flammarion.

Jetzt, wo er den Maler so vor sich sah, gefesselt und doch gefasst, erschien es ihm falsch, mit ihm über die Seele der Sterne zu diskutieren. Er selbst würde nach dem Gespräch zurück in die Freiheit gehen und sich eine neue intellektuelle Spielerei suchen, der andere, der Gefangene, sorgte sich um sein Leben.

Flammarion wollte gehen.

„Was glauben Sie denn, was Sterne sind?", fragte Vincent ihn unvermittelt.

„Sterne?" Der Astronom war wieder überrascht. „Sterne leben", war die Antwort, auf die er programmiert war. „Und das haben Sie gemalt", setzte er noch hinzu.

„Niemand kann das malen. Ich habe nur meine eigene Sehnsucht nach dem Himmel gemalt."

„Aber wer Ihre Bilder sieht, kann die Energie der Welt spüren."

„Diese Energie kann Menschen töten." Van Gogh fühlte sich klar im Kopf, doch diese Klarheit war brutal. Wenn Vincent rational über seinen Platz in der Welt nachdachte, er sich an die lange Kette von Fehlschlägen und Misserfolgen erinnerte, dann überkamen ihn Aggression und Missgunst.

„Jede Energie birgt ein Risiko. Und doch halte ich es für die Aufgabe der wissenden Menschen, die Rätsel des Unbekannten zu lösen. Auch wenn wir uns dabei in Gefahr begeben."

„Wir sind nicht wissend. Und ich bezweifele, dass wir es je sein werden. Gott hätte keine Dinge versteckt, die wir erkennen sollen. Wir müssen lernen, die Welt so zu nehmen, wie sie ist."

„Möchten Sie nicht an einer Welt mitbauen, die so ist, wie sie sein sollte? Hat Gott uns nicht unseren Geist gegeben, damit wir ihn benutzen, würdig werden, in höhere Sphären aufzusteigen?"

Van Gogh dachte lange nach. Viele hielten ihn für einen wilden Phantasten und doch war er Realist. Die Kraft seiner Bilder kam aus der Intensität der Eindrücke, die er erlebte, aber er erfand nichts. Heiligenbilder, Christusse auf dem Ölberg, wie er sie abfällig nannte, lehnte er ab. Reines Streben nach Erkenntnis, in der Kunst, der Wissenschaft und der Religion hielt er für wertvoll.

„Unbekannte Naturkräfte entdecken, ist das vermessen oder eine vornehme Aufgabe?", fragte er den Astronomen.

„Es ist die vornehmste aller Aufgaben", gab der sofort zurück. „Das moralische Gesetz in mir zu erkennen und den gestirnten Nachthimmel über mir zu erklären, ist für mich Pflicht und Notwendigkeit."

„Und das tun Sie ohne Eitelkeit?"

Diese Frage kam für Flammarion völlig unerwartet. Das saß ein Mann vor ihm, mit kurz geschorenem Haar, schlechter Rasur, in derben Schuhen und fleckiger Hose, die unter einer Zwangsjacke hervorschaute. Der fragte ihn nach seiner Eitelkeit und traf ihn damit ins Mark. Ohne ihn zu kennen. Mit all seinen Gegnern diskutierte er wissenschaftliche Themen. Und hier wurde er plötzlich mit der Frage nach dem Warum konfrontiert.

Die Tür flog auf.

„Ihre zehn Minuten sind lange vorbei", raunzte der Wärter. „Sie sind bestimmt schon eine halbe Stunde hier drin."

„Dann kommt es auf weitere fünf Minuten auch nicht an", gab Flammarion zurück. „Ich komme gleich."

„Sie kommen jetzt. Oder ich sperre die Tür zu und vergesse Ihre Anwesenheit."

„Das dürfte Ihnen mehr Unannehmlichkeiten als mir bereiten."
Flammarion ließ sich nicht einschüchtern. „Aber ein Gespräch, bei dem die Minuten gezählt werden, kann sich nicht wirklich entwickeln", sagte er in Richtung van Gogh. „Ich werde alles für Sie tun, was ich kann."
Es tat dem Astronom sehr leid, einen Menschen mit so klarem Verstand und so tiefen Gefühlen hier in einer Zwangsjacke zurücklassen zu müssen. Nicht einmal die Hand schütteln konnte er ihm. In der geöffneten Tür stehend drehte er sich noch einmal um.
„Viel Glück", rief er und es war wirklich ehrlich gemeint.
„Das werden Sie brauchen", tönte die schneidende Stimme des Verwalters. Roger baute sich vor ihm auf, nicht ohne vorher einen wütenden Blick auf den Wärter zu werfen.
„Haben Sie wirklich geglaubt, ich lasse Sie unbeaufsichtigt hier herumlaufen? Halten Sie mich tatsächlich für so unvorsichtig? Und jetzt heraus mit der Sprache, was wollen Sie hier bei uns?"
Flammarion war über Devilles unerwartetes Auftauchen entsetzt. „War das wirklich zu erwarten gewesen?", schoss es ihm durch den Kopf. Eine Ausrede hielt er nicht bereit, hier konnte nur die Wahrheit helfen.
„Ich wollte mit dem Mann reden, der die *Sternennacht* gemalt hat. Das war und ist der einzige Zweck meiner Anwesenheit hier."
„Es sieht fast so aus, als müsste ich Ihnen das glauben. Aber vielleicht sind Sie auch Komplizen, Sie und der durchgedrehte Künstler und Sie morden hier gemeinsam."
Roger gab dem Wärter neben sich ein Zeichen. Der ging mit seinen Handfesseln auf den feinen Herren zu und blickte ihn unschlüssig an.
„Sie erlauben?"
„Erlauben?!" Deville wurde wütend. „Mach den Kerl fest, sofort. Wenn ich hier Direktor wäre, würde er dann erst einmal in eine schmutzige Zelle fliegen und mir ein paar Fragen beantworten. Sternwarte hin, Direktorposten her. Aber ich fürchte, wir müssen zu Doktor Gachet."
Flammarion hielt seine Hände anstandslos nach vorne. Jegliche Diskussion wollte er auf das Zusammentreffen mit Gachet verschieben. Es würde ihn nicht wundern, wenn dieser brutale Verwalter ihn noch auf der Treppe stolpern ließe.
„Du wartest hier, bis ich zurück bin", knurrte Deville in Richtung des Wächters vor van Goghs Tür.
„Aber her mit dem Schlüssel, der Herr Künstler empfängt heute keine Besucher mehr."
Deville wusste, dass er den Posten feuern würde, aber das sollte nicht alles sein. Ihm war nicht klar, was der Mann von dem angeblichen Ast-

ronomen erhalten hatte, aber Geld musste in jedem Fall geflossen sein. Wie viel es war, konnte Deville egal sein, ihn drückten keine Geldsorgen. Aber er gönnte dem pflichtvergessenen Wächter die Summe in keinem Fall, egal, wie klein sie war. Und er wollte den Wächter und den Astronom unabhängig voneinander nach ihrer Höhe fragen.

„Los jetzt", schnauzte er und schob Flammarion unsanft in die Richtung des Gebäudes, in dem Gachet arbeitete. Den ersten Wärter, den sie unterwegs trafen, hielt er an.

„He Pilou, ich habe eine neue Aufgabe für dich. Du kannst den verrückten Künstler bewachen, unten in Bad zwei. Und auf Philippe pass mit auf, der hat einen Hang zum Türen öffnen."

Da war aber kein Philippe mehr zum Aufpassen. Der konnte rechnen und eins und eins zusammenzählen. Und die Arbeit im Spital gefiel ihm schon lange nicht mehr. Für 30 Francs würde er als Irrenschließer recht lange arbeiten müssen und dass er hier überhaupt noch lange arbeiten würde, konnte er sich nicht vorstellen. Dafür kannte er Deville zu gut.

„Ich haue lieber mit etwas Geld in der Tasche ab und das sofort. Wenn die Anstalt erst mal hinter mir liegt, kann Deville mir gestohlen bleiben. Die paar Francs nimmt er mir sonst bestimmt noch weg."

Und so wurde der Pförtner von Saint Paul zum zweiten Mal an diesem Tag mit einem Vorfall konfrontiert, der nicht in seine Routine passte.

„Du gehst?", fragte er Philippe, der wortlos an ihm vorüber wollte. „Um diese Zeit?"

„Ja, ein wichtiger Botengang", gab der nur kurz zurück und schritt einfach weiter.

„Ein Botengang? Der?" Gerard glaubte kein Wort, aber es war nicht seine Aufgabe, Personal am Verlassen der Anstalt zu hindern und so ließ er seinen Kollegen ungehindert ziehen.

Amentia Occulta: Es gibt eine gewisse Gattung des Wahnsinns, nämlich den verborgenen und tief im Menschen verschlossenen, unvermutet und plötzlich ausbrechenden, und hinsichtlich des Gebrauches des Gedächtnis- und Urteilsvermögens sowohl, als auch von dem ganzen sonstigen Betragen so gleichsam abweichenden, daß er durch äußere Merkmale, eben weil Ursache und Wirkung der Krankheit tiefer versteckt liegen, weder vorausgesehen, noch, wenn er gegenwärtig ist, erkannt werden kann.
Systematisches Handbuch der gerichtlichen Psychologie, 1835

„Sie würden van Gogh also weiterbehandeln?", fragte Vidocq den Arzt. „Und für seine Sicherheit sorgen?"

„Soweit das in meinen Kräften steht, ja", antwortete Doktor Gachet. „Wenn er mit einem Komplizen zusammenarbeitet, der ihn mit Waffengewalt zu befreien versucht, kann ich das wahrscheinlich nicht verhindern."

In Vidocq arbeitete es. Der Polizeipräfekt aus Avignon war vor kurzem wieder mal auf Akten gestoßen, die sich mit seiner Vergangenheit beschäftigten. Und da gab es zu viele dunkle Punkte. Immer wieder kamen Gerüchte auf, er, Vidocq, habe in der Halb- und Unterwelt Geheiminformationen verbreiten lassen. Solche, die einfach keinen echten Ganoven kalt lassen konnten. Und wenn dann das perfekte Verbrechen verübte wurde, war plötzlich die perfekte Polizei zur Stelle. Und aus einem Polizeileutnant wurde ein Polizeicolonel. So sagte man, sei es gewesen. Man konnte nie etwas beweisen, aber immer wieder tauchten in einer Präfektur oder im Ministerium Protokolle alter Aussagen auf, die Vidocq ins Schwitzen brachten. Und seit der Ernennung des neuen Präfekten in Avignon wurden viele alte Fälle neu aufgerollt.

Vidocq wollte sich darum mit diesem geisteskranken Mordverdächtigen keine neuen Läuse in den Pelz setzen. Und die rechtliche Situation war ihm nicht wirklich klar. Das fing bei den Kosten eines eventuellen Transports des Gefangenen in die Präfektur an und reichte bis zur Verantwortung für eine eventuelle Verschlimmerung der Erkrankung des Künstlers.

Vidocq hatte nichts dagegen, dass der Code Civil den unbescholtenen Bürgern ihre Rechte garantierte. Er fühlte sich in seinen Ermittlungen allerdings massiv beeinträchtig, weil er immer mit Klagen vor Gericht rechnen musste, wenn er angeblich irgendwelche Kriminelle zu hart anfasste. Und ständig kamen neue Vorschriften aus der Hauptstadt. Oft genug waren die schon wieder nicht mehr gültig, bevor sie allgemein bekannt geworden waren.

„Ich werde natürlich einen Gendarmen zu Ihrer Unterstützung abkommandieren. Ob ich genug Leute für eine Bewachung rund um die Uhr zusammen bekomme, kann ich im Moment nicht sagen, aber meistens wird jemand hier sein. Und gut gesichert ist der Verdächtige doch in Ihren Räumen." Der Polizeicolonel schaute den Arzt direkt an. „Wenn es nur nach mir ginge, würde der Künstler in die Wache von Saint Rémy gebracht und dort angekettet. Sein Bromsalz könnte er von mir aus auch dort bekommen. Aber ich möchte später nicht zu Protokoll geben müssen, dass ich eigenmächtig die Fortführung der ärztlichen Betreuung abgebrochen habe."

Es klopfte an der Tür. Die Vorzimmerdame trat ein.

„Herr Direktor, Monsieur Deville ist da. Er sagt, es sei sehr dringend."

„Deville? Der kommt doch freiwillig nie zu mir." Gachet war überrascht.

„Wenn Sie mich einen Moment entschuldigen würden", sagte er, zu Vidocq gewandt.

Der Anstaltsleiter rechnete bei Deville immer mit Überraschungen, aber dass er den Direktor der Pariser Sternwarte in Handfesseln vorführen würde, war mehr als unerwartet.

„Monsieur Flammarion!", entfuhr es Gachet. „Sie hier? In Fesseln?"

Sein fragender Blick fiel auch auf Deville.

„Der Kerl hat hier herumgeschnüffelt. Versucht, sich mein Vertrauen zu erschleichen. Dann hat er einen Wärter bestochen und sich zu dem verrückten Maler in die Zelle gesetzt."

Doktor Gachet sah den Astronomen nur an.

„Man kann es tatsächlich so darstellen wie ihr Verwalter es tut. Ich will nichts leugnen und da gibt es auch nichts zu beschönigen. Herumgeschnüffelt habe ich aber nicht. Es geht mir nur um die *Sternennacht*. Ich musste den Mann sprechen, der dieses Bild gemalt hat."

„Und dafür brechen Sie hier ein?"

„Ich habe nichts beschädigt, nur mit Menschen gesprochen", versuchte Flammarion sich zu rechtfertigen.

„Und einen Wärter bestochen", mischt Deville sich ein. „Wie viel haben Sie dem eigentlich gegeben?"

„30 Francs."

„30 Francs." Deville pfiff durch die Zähne. „Scheint sich zu lohnen, die Astronomie. Wenn das wirklich ihr Geschäft ist."

„Was wollen Sie damit sagen? Natürlich bin ich Astronom."

„Ich fürchte, Monsieur Deville hat Recht", ergriff Gachet wieder das Wort. „Ihre Identität wird jetzt wohl bewiesen werden müssen. Die Polizei ist schon im Hause."

Der Anstaltsleiter öffnete die Tür zu seinem Arbeitszimmer.

„Monsieur Vidocq, dieser Besuch dürfte auch Sie interessieren."

Er winkte Deville und Flammarion, ihm zu folgen. Die Blicke zwischen seiner Vorzimmerdame und seinem Verwalter fielen ihm auf.

„Was liegt da denn in der Luft?", fragte er sich.

Es lag tatsächlich etwas in der Luft, wenn Madame Corbusier auch selbst nicht genau wusste, was es war. Dieser Deville war ihr unsympathisch, sie mochte sein Auftreten und seine Art zu reden überhaupt nicht. Seinen Körper und seine Art sich zu bewegen, das mochte sie schon. Deville, dem nie etwas verborgen blieb, nahm Madame Corbusiers Blicke natürlich auch wahr. Aber sie entsprach nicht seinem Geschmack. Vielleicht war das ihr Glück.

Als drei Männer nacheinander eintraten, stand Vidocq auf. Dem Wärter war ein Warteplatz vor der Tür zugewiesen worden. Flammarion war gefesselt und Gachet wusste um Devilles Kraft und Schnelligkeit.

„Monsieur Flammarion!", entfuhr es auch Vidocq. „Sie hier?" Dazu ein fragender Blick auf die Handfesseln.

„Ich bin genau so überrascht wie sie", antwortete Gachet an Stelle des Astronomen. „Monsieur Deville, der Wirtschaftsverwalter von Saint Paul, gibt an, Herrn Flammarion in der Zelle des verdächtigen Malers angetroffen zu haben. Und das hat hier natürlich niemand genehmigt."

„Würden Sie das bestätigen?", wandte Vidocq sich direkt an Flammarion.

„Leider ja, es bleibt mir nichts anderes übrig", antwortete der. „Herr van Gogh hat einen Sternenhimmel gemalt, über den ich unbedingt mit ihm reden wollte. Das hat aber bestimmt nichts mit irgendwelchen Morden zu tun."

„Hoffentlich lässt sich das auch beweisen. Monsieur Flammarion, ich muss Sie bitten, mir Ihre Legitimation für eine gründliche Prüfung zu überlassen. Und Sie werden mich begleiten müssen, nach Saint Remy zur Polizeistation. Und Sie werden sich auf einen längeren Aufenthalt dort einrichten müssen."

„Ich habe niemandem etwas zuleide getan, nichts gestohlen und nichts beschädigt. Allein für die Unterhaltung mit einem Künstler können Sie mich nicht einsperren."

Vidocq winkte Pierre herbei.

„Herr Flammarion, in welcher Tasche tragen Sie Ihre Papiere?", fragte er nur kurz und knapp. Der Astronom blickte in die Richtung der Innentasche seins Kaschmirmantels.

„Pierre!", kam es vom Polizeicolonel. Der Gendarm fingerte an dem feinen Stoff und bald kam die Brieftasche zum Vorschein. Vidocq hielt die Hand auf und das wertvolle Leder wurde ihm gereicht. Nahezu achtlos ließ er die vornehme Börse in einer Seitentasche seines weniger kostbaren Anzugs verschwinden.

„Selbst wenn sich herausstellen sollte, dass Sie wirklich der Direktor der Sternwarte in Paris sein sollten, ist damit noch lange nicht Ihre Unschuld erwiesen. Haben Sie einen Rechtsbeistand, den wir verständigen sollen?"

Es schien wie eine schwarze Woge über den Astronom hereinzubrechen. Er, der Vorsitzende der französischen Gesellschaft für Astronomie, international bekannter Autor vieler populärwissenschaftlicher Werke und tatsächlich der Direktor des Pariser Observatoriums, sollte in der Wache einer kleinen Provinzstadt gefangen gehalten werden. Das war unerhört! Der verdammte Süden! Diese Hitze hier! Und dann eine solch unglückselige Verkettung ungünstigster Umstände. Aber tief in seinem Inneren wusste er, dass es nicht nur Unglück war. Er war von seinen Ideen zu sehr besessen und er hielt sich gegenüber all seinen Mitmenschen für überlegen. Von *Astronomie Populaire* waren über 100.000 Exemplare verkauft worden. Flammarion fehlte es schon vorher nicht an Selbstsicherheit, doch dieser Erfolg war ihm zu Kopf gestiegen.

Und dann natürlich Deville mit seinem Calvados. Flammarion mochte es selbst nicht glauben, aber mit diesem ordinären Menschen zusammen hatte er übermäßig Alkohol genossen. Er, der fast abstinent lebte, sich nur an der Wissenschaft berauschte. War er wirklich schon wieder nüchtern, als er zu dem Maler in die Zelle ging? War es die Enttäuschung über den schweigenden Mars, die ihn so abstruse Dinge tun ließ?

„Nein, ich brauche keinen Rechtsbeistand, vorerst nicht. Es wird sich bestimmt alles aufklären lassen und ich möchte so wenig Aufsehen wie möglich erregen. Ich kann Ihre Haltung verstehen, Herr Polizeicolonel, aber ich bitte Sie, meine Verhaftung möglichst diskret zu behandeln."

„Ich werde mir Mühe geben", antwortete Vidocq ohne allzu viel Überzeugungskraft. „Doktor Gachet, haben Sie noch eine Zelle zur Verfügung? Vielleicht sogar auf dem Flur, wo auch der Künstler bewacht wird? Ich werde dann schnellstmöglich den Abtransport der beiden Herren organisieren." Er verkniff es sich, nach wirklich zuverlässigen Wärtern zu fragen. Jedenfalls solange der Verdächtige und dieser sonderbare Verwalter sich hier im Raum aufhielten.

Vidocq und Gachet mochten sich nicht wirklich und sie vertraten sehr unterschiedliche Rechtsauffassungen. Aber genau das machte den jeweils anderen für sie interessant, da war die Reibefläche einer Herausforderung. Und darum würde Vidocq niemals ohne Not Gachets Autorität in seinem eigenen Hause untergraben wollen.

„Monsieur Deville, könnten Sie vielleicht zusammen mit dem Gendarmen dafür sorgen, dass dem Wunsch des Polizeicolonels nachgekommen wird? Und würden Sie dann bitte Madame Corbusier darüber informieren, welche Räume Sie belegt haben und wie die, ähm, Aufsicht organisiert ist?" Flammarion strahlte doch genügend Würde und Autorität aus, um Gachet das Wort „Bewachung" vermeiden zu lassen.

Nachdem Deville, Pierre und Flammarion das Büro des Anstaltsleiters verließen, schloss dieser mit zitternden Händen einen Wandschrank auf, dem er eine Flasche Likör entnahm.

„Monsieur Vidocq, darf ich Sie einladen, sich etwas Appetit für das Mittagessen zu verschaffen?" Er kannte den Polizeicolonel gut genug, um gleich zwei Gläser auf den Tisch zu stellen.

Die klare, rubinrot glänzende Flüssigkeit ergoss sich in die hauchdünn geschliffenen Kristallgläser. Das edle Aroma des teuren Getränks verbreitete sich im Raum. Die beiden Herren tranken sich zu und danach schwenkte Vidocq sein Glas sinnend in der Hand. Er beobachtete den Rand des Likörs, der langsam am Glasinneren nach unten lief.

„Was halten Sie von diesem Herren?", fragte er Gachet ganz direkt.

„Ein Astronom, dessen Kunstbegeisterung ihn zu einem verrückten Mörder in die Zelle kriechen lässt, ist mir bislang nicht untergekommen. Und der will Direktor einer großen Sternwarte sein?"

„Da sehe ich keinen Widerspruch", antwortete der Doktor. „Es gibt viele große Männer, die von ihrer Arbeit besessen sind und trotzdem zu Rang und Ansehen gelangten. Kennen Sie Tycho Brahe?" Gachet schien der Likör nicht so sehr zu entspannen wie Vidocq; jedenfalls schenkte er sich schnell ein zweites Glas ein.

„Brahe? War der nicht auch Astronom? Irgendwo habe ich den Namen einmal gelesen." Gachet war verblüfft. Er wusste, dass man Vidocq nicht unterschätzen durfte, aber dieses Stück Allgemeinbildung hätte er ihm nicht zugetraut. Umso nervöser machte es ihn, dass Vidocq nun in seinem Büro saß und einen Fall bearbeitete, der sich hier in Saint Paul zugetragen hatte. Bislang waren sie sich dienstlich immer nur in Gerichtssälen begegnet aber nicht hier, sozusagen auf heimischem Terrain. Und in der Heilanstalt war nicht alles so, wie es nach Meinung der Polizei seien sollte. Gachet verwaltete große Mengen an Schlaf- und Beruhigungsmitteln und auch seine Vorräte an Aufputschmitteln waren enorm. Ihm selbst fehlte schon lange die Spannung im Leben und so wurde er anfällig für die Versuchung. An einem späten Abend in Pascals Schänke fing er irgendwann an, dessen anzügliche Bemerkungen die Schankmagd betreffend zu beachten. Sie war ein noch sehr junges Mädchen und es wäre besser für den Hospitaldirektor gewesen, nach Hause zu gehen. Doch die kleine Vera kam mit einer Karaffe Rotwein zu ihm an den Tisch.

„Monsieur Pascal lädt Sie ein zu einem Glas auf Kosten des Hauses. Und er hat mir erlaubt, mit Ihnen anzustoßen. Sie sähen so einsam aus, sagte er noch." Ihr falsches Lächeln gelang gut genug, um einen unerfahrenen Gast wie Gachet zu täuschen. Und es war auch gut genug, um seine Erregung zu entfachen.

Und so wurde Gachet allmählich in den Strudel der Illegalität gezogen. Pascal erpresste ihn niemals und er hätte Schwierigkeiten gehabt, Beweise gegen Gachet vorzubringen. Doch den Forderungen des Mädchens nach immer mehr Präparaten und Tinkturen konnte der Doktor nichts entgegensetzen. Pascal und Gachet waren sich klar darüber, dass sie gemeinsam im gleichen Sumpf wateten, doch sie fühlten sich wohl dabei. In der Schänke gab es immer genug Opiate und Salze, Gachet konnte fast ungehemmt seine sexuellen Neigungen befriedigen. Als Vera, allen Vorsichtsmaßnahmen zum Trotz, doch schwanger wurde, war es natürlich ein Schock, ein böses Erwachen aus einem kurzen süßen Traum. Und der Kurpfuscher, den Gachet bezahlen ließ, obwohl seine Vaterschaft keinesfalls unumstritten war, machte aus der Affäre einen Alptraum. Vera überlebte die Abtreibung keine drei Tage. Sie war eine der vielen gestrandeten Existenzen, die eines Tages ohne Papiere und ohne zu Hause bei Pascal vor der Tür stand. Nach ihrem Verschwinden fragte niemand ernsthaft nach ihr und das Gemurmel des Kneipenwirts von Verwandten in der Bretagne wurde allgemein akzeptiert.

An all das dachte Gachet, als Vidocq nun auf dem Platz saß, auf dem Flammarion am vorigen Tag seinen Tee zu sich nahm.

Schwebte die Schlinge schon über seinem Haupt oder durfte er sich immer noch gelassen und unangreifbar fühlen? Wenn dem Maler die Schuld an allen Morden nachgewiesen werden könnte, dann würden die Ermittlungen hier in der Anstalt schnell vorbei sein.

„Ich würde gerne noch einmal mit dem Künstler sprechen", sagte Vidocq genau in diesem Moment. „Ich brauche in jedem Fall eine Bestätigung von ihm, über den Zweck des Besuches des Astronomen. Und auch sonst scheint er mir ein interessanter Gesprächspartner zu sein."

„Van Gogh? Jetzt?" Fragend hielt Gachet die Öffnung der Likörflasche über Vidocqs Glas.

„Ja, jetzt. Und den Wärter, der bis vor kurzem vor der Tür gesessen hat, möchte ich auch sehen." Mit einer abweisenden Handbewegung in Richtung Likör stand der Polizist auf. „Und ich möchte allein mit den Männern reden."

„Allein?", war alles, was Gachet hervorbrachte.

„Pierre wird mich natürlich begleiten. Aber ich muss Sie leider darauf hinweisen, Herr Doktor, dass ich Sie nicht in alle polizeilichen Ermittlungen mit einbeziehen kann. Besonders nach der letzten Panne."

Gachet antwortete ihm nicht. Er zog an der bestickten Klingelschnur.

„Der Monsieur möchte unseren Künstler besuchen", sagte er zu der hereinkommenden Madame Corbusier. „Würden Sie ihn bitte begleiten und dem Wärter ausrichten, dass er die Polizei ohne Begleitung in die Zellen lassen kann?"

„Selbstverständlich." Die Sekretärin und der Polizeibeamte verließen das Arbeitszimmer.

Gachet blickte gedankenversunken auf die noch pendelnde Klingelschnur. „Wie ein Gehenkter am Strick wohl schaukelt?", fragte er sich. Hier in Frankreich bevorzugte man die Guillotine, aber natürlich wusste Gachet, was ein Galgen ist. „Glück – Unglück, Leben – Tod", murmelte er. „Recht – Unrecht, Normal und Wahn", setzte er die Reihe fort. Er hatte Angst. Angst vor weiteren Morden. Und doch fühlte er, dass sie geschehen würden.

Vidocq dachte nicht lange darüber nach, ob er den Doktor zu sehr brüskiert hatte. Es war unvermeidbar gewesen. Wie Vieles andere eben auch. Und allmählich verdichteten die Unvermeidbarkeiten und Geschehnisse sich zu einem rauschenden Fluss. Immer schneller wechselten die Szenen. Eben noch im Halbdunkel des verrauchten Arbeitszimmers, nun im gleißenden Licht der südlichen Mittagsonne. Kies knirschte unter den Sohlen seiner glänzenden Lederschuhe, er betrachtet unauffällig die Füße der neben ihm hergehenden Vorzimmerdame. In wenigen Minuten, vielleicht in Sekunden, müsste er das Minenspiel eines mutmaßlichen Mörders betrachten.

„Sind meine Gedanken dabei genauso real, wie die blühenden Pflanzen hier im Beet?" Vidocq war kein Philosoph, ihm war nur manchmal schwindlig. Denn die Abgründe der menschlichen Seele sind tief und in seinem langen Berufsleben musste er viele von ihnen durchmessen. Nur war er müde und das durfte er nicht sein. Das Verbrechen schlief nicht und seine Vergangenheit auch nicht. Darum musste er Erfolg haben und darum konnte er auf niemanden Rücksicht nehmen.

Trotzdem wollte er versuchen, das Vertrauen des Malers zu gewinnen. Soweit Vertrauen zwischen einem Mordverdächtigen und einem Untersuchungsbeamten überhaupt möglich war. Er ließ den Wärter darum allein die Zelle betreten, um sich vom einwandfreien Zustand der Zwangsjacke zu überzeugen. Danach betrat Vidocq allein den Raum, wissend um Pierre und den Wärter in der Nähe der angelehnten Eingangstür.

„Monsieur?", war alles, was er sagte. Van Gogh hob nur leicht den Kopf.

„Monsieur van Gogh, ich bin Monsieur Vidocq. Ich leite die Untersuchung der letzten Vorfälle in Saint Paul und Saint Martin."

Vincent nickte leicht mit dem Kopf.

„Böse Sache das, ganz böse."

„Und Sie sind darin verwickelt."

„Ja, man scheint mich für einen Mörder zu halten, eine Zeit lang habe ich es sogar selbst geglaubt."

„Eine Zeit lang?"

„Gestern, ich glaube, es muss gestern gewesen sein, habe ich da nicht ein Geständnis abgelegt? Das müssen Sie doch wissen, Sie sind doch normal und ich glaube, Sie waren dabei."

Vidocq ahnte, worauf der Künstler hinaus wollte.

„Sie können sich an gestern erinnern?", fragte er aber nur.

„Schwach", sagte Vincent. „Man hat mir Mittel gegeben um mich zu beruhigen. Dabei war ich ruhig. So gelassen, wie man eben sein kann, wenn man gerade einen Toten gefunden hat."

„Gefunden?", hakte Vidocq nach.

„Sie haben richtig verstanden, ich habe Roulin tot in meinem Atelier aufgefunden. Und nach meinem ersten Schritt in das Zimmer flog die Tür hinter mir zu. Das muss der Mörder gewesen sein."

„Und warum haben Sie gestern den Mord gestanden?"

„Ich möchte auf keinen Fall ins Gefängnis. Und gestern, im Rausch der Opiate habe ich mir eingeredet, ich könne hier in meiner Zelle in Frieden weitermalen, wenn ich die Tat zugebe. Doktor Gachet sagte einmal, ich leide an der furor transitorius. Und es stimmt, ich habe schon ohne jeden Grund einen Wärter getreten, das überkam mich einfach. Und mein Ohr habe ich mir selbst verletzt, in einem Moment tiefster Enttäuschung. Aber jetzt wollte ich ein neues Leben beginnen, meine Entlassung stand bevor, warum sollte ich da jemanden umbringen? Und wieso Roulin, der immer gut zu mir gewesen ist?"

„Diese Frage könne Sie sich nur selbst beantworten. Ich untersuche nur die äußeren Umstände der Tat und jeder der zur falschen Zeit am falschen Ort war, ist verdächtig."

„Ich bin immer zur falschen Zeit am falschen Ort, so könnten Sie mein Leben beschrieben." Vincent seufzte. „Glauben Sie mir denn?", flüsterte er fast.

102

In Vidocq arbeitete es. Irgendetwas strahlte dieser gequälte Mann aus, was ihm keine Ruhe ließ. Ein Grenzgänger zwischen heißem Wahn und kühler Vernunft schien da vor ihm zu sitzen. Und das kannte er gut. Er war nicht als Polizeicolonel auf die Welt gekommen, gewiss nicht. Doch keine Tracht Prügel, die er als Heranwachsender bekam, brachte ihn zur Vernunft, immer wieder griff er in die Kasse des Bäckergeschäfts seiner Eltern. Die Besäufnisse mit seinen zwielichtigen Freunden arteten allmählich aus, regelmäßig brachte der Dorfgendarm ihn nach Hause. Als er das Tafelsilber der Familie stahl, um nach Amerika auszuwandern, wurde er betrogen und stand plötzlich fern der Heimat mittellos in Belgien.

Wie kam es nur, dass gerade jetzt sein Leben wie ein Film vor ihm abzulaufen schien? Wurde er etwa alt und sentimental?

„Es ist unerheblich was ich glaube", stieß er so streng wie möglich hervor. „Wichtig ist, was sich beweisen lässt."

„Wirft man mir eigentlich mehrere Morde vor?", fragte ihn der Maler.

„Meine Ermittlungen stehen ganz am Anfang und noch hat kein Staatsanwalt offiziell Klage erhoben", gab Vidocq zurück. Er fragte sich, wo der fahrige, verwirrte Mann ist, den er in dieser Zelle erwartete.

„Was wollte denn der Astronom von Ihnen?", ging er aber wieder in die Initiative. „Kennen Sie den schon länger?"

„Ich war völlig überrascht, als er sich bei mir vorstellte. Seinen Namen kannte ich natürlich. Allerdings habe ich sein Erscheinen erst für einen Trick oder einen Scherz gehalten."

„Und warum war er bei ihnen?"

„Er wollte über die *Sternennacht* mit mir reden."

Vidocq blickte nur kritisch.

„Und das haben wir auch getan", fügte van Gogh noch an.

„Hat er ihnen Geld angeboten? Wollte er das Bild kaufen?"

„Von Geld war keine Rede. Monsieur Flammarion sucht den Sinn in der Welt und ich soll ihm dabei helfen."

Vidocq beschlich immer mehr das Gefühl, dass er hier auf den Arm genommen werden solle oder dass dem Künstler und dem Astronomen einfach keine bessere Ausrede eingefallen war.

„Haben Sie Ihrem Wärter auch Geld gegeben?", wollte er noch wissen.

„Ich besitze schon lange kein eigenes Geld mehr", sagte der Künstler und blickte auf seine gefesselten Arme. „Und mit dem Geben, das ist auch nicht so ganz einfach."

Vidocq gab auf. Entweder ist auch dieser Astronom völlig verrückt oder die beiden sind wirklich sehr geschickt, dachte er sich.

„Ich werde Sie vorerst verlassen", sagte er zu dem gefesselten Künstler. „Aber ich habe bestimmt noch einige Fragen an Sie."

„Eine Frage habe ich auch", gab van Gogh zurück. „Diese Fesseln." Er blickte wieder auf die Zwangsjacke. „Ist das wirklich notwendig?"

„Ich werde mit Doktor Gachet reden. Das ist im Moment seine Zuständigkeit."

Erpressung: Unser deutsches Wort ist ein hübsches Bild von der Kelter, in welcher den Trauben Wein erpreßt wird; auch an das Auspressen eines Geständnisses durch Folterwerkzeuge mag man erinnert werden; extorquere hieß schon im Lateinischen foltern; aber die Vorsilbe ex scheint mehr auf die körperlichen Gliedmaßen als auf das Extrahieren einer bestimmten Aussage gegangen zu sein. Die Franzosen entnahmen ihre Bezeichnungen faire chanter und chantage ihrer Gaunersprache, deren technische Ausdrücke sich seltsam genug in der Rechtsprache ausnehmen.
Pierer's Universal-Lexikon, 1857

„Wenn Sie Ihre Waffe wieder haben wollen, kommen Sie nach Saint Martin. Morgen Abend um acht Uhr. Allein. Mit 1000 Frances, gut verpackt."

Gachet las die Zeilen wieder und wieder.

„So ein Schwein", zischte er leise. Ihm war klar, das konnte nur Roger geschrieben haben.

„Ich wusste gar nicht, dass er solche Geldsorgen hat", wunderte sich Gachet. 1000 Francs, die würden auch ihm nicht leicht fallen.

„Ist es nicht wie eine Anerkennung von Schuld, wenn ich bezahle?", fragte er sich. Roger verfügte über Zugang zu allen Gebäuden, wenn Gachet bislang auch davon ausgegangen war, dass er keinen Schlüssel zu seinem Arbeitszimmer besäße. „Ob die Corbusier mit ihm unter einer Decke steckt? Aber auch die hat keinen Schlüssel für meinen Schreibtisch. Ist Roger geschickt genug, ein Geheimfach ohne Spuren zu öffnen? Scheinbar ja."

Gachet wanderte in seinem Raum umher. 1000 Francs, die könnte er auftreiben. Aber würde das nicht auffallen? Gerade jetzt, wo seine Klinik ins Gerede gekommen war. Aktien verkaufen und den Erlös in bar auszahlen lassen? Jetzt? Das war undenkbar. Und die Kasse der Anstalt? Verwahrte Roger.

„Wenn ich zu ihm gehe und 1000 Francs in bar fordere?" Gachet erregte dieser Gedanke. Was würde sein Verwalter sagen? Wahrscheinlich müsste er ihn an die Bank verweisen, weil so viel Bargeld in seiner Kasse nicht verfügbar sei.

Morgen Abend um acht in Saint Martin. Wie er sich die Übergabe wohl vorstellt? Gachet machte einen gedanklichen Kassensturz seiner privaten Finanzen. 200 Francs müsste er noch haben, 100 könnte er sich ohne jedes Aufsehen bei seiner Bank auszahlen lassen. Aber so ohne weiteres würde er 300 Francs nicht hergeben. Hingehen nach Saint Martin wollte er aber. Am liebsten bewaffnet. Doch er sah keine Möglichkeit, das bis zum nächsten Tag zu realisieren. Natürlich würde er sich ein Gewehr leihen können, wenn eine große öffentliche Treibjagd stattfände. Aber jetzt? Und einem Erpresser dürfte er sowieso nur mit einer unter dem Mantel verborgenen Pistole gegenübertreten. Selbst das erschien ihm noch gefährlich genug, bei einem Gegner mit Rogers Kraft und Schnelligkeit.

„Ein Unfall, der Mann muss einen Unfall haben. Wenn ich dann Glück habe und die Waffe in seinem Nachlass gefunden wird, kann ich alle meine Sorgen vergessen." Gachet dachte an undichte Stellen in den Dächern von Saint Paul, die der Verwalter vielleicht besichtigen müsse. Den Baukran an der defekten Mühle, an dem manchmal schwere Lasten schwebten. Große Fässer mit Sauerkohl, die ins Rollen gerieten. Er bedauerte, sich aus all diesen Angelegenheiten immer herausgehalten zu haben.

„Gift!" Das würde ihm leichter fallen, das war eher seine Welt. „Doch der wird keinen Sherry mit mir trinken, das würde ihm verdächtig vorkommen, wenn ich ihn gerade jetzt einlade." Gachet merkte, wie wenig er über seinen Verwalter und seine Gewohnheiten wusste. Doch sein Entschluss stand fest, der Mann musste sterben. Und Gachet fand diese Aufgabe durchaus reizvoll.

„Feuer", war sein nächster Gedanke. Warum den Kerl, der sein Leben zerstören wollte, nicht einfach ausräuchern? Etwas wusste Gachet doch über Roger und er wusste auch von den Gittern vor seinen Fenstern. Zum Schutz der Kasse und seiner Bücher waren sie dort angebracht und würden nun sein Verderben bedeuten.

Da war sie wieder, die Spannung in seinem Leben, von der er manchmal glaubte, sie wäre für immer verschwunden. Immer waghalsiger wurden seine Unternehmungen, immer weniger Rücksicht konnte er auf seine Umwelt und seine Mitmenschen nehmen, wenn dieses erregende Gefühl, jetzt etwas Besonderes zu vollbringen, ihn überkam.

Feuer in seiner eigenen Anstalt, von ihm selbst gelegt, das wäre doch sehr einfach und trotzdem höchst wirkungsvoll. Er stellte sich vor, wie der hustende Verwalter mit hervorquellenden Augen an den Stäben seiner vergitterten Fenster rüttelte und wie die Flammen ihn allmählich verzehrten.

Er selbst, war er nicht ein Rachegott? Der erlittenes Unrecht seiner Kindheit vergelten musste? Vergelten an Menschen, die so waren wie die Satane und Kobolde seiner Jugend.

Es war allmählich spät geworden, Vidocq hatte das Gelände verlassen, der Künstler und der Astronom saßen wohlverwahrt in ihren Zellen. Gachet brach zu einem letzten Rundgang über das Gelände auf. Im Garten stand das kleine Gerätehaus an die Außenmauer gelehnt, das rückwärtige Fenster war sein Ziel. Er schob den Riegel zur Seite, prüfte, ob der Flügel sich öffnen ließ, lehnte ihn wieder an und verließ dann das kleine Häuschen. Auf seinem Weg zurück zum Hauptgebäude hielt er sich wieder dicht an der inneren Gartenmauer und darum glaubte er, von niemandem gesehen zu werden. Wer sich jetzt noch in der Anstalt aufhielt, dürfte beim Abendessen sein.

Nun brauchte er ein Alibi. Er ließ seinen leichten Wagen anspannen, wie er es sonst nur bei sehr schlechtem Wetter machte, um die kurze Strecke zu seiner Villa am Stadtrand zurückzulegen. Jetzt könnten die Stallburschen sich an ihn erinnern und auch dem Pförtner würde diese kleine Abweichung vom meist ereignislosen Alltag auffallen.

Er speiste mit seiner Tochter zu Abend und natürlich bekamen ihn zu Hause auch seine Dienstboten zu Gesicht. Das müsste reichen. Wie so häufig saß er noch auf der Veranda, nachdem alle anderen im Hause längst das Bett aufgesucht hatten. Sein Verwalter hoffentlich auch. Gachet schlich los, zurück zur Anstalt.

Durch das angelehnte Fenster verschaffte er sich Zugang und bald stand er vor der Tür des Verwaltungsgebäudes. Roger hielt seine Dinge in Ordnung und die Scharniere waren gut geölt, quietschten nicht beim Öffnen. In diesem Haus schlief sonst niemand, das ließ sich mit der Paranoia des Verwalters nicht vereinbaren. Gachet trug nichts bei sich, außer einer soliden Eichenlatte, seiner weit heruntergedrehten Laterne und einem kleinen Holzkeil. Er lauschte, hörte jedoch nichts. Die Treppe war steinern, Knarren nicht möglich. Vor Rogers Tür stellte er sofort die Latte unter die Klinke, das war seine Lebensversicherung, falls Roger in der nächsten Minute erwachen sollte. Gachet klopfte das Herz bis in den Hals, weil die Klinke etwas Spiel in ihrem Lager besaß und ein leichtes Geräusch zu hören war, als sie durch das Eichenholz nach oben gedrückt wurde. Doch es war kaum mehr als in Hauch und hinter der Tür blieb es ruhig.

Nun schob der Doktor den flachen Keil ohne viel Druck unter den Türflügel. Dann schraubte er den Vorratsbehälter seiner Laterne ab und ließ das Petroleum auf den Boden laufen, unter der Tür hindurchfließen.

Das Glas vom Docht nehmen, den in die Lache am Boden tauchen, den Keil unter der Tür ohne Rücksicht auf Geräusche festschieben, die Latte wegnehmen und davonlaufen, war fast eine einzige schnelle Bewegung. Gachet stürzte die Treppe hinab und verschloss die Außentür hinter sich, als er oben schon das Donnern an Rogers Tür hörte. Der musste sehr schnell erwacht sein, doch die vielen Riegel an der Innenseite seiner Tür besiegelten sein Verhängnis. Er stand in brennendem Öl, als er sie beiseiteschob und musste zu seinem Entsetzen feststellen, dass trotzdem nicht zu öffnen war. Wegen der mittlerweile hoch auflodernden Flammen konnte er nicht bleiben und auf das solide Lärchenholz eindreschen und treten. Als vom Fenster aus sein Ruf „Feuer, Feuer!" erklang, war Gachet schon im Schatten der Nebengebäude verschwunden.

Theo verließ den Hauptbahnhof von Avignon. Es war spät und er würde heute nicht nach Saint Rémy weiterreisen können. Er dachte an Johanna. Sie hatte seiner Reise nicht zugestimmt, wenn sie auch viel Verständnis für seinen Wunsch aufbrachte, Vincent zu sehen und zu helfen. Er musste ihr versprechen, möglichst bald die Rückreise anzutreten.

In Paris hatte er sich die Adresse eines günstigen Hotels besorgt und nun schritt er durch das Gewirr der kleinen Gassen und versuchte, Ordnung in seine Gedanken zu bringen. Doch ohne mit Vincent, seinem Arzt und der Polizei zu sprechen, gab es keine Grundlage, auf der er eine Strategie aufbauen könnte.

Er verfluchte das matte Licht der trüben Gaslampen. Nur mit Mühe konnte er die Namen auf den Straßenschildern erkennen. Rue Chiron? Da stimmte doch etwas nicht. An diesem Abzweig müsste sich eigentlich die Rue Corneille befinden. Sein Stadtplan zeigte nur die größeren Straßen und war von schlechter Qualität. Theo wollte nicht drehen und darum ging er weiter. Die nächste rechts sollte doch die Rue Moliere sein, sonst müsste er wirklich zurück. Er genoss den Spaziergang durch die laue Sommernacht trotz seiner Angst. Angst hatte er ständig. Nie konnte man davor sicher sein, in den nächsten Hauseingang gezogen zu werden. Und wer dort nur seine Börse verlor, konnte sich glücklich schätzen. In Paris kannte er sich aus und die Vertrautheit mit der Stadt milderte seine Angst. Er hatte ganz vergessen, wie bedrohlich die Fremde wirken konnte. Doch er war ein Meister des Zwiedenkens und so gelang es ihm, sich selbst zu beruhigen.

Die schmale Straße öffnete sich auf einen großen Platz und die Kulisse an der gegenüberliegenden Seite war grandios. Der zunehmende Mond, dem es bislang nicht gelungen war, in die enge Stadt hineinzuscheinen, leuchtete die Fassade des Papstpalastes hell aus. Die mächtigen Türme ragten in einen schwarzen Nachthimmel, die Nischen in den gewaltigen Mauern schienen wie geschaffen, um die Statuen von Titanen aufzunehmen. Doch in ihrer gähnenden Leere wirken sie noch kolossaler. Hinter den Zinnen hätten Riesen sich verbergen können, die Treppenanlagen boten Platz für den Aufmarsch ganzer Bataillone.

Gebannt starrte Theo auf dieses steinerne Wunder. Fotografien davon kannte er, aber so beeindruckend hatte er sich die Wirklichkeit nicht vorgestellt. Wie aus dem Nichts tauchte ein Fremder vor ihm auf. Eine große Gestalt, dunkel gekleidet, einen blitzenden Gegenstand in der Hand:

„Möchten Sie noch etwas essen Monsieur? Oder vielleicht eine Kleinigkeit trinken? Wir haben vorzügliche Muscheln, Bordeaux, Calvados…"

„Nein danke, ich möchte nichts. Aber wenn Sie mir eine Auskunft geben könnten, ich suche die Rue Limas?"

Der Fremde verzog das Gesicht. „Rue Limas, da sind Sie hier völlig falsch, Sie müssen nach unten zum Fluss."

Theo versuchte in dem matten Licht auf dem schlechten Druck etwas zu erkennen.

„Die Rhone liegt dort unten und von hier aus gesehen müssen Sie sich etwas rechts halten. Wollen Sie wirklich nichts essen?"

Theo hatte sich schon halb abgewandt. „Danke", murmelte er noch.

Vielleicht wurden die Gassen noch schmaler und dunkler als im Kern der Altstadt. „Zum Fluss sollte es abwärts gehen", dachte Theo. „Sonst würde ich umkehren." Und dann stand er vor der Stadtmauer. Das Tor wirkte wie ein dunkler Tunnel. Theo wusste, dass er auf dieser Seite der Mauer bleiben müsste, doch nun wollte er die Pont d'Avignon sehen. Wenn er sich auch vor dem Tunnel fürchtete. Nach wenigen Schritten stand er direkt vor dem Eingang und konnte die Lichter der anderen Seite sehen. Seltsam klein und verschwommen wirkten sie. Theo wurde allmählich klar, dass es die Lichter der Stadt am anderen Flussufer sein müssten. Die Seine liegt in Paris und gehört zur Stadt dazu. Die Rhone ist Avignons Grenze, was dahinter liegt, ist ohne Bedeutung. Einen Text dieser Art hatte Theo irgendwo gelesen, ob es stimmte, würde er in dieser Nacht vermutlich nicht mehr ergründen.

„Vincent war immer ein Träumer." Theo van Gogh starrte an die Wand, die Zigarre in seiner Hand schien er vergessen zu haben. „Und für seine Überzeugungen ist er immer viel zu ungestüm eingetreten, ohne jede innere Bremse." Theo seufzte. „Und oft auch ohne jede Notwendigkeit", fügte er noch an. „Mein Gott, was haben wir uns gestritten." Er mache eine längere Pause. „Aber Mord? Völlig undenkbar."

„Es wäre kein Mord", antwortete Flammarion. „Ein Anfall, eine actio liber causa. Sind Sie sicher, dass Ihr Bruder davor geschützt ist?"

„Sicher! Sicher? Was heißt schon sicher? Sie sitzen doch auch hier mit mir in einem Raum. Können Sie sicher sein, dass ich Sie nicht gleich angreifen werde? Hiermit vielleicht?" Theo griff mit einer fahrigen Bewegung nach dem mehrarmigen Kerzenleuchter auf dem Tisch. Flammarion blieb ruhig.

„Ich glaube, Sie werden nichts derartiges tun." Theo stellte den Leuchter wieder auf den Tisch.

„Sie haben recht", gab er zu.

Flammarion war schnell aus der Arrestzelle entlassen worden, weil seine Dokumente nach genauerer Prüfung immer noch echt aussahen und weil Telegramme aus Paris seine Aussagen bestätigten. Allerdings hatte der Präfekt aus Avignon noch keine Stellung bezogen und Vidocq darum dem Astronomen vorerst nicht gestattet, Saint Rémy zu verlassen. Von Theos Ankunft berichtete er ihm aber und bei der geringen Anzahl an guten Adressen in der kleinen Stadt war es nicht verwunderlich, den Kunsthändler wie den Direktor der Pariser Sternwarte im gleichen Hotel anzutreffen. Flammarion war jetzt entschlossen, an der Aufklärung der Mordfälle mitzuarbeiten, egal ob seine Abreise erlaubt sei oder nicht. Und auch den Mars wollte er nicht vergessen.

Theo war unschlüssig, was er tun solle. Er hatte seinen Bruder nur im Beisein eines Gendarmen für dreißig Minuten besuchen dürfen und diese Begegnung war ihm nahe gegangen. Seinen ohnehin schwachen Nerven tat das nicht gut. Und natürlich zog es ihn zurück nach Paris, zu seiner Frau und seinem kleinen Sohn. Wirklich tun konnte er für Vincent nichts und Detektiv spielen, wie der sonderbare Herr an seinem Tisch es ihm vorgeschlagen hatte, war nicht seine Absicht. Was war das nur für ein Mann? Natürlich hatte er nicht „Detektiv spielen" gesagt, aber darauf lief es hinaus. Andererseits interessierte er sich für die geistigen Inhalte der Bilder seines Bruders und er schien das sehr ernst zu meinen. Da war Begeisterung zu spüren, als er auf die *Sternennacht* zu sprechen kam. Rein geschäftlich wäre es bestimmt von Vorteil, den Kontakt zu diesem berühmten Autoren zu halten. Und das Geschäft ließ Theo überhaupt keine Ruhe. Seit Jahren quälte er sich mit der Idee, als Kunsthändler selbstständig zu werden und ausschließlich die Künstler zu vertreten, die er selber schätzte. Und immer wieder schreckte er vor dem finanziellen Risiko zurück.

„Sterne sind schon oft gemalt worden", sagte er. „Was fasziniert Sie genau am Bild meines Bruders?"

„Das Pulsieren. Die Lebendigkeit. Zusammen mit der Genauigkeit."

„Genauigkeit? In Vincents Bild?" Theo war überrascht.

„Ja, Genauigkeit. Die Stellung des Mondes und der Venus mit dem Band der Milchstraße dazwischen – das ist Realismus. Und die Himmelskörper pulsieren, so wie es sich erleben lässt, wenn man lange genug hinschaut. Sicher wirkt das Bild auf den ungeschulten Betrachter wie das Ergebnis einer überreizten Phantasie, aber das ist ein Irrtum. Ebenso wie es ein Irrtum ist, zu glauben, Sterne seien winzig kleine Punkte, verloren in der Unendlichkeit."

„Abendblatt – Mord in Saint Paul de Mausole. Der unheimliche Täter hat wieder zugeschlagen! Abendblatt..."

Flammarion winkte den Zeitungsjungen sofort an den Tisch und erstand eine Ausgabe.

„Jetzt bin ich gespannt, was die Presse aus der Wahrheit gemacht hat."

Er überflog den ersten Absatz und gab Theo van Gogh gleich eine Zusammenfassung in Kurzform. Mit dem Rest des Artikels ging er genau so vor.

Zu viele Menschen im Dorf und in der Stadt fingen an, Fragen zu stellen und so war Vidocq nicht mehr darum herumgekommen, öffentlich Stellung zu beziehen. Er mochte nicht ausschließen, dass zwischen den drei Morden ein Zusammenhang bestand, betonte aber die Möglichkeit von drei Verbrechen, die nichts miteinander zu tun hätten. Das Feuer in der Anstalt wertete er vorerst als Unfall, gab aber den bislang unvollständigen Ermittlungszustand unumwunden zu. Er forderte die Bürger der Umgebung auf, unbedingt Ruhe zu bewahren und sich mit Verdächtigungen und Beobachtungen an die Polizei zu wenden.

„Feuer hat es dort mittlerweile auch gegeben." Flammarion blickte zu Theo. „Und das, obwohl Ihr Bruder schwer bewacht in einer Zelle sitzt. Unter den gegebenen Umständen scheint mir das eine gute Nachricht zu sein."

„Eine gute Nachricht? Stand in dem Blatt nicht, es sei ein Mensch ver-brannt?" Theo war offensichtlich von Flammarions Interpretation irri-tiert.

„Aber begreifen Sie nicht? Nach drei Morden, für die Ihr Bruder als Verdächtiger in Frage kommt, stirbt ein Mensch in den Flammen. Und den Mord im Dorf, an dem Pförtner, hätte Vincent sowieso kaum bege-hen können. Wir haben also vier Tote und bei zweien scheidet Ihr Bru-der als möglicher Täter aus. Für mich ist das mehr als ein Hoffnungs-schimmer."

„Aber Hoffnungen öffnen keine Zellentüren." Theos Zigarre war erkal-tet. Er warf sie in den Aschenbecher und zündete sich eine Zigarette an.

„Hoffnung hin oder her, ich bin fest entschlossen, der Anwalt Ihres Bru-ders zu werden." Flammarion senkte die Stimme. „Aber selbst wenn ich äußerst unangenehme Tatsachen entdecke, werde ich der Wahrheit im-mer den Vortritt lassen."

„Warum wollen Sie das tun?", fragte Theo ganz direkt. Flammarion zögerte einen Moment mit der Antwort.

„Weil ich selbst betroffen bin. Ich möchte nicht dastehen als jemand, der immer noch verdächtig ist, dem man aber nichts nachweisen konnte." Der kleine stämmige Astronom machte eine Pause. „Aber darum geht es nicht. Ich möchte noch mehr Bilder ihres Bruders sehen. Neu Bilder. Gemälde des Universums."

Beim Thema Kunst war Theo gleich hellwach. „Glauben Sie, Vincent wird Ihr nächstes Werk illustrieren?"

„Illustrieren?" Flammarion machte eine wegwerfende Handbewegung. „Inspirieren, darum geht es. Ihr Bruder hat mir gezeigt, wie ich mir ein lebendiges Weltall vorstellen kann." Flammarion dachte an seinen ver-geblichen Versuch, mit dem Mars Kontakt aufzunehmen. Sollte er Theo van Gogh davon erzählen? Noch nicht, entschied er sich. Er würde hier-bleiben und sich in die Ermittlungen in den Mordfällen einmischen. Er würde viel nachdenken müssen und warum sollte er das nicht nachts tun? Den Mars im Gesichtsfeld, aber ohne zwanghafte Fixierung. Viel-leicht war das ein Weg?

„Ich würde Vincent auch gerne helfen, aber ich weiß nicht so recht, wie." Theo sog heftig an seiner Zigarette, in der anderen Hand hielt er bereits die kalte Zigarre. „Und meine Frau braucht mich und mein Sohn."

„Es würde mir reichen, wenn ich mich bei meinen Ermittlungen auf Sie berufen könnte. Ich selbst hänge irgendwie mit drin in der Sache, nur weil ich einmal zur falschen Zeit am falschen Ort war. Wenn ich aber sagen könnte, der Bruder des verdächtigen Malers hat mich gebeten, seine Interessen zu vertreten, dann habe ich eine bessere Position. Und das kann Vincent nur nützen."

Theos Zigarette lag zerdrückt im Ascher, die Zigarre brannte wieder.

„Herr Flammarion, ich kenne Sie kaum und, ich will ganz offen sein, auch ihr Buch habe ich nur ganz am Rande zur Kenntnis genommen. Aber ich habe ein gutes Gefühl, ich vertraue Ihnen. Es würde mich sehr freuen, wenn Sie versuchen, hier im Süden die Interessen der Familie van Gogh zu vertreten. Nein, wenn Sie sich hier an der Suche nach der Wahrheit beteiligen." Er sog an der Zigarre, betrachtete die Rauchwolken. „Und wenn die Wahrheit wirklich unangenehm sein sollte..." Theo machte eine Pause. „Dann liegt es in Ihrer Hand, wie Sie weiter vorgehen."

Er nahm einen tiefen Zug und hüllte sich in Tabakrauch.

„Aber fangen Sie bei diesem Dupres an."

„Dupres? " Flammarion war überrascht.

„Natürlich. Hat der nicht angeblich meinen Bruder überrascht, als er seinem Pfleger das Ohr abschnitt? Gibt es dafür Zeugen? Was könnte er für einen Grund haben, Vincent einen Mord anzuhängen? Und wo war er, bevor er in die Zelle meines Bruders ging, um ihn zu Doktor Gachet zu bringen? Hat Dupres für diese Zeit ein Alibi?" Theo war über sich selbst überrascht. Eigentlich wollte er sich bei dem Astronomen darüber beklagen, wie wenige Ansatzpunkte sie hätten und während er sprach, fielen ihm immer neue Fragen ein. „Wieso wollte Gachet Vincent eigentlich sprechen, obwohl er ihn doch kurz vorher im Bad gesehen hat?"

„Sie scheinen ja die Ermittlungen schon aufgenommen zu haben", staunte Flammarion. Solche Fragen könnten von Monsieur Vidocq stammen."

„Vidocq! Den sollte ich wirklich noch aufsuchen vor meiner Rückreise. Das waren nämlich leider schon alle schwierigen Fragen, die ich zur Sache stellen könnte, aber ich möchte sicher sein, dass dem Polizeicolonel diese Fragen bekannt sind."

Flammarion betrat das Gebäude der Lokalzeitung. Ihr Chefredakteur, Ismael Chambres, war gleichzeitig der Drucker und der einzige Reporter. 1871 musste er seinen linken Arm im Kampf gegen die Deutschen hergeben und seitdem fehlte ihm jede Form innerer Anteilnahme. Sein Vater Arthur war mit Leib und Seele Zeitungsmacher gewesen, Ismael war sein Lehrjunge und sein glühender Bewunderer. Jetzt war er auf der Suche nach dieser Glut, aber nach Jahren des ergebnislosen Suchens nur noch mit Resten der alten Hoffnung. 1870 verließ er Saint Rémy, um zu lernen, auf eigenen Beinen zu stehen, aber das war von Anfang an ein halbherziges Unternehmen gewesen. Ihm war immer klar gewesen, dass er zurückkommen würde, um mit seinem Vater zusammen die Zeitung auszubauen und sie später zu übernehmen. Die Pariser Commune brachte ihn eine Zeit lang ab von dieser Idee, er ließ sich anstecken von diesem kurzen Sommer der Anarchie. Selbst als die preußische Gewehrkugel seinen Oberarm durchschlug, glaubte er zuerst an das Schicksalhafte dieses Ereignisses. Doch nach der völligen Auflösung der Commune, einer glücklicherweise kurzen Gefängnisstrafe und seiner Rückkehr in den Süden, fraß der Alltag eines Krüppels ihn auf. Der bald folgende Tod des Vaters zwang ihn zwar dazu, endgültig auf eigenen Beinen stehen zu müssen, leistete seiner zunehmenden Verbitterung aber deutlich Vorschub.

Flammarion jedoch faszinierte ihn. Sein Werk *Astronomie Populaire* stand nicht in seinem Bücherschrank, weil es meist griffbereit auf dem Tisch lag. Chambres verstand es als ehrenvolle Pflicht, dem berühmten Autor alles mitzuteilen, was er über die Mord- und Unglücksfälle wusste.

„Also ich glaube, der Künstler ist durchgedreht, nachdem er mit zwei Morden konfrontiert wurde. Den Pfleger, diesen Roulin, den wird er wohl tatsächlich erstochen haben. Aber daneben gibt es noch eine zweite Geschichte, die Geschichte von Lino, Picard und Roger. Hier in unserer kleinen Gemeinde ist es üblich, die Gesetze der Pietät zu beachten. Aber ich meine, es wäre an der Zeit, die Witwe von Lino, dem toten Bauern, zu besuchen." Chambres musterte Flammarion. „Ich werde Ihnen gerne auch weiterhin die Dinge erzählen, die ich in meiner Zeitung nicht schreibe. Wollen Sie nicht im Gegenzug dafür bei der Witwe vorfühlen? Abschätzen, ob sie für ein Interview bereit ist?"

Mistral (Maëstral, Magistral, Meistre, Mistraou, Vent de Cers, Circius der Alten), kalter, stürmischer Nord- oder Nordwestwind im südlichen Frankreich und in Griechenland, der zwar die Luft reinigt, aber der Gesundheit und dem Gedeihen der Vegetation sehr nachteilig ist. Wenn der M. weht, ist der Himmel fast immer wolkenlos, die Luft sehr trocken und der Gegensatz zwischen dem herrlichen Sonnenschein und der eisigen, durchdringenden Kälte des Windes auffallend.
Meyers Großes Konversations-Lexikon, Band 13. Leipzig 1908

Der Hof lag südlich der Stadt. Lino gehörte zu den Lieferanten der Anstalt. Raps im Frühjahr, Gemüse im Sommer, Rüben und Mais im Herbst. Im Winter Frisch- und Trockenfleisch, Wurst und natürlich noch Eier und Milch. Lino konnte seine Familie und sein Gesinde unterhalten, aber viel zu selten blieb ein Franc übrig für die kleinen Annehmlichkeiten, die seine Frau so sehr schätzte.

Henrique, der Großknecht, momentan der Herr des kleinen Gutes, führte den Astronomen nach einigen misstrauischen Fragen zur Bäuerin.

Sarah war eine sehr schöne Frau. Aus großen Augen fiel ihr Blick auf Flammarion. „Sie sind Astronom? Blicken nachts in die Sterne und träumen von besseren Welten?" Seine Frage nach dem Tod ihres Mannes schien sie gar nicht gehört zu haben.

„Erzählen Sie, wie ist das Leben in Paris? Sind die Bürgersteige dort wirklich breiter als unsere Straßen?"

„Es ist schon anders als hier. Doch die Sterne sind im Süden schöner."

„Aber so weit weg", seufzte sie. „Es muss herrlich sein, seine Leidenschaft zum Beruf zu machen."

„Ich hatte Glück, ja und ich habe hart gearbeitet", sagte Flammarion, den die Dame verwirrte. Wie eine bekümmerte Witwe wirkte sie jedenfalls nicht.

„Ich tue alles, um mich vom Tod meines Mannes abzulenken", sagte Sarah, als ob sie seine Gedanken geahnt hätte. „Sonst könnte ich es nicht aushalten."

„Es tut mir leid, es muss sehr schlimm für Sie sein. Ich wollte keine Wunden aufreißen", gab Flammarion sich empathisch. „Wenn mein Besuch Ihnen nicht gelegen kommt…"

„Doch doch, bleiben Sie. Reden hilft manchmal und ich muss mich sowieso den Tatsachen stellen. Was möchten Sie denn gerne wissen?"

„Ob ihr Mann Feinde hatte und ob er den Künstler kannte, Herrn van Gogh."

„Aber das habe ich doch alles schon Monsieur Vidocq erzählt." Sie sah ihn misstrauisch an. „Spricht der denn nicht mit Ihnen?"

„Jedenfalls nicht viel", gab Flammarion zu. „Vielleicht habe ich mich eben nicht deutlich genug ausgedrückt. Ich bin kein offizieller Ermittler. Ich habe nur Interesse an der Wahrheit." Er machte eine kurze Pause, weil er sehen wollte, wie seine Worte wirkten. „Und natürlich möchte ich, dass der Mörder ihres Mannes gefasst und bestraft wird", setzte er noch nach.

„Keine Strafe wird ihn mir zurückbringen", antwortete Sarah. „Aber ich möchte verstehen. Wissen, warum so etwas Entsetzliches geschehen musste. Ich wäre Ihnen so dankbar, wenn Sie mir helfen würden." Sie schaute aus dem Fenster. Ob er wohl ihre Tränen nicht sehen sollte, fragte sich Flammarion.

„Hatte er denn Feinde?", fragte er noch einmal, weil er auf keinen Fall jetzt schweigend neben einer weinenden Frau sitzen wollte.

„Feinde? Mein Mann? Lino? Der konnte doch keiner Fliege etwas zu Leide tun. Nein, Feinde gab es keine. Höchstens Neider, jemanden der seinen Vertrag mit der Anstalt übernehmen will. Das ist für jeden Gutsbesitzer leichter, als die Waren auf den Markt zu fahren. Aber ich wüsste niemanden, der deswegen meinen Mann umbringen würde. Und Monsieur Deville war ein harter Hund. Ich verstehe nicht viel vom Geschäft, aber Lino sagte immer, er würde die Preise verderben. Doch die beiden haben sich nie so gestritten, dass ich an Mord denken würde."

„Aber gestritten haben sie?"

„Habe ich das gesagt?" Wieder trat dieser versonnene abwesende Zug in Sarahs Gesicht. „Der arme Monsieur Deville. Verbrannt in seiner eigenen Wohnung. Und Picard und Roulin." Jetzt kamen ihr doch die Tränen. „Wo soll das alles nur enden?", schluchzte sie.

Flammarion blickte auf den Hof. Der lag still in der Sonne. Die Kühe schlugen nur manchmal mit den Ohren, selbst die pickenden Hühner wirkten langsam und matt. Der Staub, den der verspätete Mistral dieses Jahres manchmal aufwirbelte, schien aus einer anderen Welt zu kommen. So wie diese Frau, die so gar nicht auf diesen Hof zu passen schien. Ihre Kleidung war einfach, aber elegant. Und sie schien eine perfekte Figur darunter zu verbergen. Der Astronom hätte sie gern in den Arm genommen und getröstet, doch hatte er erhebliche Zweifel, ob das jetzt ein angemessenes Verhalten wäre. So schaute er weiter aus dem Fenster, ohne ein Wort zu sagen. Die Alpilles am Horizont schienen sich in der Sonne aufzulösen.

Er dachte an Urania. Sie war eine Statue auf dem Kaminsims seines Mathematikprofessors gewesen. Ihr unergründliches Lächeln schlug ihn damals völlig in ihren Bann. Später widmete er ihr eine fantastische Geschichte, in der sie ihn mitnahm in die höchsten Sphären des Universums und ihm sämtliche Formen der Existenz enthüllte. Doch nachdem er alles gesehen hatte, die fernsten Sterne und die absonderlichsten Kreaturen auf den bizarrsten Planeten, war die Frage nach dem Sinn immer noch die gleiche. Das Geheimnis der Rätsel des Lebens konnte auch Urania nicht für ihn lösen. Selbst in seinem eigenen Traum nicht.

„Herr Astronom?" Flammarion zuckte zusammen. Wie konnte es sein, dass er im Beisein dieser Frau ins Träumen geriet, fast den Zweck seines Besuchs vergaß? Ihr abwesend Wirken schien ihn angesteckt zu haben.

„Waren Sie je in Saint Paul?", fragte er, kaum aus Interesse, eher um überhaupt irgendetwas zu sagen. Er wollte eine weniger persönliche Atmosphäre wiederherstellen. Gleichzeitig verachtete er sich selbst für seine Feigheit. Wäre es nicht ein Akt der männlichen Stärke gewesen, dieser Frau Trost zu spenden? Ohne Angst davor, falsch verstanden zu werden.

„Was sollte ich den wohl in der Irrenanstalt? Nein, da war ich noch nie. Und ich möchte dort auch nicht hin."

„Aber Sie kennen Doktor Gachet?"

„Sicher, hier in Saint Rémy kennt man sich, selbst wenn man keine Geschäfte miteinander macht."

„Und den Pfleger Dupres, kennen Sie den auch?", wagte Flammarion einen Schuss ins Blaue.

„Dupres? Der war einige Male hier, zusammen mit Monsieur Deville." Sarah schaute Flammarion jetzt direkt an. „Wie kommen Sie auf Dupres?"

„Ich versuche mir ein Bild von der Gesamtsituation zu machen", wich Flammarion aus.

„Seltsam, an diesen Dupres habe ich gar nicht mehr gedacht..." Sie sprach nicht weiter.

„Kennen Sie ihn genauer?"

„Diesen Menschen möchte ich nicht kennen. Ich kann nichts gegen ihn vorbringen, aber er verbreitet eine schlechte Atmosphäre."

Die Standuhr in ihrem dunkel gebeizten Gehäuse aus Kastanienholz schlug die vierte Stunde.

„Monsieur...?"

„Flammarion."

„Monsieur Flammarion, ich glaube, Sie sollten jetzt gehen." Sarah war plötzlich eine geschäftige, abweisende südfranzösische Bäuerin. „Ich bedauere sehr, dass ich Ihnen nicht helfen konnte." Sie stand auf, dem Astronom blieb nichts anderes übrig, als es ihr gleichzutun.

„Wenn Ihnen noch irgendetwas einfallen sollte, was mir bei der Suche nach der Wahrheit dienen könnte – ich logiere im Hotel Le Château des Alpilles."

Flammarion und Theo van Gogh waren auf dem Weg nach Saint Paul de Mausole. Theo wollte sich von seinem Bruder verabschieden und Doktor Gachet darüber informieren, dass er den Astronomen ermächtigt hatte, seine Interessen wahrzunehmen. Vidocq wollten sie auch noch gemeinsam aufsuchen, um alles Mögliche unternommen zu haben, Flammarions Ruf wieder herzustellen.

„Und das alles tun Sie nur wegen der *Sternennacht*?", fragte Theo, der immer noch nicht genau wusste, wie er den Astronom und Autor einschätzen sollte.

„Nicht nur", gab Flammarion ehrlich zurück. „Wie ich schon sagte, möchte ich als hoffentlich ehemaliger Verdächtiger, meinen Ruf wieder herstellen. Und eigentlich bin ich wegen des südlichen Sternhimmels hier."

„Ich dachte, erst südlich des Äquators ist der Himmel anders?"

„Ein weit verbreiteter Irrtum. Die Sterne werden allmählich von Norden nach Süden anders. Nur wenn Sie am Nord- oder am Südpol stehen, haben Sie zwei komplett voneinander verschiedene Himmelskarten. Doch darum geht es mir nicht. Ich versuche interdisziplinär zu arbeiten und wollte für eine intensive Betrachtung der Sterne, genauer gesagt eines Planeten, der Hektik des Nordens entfliehen. Dass es hier so spannend wird, konnte ich ja nicht wissen."

„Spannend?" Theo blickte irritiert. „Wird das hier zu einem Abenteuer für Sie?"

Jetzt gehörte der irritierte Blick dem Astronomen. „Ich versuche, das Leben als Abenteuer zu begreifen, da will ich Ihnen nicht widersprechen. Aber ich weiß, was für Ihren Bruder auf dem Spiel steht und ich werde alle meine Untersuchungen mit der gebotenen Ernsthaftigkeit durchführen, darauf gebe ich Ihnen mein Wort als Mann und Wissenschaftler."

Theo schien beruhigt, was an seiner grundsätzlich nervösen Ausstrahlung allerdings nichts änderte.

Doktor Gachet empfing die beiden Herren äußerst reserviert. Kein Tee, kein Gebäck.

„Es ehrt Sie, wie sehr Sie sich um ihren Bruder bemühen", sagte er zu Theo. „Aber Ihr Bruder ist nicht mehr ausschließlich Patient, sondern auch des Mordes verdächtigt. Sehr unangenehm das alles, wirklich sehr unangenehm. Alles was ihn betrifft, muss ich jetzt mit Kommissar Vidocq absprechen." Nun blickte er zu Flammarion. „Was genau haben Sie denn vor?"

„Das hängt von der weiteren Entwicklung des Falles ab, konkrete Pläne haben wir keine. Aber wenn Sie den Eindruck haben, dass Herr van

Gogh in seiner Eigenschaft als Patient Hilfe benötigt, dann stehe ich zur Verfügung."

„Dafür danke ich Ihnen", sagte Gachet mit einem verbindlich erscheinenden Lächeln. „Ich werde Monsieur Vidocq darüber informieren."

„Das wird nicht nötig sein, wir werden den Kommissar heute Nachmittag noch aufsuchen. Ich möchte ihn bitten, Monsieur Flammarion als eine Art Anwalt der Familie zu betrachten", informierte Theo den Anstaltsleiter.

„Dann hoffe ich, dass der Monsieur Flammarion nicht für befangen hält", gab Gachet zu bedenken. Es war nicht möglich, zu entscheiden, ob sich ein gehässiger Unterton in seine Stimme geschlichen hatte.

„Kann ich mich jetzt von meinem Bruder verabschieden?", fragte Theo, ohne auf Gachets Einwand einzugehen.

„Sicher, Madame Corbusier wird Sie hingeleiten." Doktor Gachet stand auf. „Ich nehme an, Sie haben im Moment keine weiteren Fragen an mich?"

„Nein, keine", gab Theo zurück und erhob sich ebenfalls. „Ach ja", schien es ihm gerade einzufallen. „Was wollten Sie eigentlich von meinem Bruder, als Sie diesen Dupres zu ihm schickten?", fragte er möglichst nebensächlich.

Gachet kniff nur die Augen zusammen. „Am besagten Abend?"

„An dem Abend, an dem er angeblich seinen Pfleger mit einem Pinsel erstochen hat, genau diesen Abend meine ich."

Gachet setzte sich langsam und umständlich wieder hin und blickte nun direkt Flammarion an.

„Wahrscheinlich hat man Ihnen bereits erzählt, wie gut ich mich anfangs mit dem Künstler verstanden habe. Doch irgendwann schien er sich Hoffnungen auf meine Tochter zu machen und das musste ich unterbinden. Kurz vor dem Mord hatte ich noch einen Streit mit Vincent und ich habe nach ihm geschickt, um da etwas klarzustellen." Gachet schaute durchs Fenster, sein Blick schien sich in der Weite zu verlieren. „Doch da war es schon zu spät." Er schlug mit der Faust auf den Tisch, seine Tasse klirrte und ein Papierstapel kam ins Rutschen. „Glauben Sie, mir fällt das leicht?", brach es aus ihm hervor. „Ich weiß, welche Verantwortung ich trage und jetzt, wo alles geschehen ist, da weiß ich auch, was ich alles besser hätte machen können." Er stand wieder auf. „Gehen Sie, gehen Sie und verabschieden Sie sich von Ihrem Bruder!", rief er in Theos Richtung. „Und Sie fangen am besten gleich an mit der Suche nach dem Mörder. Je eher diese schaurige Geschichte vorbei geht, dessto besser ist das für alle Beteiligten."

Er öffnete die Tür zum Vorzimmer. „Madame Corbusier, der Künstler ist wieder mal gefragt. Sein Bruder möchte sich von ihm verabschieden. Und dieser Herr", er blickte auf Flammarion, „möchte im Vorraum beim Wärter solange warten."

In dem Astronomen begann Wut aufzusteigen. Hatte er das wirklich nötig, sich wie ein Schuljunge abkanzeln zu lassen? Vor der Zelle zusammen mit dem Wächter warten. Also unter Aufsicht. Aber jetzt würde er ganz bestimmt nicht darum betteln, mit zu dem Künstler hineinzudürfen. Was sollte er auch bei den beiden Brüdern? Es wäre bestimmt sehr spannend, sich mit Vincent van Gogh in Freiheit zu unterhalten, aber eingesperrt in der Zelle mochte er ihn nicht noch einmal sehen.

„Danke, ich möchte Herrn van Gogh alle Zeit geben, die er braucht. Ich werde mich schon auf den Weg nach Saint Rémy machen." Er wandte sich Theo zu. „Ich warte dann im Hotel auf Sie."

Als die wuchtige Eichentür hinter dem Astronom und dem Kunsthändler ins Schloss fiel, vermittelte dieses Geräusch eine erste Ahnung der Endgültigkeit. Theo fragte sich, ob er diesen Raum je wieder betreten würde. Vor einem Jahr war er, aufgewühlt zwar, aber doch voller Hoffnung, zum ersten Mal hier gewesen. Doktor Gachet machte einen kompetenten Eindruck, die Anstalt war gepflegt, die Umgebung beeindruckend. Ja, damals hatte Theo noch an eine völlige Genesung seines Bruders geglaubt. Die war jetzt in weiter Ferne. Vincents Briefe waren ein Wechselbad der Gefühle gewesen, manchmal kraftvoll und nach vorne gerichtet, oft düster und melancholisch. Doch in den letzten Monaten schien es mit ihm voran zu gehen. Seine Kreativität und Produktion waren enorm und trotzdem schien in seiner künstlerischen Entwicklung noch jede Steigerung denkbar.

Und dann diese Katastrophe! In was war sein Bruder da nur hineingeraten? Und − war er wirklich unschuldig? Theo mochte diesen Gedanken nicht weiterdenken und konnte sich doch nicht vor der Möglichkeit verschließen. Aber auch wenn Vincent schuldlos war und das sogar recht bald bewiesen werden sollte, welche Folgen würden die Haft und die Anklage haben? Ob es wenigstens die Möglichkeit gab, dass sein Bruder aus all dem gestärkt hervorginge? Und wie wahrscheinlich war die andere Möglichkeit? Vincent, sein Bruder, unter der Guillotine? Theo schauderte unwillkürlich zusammen, genau jetzt, als Madame Corbusier sich zu ihm umwandte.

„Wir sind da", sagte sie nur, mit befremdetem Gesichtsausdruck.

Vincent empfing Theo mit einem gequälten Lächeln. Es hatte aufmunternd aussehen sollen, war aber doch eher zu einem schiefen Grinsen verkommen.

Die Zeit lief nicht! Man hatte ihm zwar die Zwangsjacke abgenommen, aber seine Füße steckten in Eisenringen fest an den Stuhlbeinen. Der Stuhl war mit einer kurzen Eisenkette an der Wand fixiert. Auch die Arme waren angekettet, aber ein wenig Spielraum hatte man ihm gelassen. Er war immerhin in der Lage, selbstständig aus dem neben ihm stehenden Wasserkrug zu trinken.

Doch die Zeit lief nicht! Bei jedem Schlag der Turmuhr rechnete Vincent aus, wie lang der Tag noch sein würde. Und das obwohl er wusste, dass er nachts nicht schlafen konnte. Sein Kopf schmerzte, er fühlte sich fiebrig, in seinen Eingeweiden rumorte es und sein Magen brannte. Er konnte nicht mehr sitzen. Wenn er doch wenigstens umhergehen dürfte, in verschiedenen Winkeln aus dem Fenster sehen.

So lief die Zeit einfach nicht! Und die Hoffnung fehlte. Sein Leben lang war er in Schwierigkeiten gewesen, und jetzt würde nichts mehr besser werden. Immer wieder versuchte er, in seiner Phantasie neue Bilder zu gestalten, doch das gelang ihm nicht. Eine Zeit lang tröstete er sich mit einer philosophischen Untersuchung seiner Situation, als ihm klar wurde, dass jetzt seine Existenz auf das absolute Minimum reduziert war, er sich als ein Mensch in Reinform ansehen konnte.

„Was nützt mir das?", dachte er bitter. *Der Schlaf der Vernunft gebiert Ungeheuer*, fiel ihm Goya ein. Und wenn er auch nicht schlafen konnte, Ungeheuer sah er nun genug: Ein überfülltes Gefängnis, er, der Neue, ganz unten in der Hierarchie. Seine verzweifelte Mutter, die den Brief in der Hand hält, der von seiner Enthauptung berichtet. Er starrte wieder auf die Fugen zwischen den Bodenfliesen. Wenn er das Gefühl bekam, sein Unglück fließe wie zäher schwarzer Schleim durch sein Leben und drohe ihn zu ersticken, dann halfen manchmal nur die geometrischen Muster des Fußbodens, die er vor seinem inneren Auge immer wieder neu anordnete.

Theo vermochte nichts zu sagen. Wie würde Vincent seine Mitteilung aufnehmen? Gefasst? Aggressiv? Oder vielleicht nur lethargisch? Theo räusperte sich, schluckte.

Vincent aber sprach: „Ich sollte gar nicht auf der Welt sein. Vincent, der vor mir geboren wurde, ist tot. Vincent, der nach mir leben wird, ist dein Sohn. Lass mich abtreten!" Die Schatten der Zelle schienen den unglücklichen Maler bereits aufgesogen zu haben, er war eine Erscheinung, die dieser Welt längst nicht mehr angehörte. Doch aus der Dunkelheit kamen weitere Worte: „Nur für Mutter ist es schlimm. Keine Mutter sollte sich Gedanken um die Leiche ihres Sohnes machen. Wirst du es ihr sagen?"

Das Schweigen in der Zelle besaß fast körperliche Festigkeit. Ein plötzlicher Windstoß, draußen in der wirklichen Welt, rüttelte an den Fensterläden.

Theo flüsterte nur: „Deine Bilder! So viel Kraft!" Mit einer unsäglichen Anstrengung gelang es ihm, seinen Bruder anzusehen: „Ich werde morgen abreisen."

Vincent lachte. Ein leises Lachen. „Du bist längst abgereist, Theo. Seit du bei Gaupier die Geschäfte leitest, bist du abgereist. Du hast das Land der Kunst längst hinter dir gelassen. Aber ich danke dir Theo, danke. Für das Geld. Und ich wünsche mir, dass du deinem Geld auch dankbar sein kannst."

Das Böse entwickelt sich also überall und unter allen Umständen als freie That, weil der Charakter des persönlichen Wesens, in welchem es wurzelt, und aus welchem es hervortritt, die Freiheit ist. Und hier ist die Klippe, an welcher die criminalistischen Psychologen der neuesten Schule scheitern, indem sie eine psychisch-somatische Anlage des verkehrten Sinnes, oder eine organische Bedingtheit des Bösen annehmen, als wodurch der Charakter der Persönlichkeit, ohne den doch das Böse nicht denkbar, aufgehoben wird.

Grundzüge der Criminal-Psychologie, 1833

Dupres lag auf der Lauer, aber er war nicht bei der Sache. Chlodettes Bild stand ihm vor Augen. Er begehrte diese Frau, konnte an nichts anderes mehr denken. Schön waren seine Bilder nicht; Chlodette war meistens gefesselt: An den Tisch, auf das Bett, an eine der steinernen Säulen in Saint Paul – Immer mit weit gespreizten Beinen und einem Knebel im Mund. Früher gab es noch diesen Silberstreifen am Horizont, die Idee, dass Chlodette ihn eines Tages lieben würde. Doch nach dem letzten Auftritt in der Küche war das undenkbar.

Aber der Knebel störte ihn. Zwar war Dupres kein zärtlicher Mensch, doch Chlodette, die würde er gerne küssen. Schnell, hart und immer wieder. Überall.

Dupres hatte schon jede Menge Szenarien erdacht, in denen er die freche Köchin erpresste, weil er ihr was angehängt hatte. Die wirklich überzeugende Lösung stand aber noch aus. Egal womit er sie belasten würde, sie wüsste immer, wer als Fälscher dafür die Verantwortung trug. Wie weit würde sie gehen, um ihn loszuwerden? Wenn sein Preis ihre Liebe wäre, würde sie wahrscheinlich alles tun, um nicht zahlen zu müssen, da machte er sich nichts vor.

„Und wenn ich ihre Kehle durchschneide, wie lange bleibt sie dann wohl noch warm und weich? Wenn ich sie in eine Höhle schleppe, weit weg, wo niemand ihre Schrei hört?"

Die Verliese von Saint Paul de Mausole fielen ihm ein. Es musste sie geben, die Abtei war mehrere hundert Jahre alt. Und die Köchin ging oft in den Keller, wenn er da noch eine Tür fände, die ihm bislang verborgen geblieben war…

Ob man ihr vielleicht sogar Gachets Pistole unterschieben könnte? Die müsste dann vor Zeugen gefunden werden. Die Zeugen sollten aber schweigen können und wollen. Eine von den Küchenmägden? Das wäre ein Anfang, aber Chlodette wüsste dann, dass er die Pistole in Besitz gehabt haben muss. Zu gefährlich, dieser Schuss könnte auch nach hinten losgehen. Doch die Idee, Macht über die Köchin zu haben, ließ ihn nicht los.

Aber Gachet, was war eigentlich mit dem, warum kam der nicht? Dupres hatte sich für einen freien Blick auf ein längeres Wegstück zwischen Bäumen und Felsen positioniert. Er selbst konnte nicht gesehen werden. Doch da kam keiner, der ihn hätte sehen können.

Die Zeit war längst überschritten. Sollte er noch bleiben? Jetzt hörte er doch Schritte. Schwer und deutlich kamen sie heran. Eine große massige Gestalt tauchte auf dem Weg auf, eindeutig nicht Gachet. Ein Beobachter vielleicht? Dupres kannte den Mann nicht, der da auf dem Weg auftauchte. Was trug der auf der Schulter? Ein Gewehr? Eigentlich sah es eher aus wie eine Angel.

Und so war es auch, ein Angler schritt an ihm vorbei. Angler sind Menschen, die völlig selbstverständlich dastehen und stundenlang beobachten können. Aber was sollte das, jetzt nachdem die vereinbarte Zeit schon vorbei war? Dupres hatte für den Rückweg einen langen Umweg geplant, um auf keinen Fall jemanden in die Hände zu laufen, der sich zwischen See und Anstalt postiert hatte. Also folgte er dem Angler, um wenigstens den noch eine Zeit lang zu beobachten. Ob er wirklich angelte oder hauptsächlich seine Umgebung beachtete. Doch das war nicht wirklich wichtig. Entscheidend war die Frage, wie er nun weiter vorgehen wollte. Einen zweiten Brief schreiben? Die gleiche Forderung nochmal stellen? 1000 Francs waren eine Menge Geld, aber war das eigentlich genug? Oder vielleicht sogar für Gachet zu viel und er war deswegen nicht gekommen? Musste es eigentlich Geld sein? Wenn er forderte, Chlodette zu kündigen? Sie würde woanders Arbeit finden und bestimmt nicht ihn, Dupres, um Hilfe bitte. Kündigen? Dupres hatte sich oft Gedanken gemacht, ob Roger wohl für immer in Saint Paul bleiben würde. Es sah ganz danach aus und er selbst besaß nicht die notwendigen Zeugnisse, um Rogers Stelle einzunehmen. Aber das wäre ein Ziel! Und Roger war nicht mehr da. Dupres hatte keine Augen für den Angler mehr, er schlich durch den Wald und begann seinen Rückweg. Ideen und Pläne reiften in seinem Kopf heran.

Doktor Gachet war geschockt. Fast als ob er einem Toten bei der Wiederauferstehung zugesehen hätte. Ein neuer Brief des Erpressers. Wieder kaum leserlich, scheinbar mit der linken Hand geschrieben, aber offensichtlich die gleiche Hand, die auch das erste Schreiben verfasste.
„Post aus dem Totenreich", murmelte der Arzt. Seine Gedanken überschlugen sich. „Ich habe einen Unschuldigen getötet", war dabei das Hauptmotiv. Er sah Deville brennend am Türrahmen stehen, nichts verstehend und entsetzlich leidend. Doch es gab noch eine andere Möglichkeit. Vielleicht hatte der Verwalter nie vorgehabt, zu dem verabredeten Treffen zu kommen. Ihn nur mürbe machen wollen. Und noch vor dem Termin ein zweites Schreiben abgeschickt. Also auch vor seinem eigenen Tod. So musste es sein. So hätte es sein können, wenn die Post die Briefe gebracht hätte. Und diese nicht mysteriöserweise auf seinem Schreibtisch aufgetaucht wären. Ohne den Stempel der braven Postbeamten.
Natürlich, wer seine Pistole stahl, der konnte auch Briefe bringen. Aber würde Deville, wenn er hinter der Sache steckte, jemand anderen damit beauftragt haben? Sehr unwahrscheinlich.
„Ich will keine 1000 Francs, es wird viel leichter für Sie", stand dort geschrieben. „Gehen Sie morgen Abend nach Saint Martin. Gehen Sie los beim sechsten Glockenschlag."
„Wer ist Madame Corbusier?", fragte sich Gachet. Sie war natürlich die nächste Hauptverdächtige. Ihr spröder Charme ließ sie unnahbar erscheinen, einer der Hauptgründe, warum er ihr die Stelle gegeben hatte. Er wollte keine Ablenkung und Versuchung in seinem Vorzimmer. Jedenfalls dachte er vor Jahren so. „Verdient sie hier genug? Hat sie den Mut, bei mir herumzuschnüffeln? Das notwendige Geschick?"
Sonst konnte es jeder aus der Anstalt sein. Natürlich die, die nachts hier schliefen, waren besonders verdächtig. Und dieser Fremde: Flammari-

on! Taucht hier auf, mischt sich in Dinge, die ihn nichts angehen, wird nachts im Wald aufgegriffen, verschafft sich Zugang zu einem streng verwahrten mordverdächtigem Patienten. Aber seine Papiere waren scheinbar in Ordnung. Und würde der Direktor der Pariser Sternwarte 1000 Francs erpressen? Wohl kaum. Doch wenn diese mysteriöse neue Forderung von Anfang an geplant war?

Gachet hatte zum Mittagessen einen ausgezeichneten Bordeaux öffnen lassen und die Flasche bis zum Abend geleert. Jetzt war er bei Calvados, dem dritten nach dem Lesen des anonymen Briefes. Aber sein Zittern war noch nicht verschwunden. Beim vierten Glas wurde ihm klar, wie dringend er einen Verbündeten brauchte, jemand der das Gespräch mit dem Erpresser beobachtete. Pascal natürlich, der wusste ja von der Waffe. „Und wenn Pascal mich erpresst? Zusammen mit einem Komplizen hier in der Anstalt?"

Der fünfte Calvados blinkte in Gachets Glas und allmählich wurden seine Gedanken kühner: „Wenn ich den Erpresser selbst zu meinem Mitwisser mache, was hätte das für Folgen?"

Madame Corbusier kam für solche Experimente nicht in Frage, das lag auf der Hand. Sollte sie unschuldig oder unbeteiligt sein, wäre es in jedem Falle besser, wenn sie von der Erpressung nichts erführe. Und einer Frau vorzuschlagen, im Wald herumzustreifen und konspirative Treffen zu beobachten, war auch nicht der Stil des Anstaltsleiters. Immerhin war er ein perfekter Gentleman.

Doch der Astronom? Warum nicht? Was ist zu gewinnen, was ist zu verlieren? Allein der Nervenkitzel wäre es vielleicht schon wert.

Flammarion hätte mit vielem gerechnet, aber nicht mit einer Nachricht von Doktor Gachet. Als er beim Frühstück die handgeschriebene Einladung des Anstaltsleiters vorfand, konnte er sich keinen Grund dafür denken.

„Will er sich entschuldigen, mir etwas anhängen?" Grübeln brachte den Astronom nicht weiter, nur wurde ihm immer klarer, wie befremdlich der Arzt auf ihn wirkte. Seine fahrigen Bewegungen und das nervöse Zittern in der Stimme ließen ihn nicht souverän genug für sein Amt wirken. Aber Durchsetzungsvermögen besaß er, da gab es keinen Zweifel.

Die Einladung wurde angenommen, doch was Gachet jetzt vorbrachte, führte nicht dazu, Flammarions Vertrauen in ihn zu steigern.

Die beiden Herren saßen in dem mittlerweile vertrauten Arbeitszimmer des Anstaltsleiters, heute auch wieder mit Gebäck und Tee. Es war noch vor dem Mittagessen und selbst Gachet brauchte zu dieser Uhrzeit keinen Likör oder Sherry. Er rang sich mit einigen einleitenden Worten etwas wie eine Entschuldigung für sein bisheriges Verhalten ab, verwies auf die nervliche Belastung durch die Verbrechen in seiner Anstalt und kam dann zur Sache:

„Monsieur Flammarion, ich habe Sie hergebeten, weil ich Ihre Hilfe in Anspruch nehmen möchte. Ich werde erpresst."

Flammarion wusste genau, dass er sich nicht verhört hatte, fragte aber trotzdem nach: „Erpresst? Sie?"

„Ja, ich, dieser Tatsache muss ich leider ins Auge sehen." Gachet betrachtete die Spitze seiner Zigarre und schien nur noch darüber nachzudenken, ob er sie im Ascher abstreifen solle oder nicht. Er hatte sich jetzt weit vorgewagt und war doch noch unschlüssig, ob er den Astronom wirklich ins Vertrauen ziehen sollte. Doch untätig bleiben wollte er nicht. Und dann war da noch die Angst vor dem Treffen am Abend. Der andere würde vermutlich die Waffe bei sich tragen, er selbst wäre unbewaffnet. Und leichter sollte es werden, leichter als 1.000 Francs zu bezahlen. Da machte er sich keine Illusionen, wer ihn im Zusammenhang mit Mordfällen erpressen wollte, der hatte bestimmt keine Geschenke zu verteilen.

Und doch war Gachet wütend auf sich selbst. Warum konnte er nicht bis nach dem ersten Treffen warten und dann erst den Astronomen einweihen? Jetzt saß der Mann vor ihm und eigentlich war es zu früh. Gachet kannte sich selbst und seine Eigenschaft, Dinge ins Rollen zu bringen, ohne ihren möglichen Verlauf bis zu Ende durchzudenken. Diese Spontaneität war aber auch sein Motor und hatte ihn im Leben vorangebracht.

„Es geht um eine Waffe", brach er sein Schweigen. „Man will mich damit in Schwierigkeiten bringen."

Flammarion blickt ihn nur an.

„Vor fast zwei Jahren habe ich mir eine Pistole besorgt", sprach Gachet weiter. „Weil ich oft in der Natur umherstreife und es gibt hier Schlagen, Wildkatzen und allerlei sonstiges Getier." Gachet machte schon wieder eine lange Pause beim Sprechen, offensichtlich hatte er Mühe, seine Gedanken zu ordnen. „Und manchmal, als ich mich noch in der Freilichtmalerei versuchte, waren mir einfach die Vögel zu laut. Ein Schuss in die Luft und Sie haben Ruhe, die absolute Stille."

Flammarion sagte immer noch nichts.

„Doch das ist alles lange her und ich hatte diese Pistole fast vergessen, irgendwo in meinem Schreibtisch weggeschlossen. Und dann das hier..."

Gachet reichte Flammarion das erste Schreiben des Erpressers.

Der Astronom las den kurzen Text, untersuchte das Papier, hielt es in verschiedenen Winkeln ins Licht und gab es dann Gachet zurück.

„Ist das alles?"

„Ich bin nicht hingegangen", sagte Gachet. „Hoffte, das könnte ich einfach aussitzen. Und dann kam das hier." Er zeigte Flammarion das zweite Schreiben. „Der Erpresser lässt sich nicht aussitzen, wenn er jetzt auch seltsame Versprechungen macht."

Flammarion brannte die Frage auf der Zunge, warum Gachet sich an ihn wandte und nicht an Colonel Vidocq.

„Und jetzt soll ich Ihnen 1.000 Francs leihen?", spielte er aber den Begriffsstutzigen. Er wollte Zeit gewinnen, Gachet reden lassen.

Der blickte ihn irritiert an: „Nein, natürlich nicht. Es geht ja anscheinend auch nicht mehr um Geld. Ich möchte, dass Sie meine Verabredung mit dem Unbekannten beobachten."

Nun war es heraus. Und Flammarion fragte sich, ob der Anstaltsleiter sich einfach davor fürchtete, bei der Polizei den Besitz der Waffe zuzugeben oder ob es noch mehr zu verbergen gab.

„Wie kommen Sie auf mich?", war aber alles, was er vorerst zu wissen verlangte.

„Sie sind ein Mann der Wissenschaft, sind es gewohnt, Fragen zu stellen und zu beobachten. Und Sie wollen etwas für den Maler tun." Er beugte sich über den Tisch, näher an Flammarion heran. „Hören Sie, was glauben Sie, wer der Erpresser ist? Natürlich der Mörder, der hier sein Unwesen treibt. Und irgendwie hat er es auf mich abgesehen, jetzt kommt allmählich der Zweck all dieser Untaten ans Tageslicht. Und wenn der Unbekannte nicht bekommt, was er will, dann wälzt er die Schuld an den Verbrechen auf mich."

Flammarion zeigte sich skeptisch: „Sie wollen einen Mörder treffen und ich soll das beobachten. Das klingt nicht ganz ungefährlich." Er fragte sich, ob es jetzt wohl an der Zeit für Gachet wäre, eine Erklärung abzugeben. Eine Erklärung dafür, dass er offensichtlich keine Polizei einschalten wollte. Er selbst wollte das neue Vertrauen des Anstaltsleiters nicht sofort wieder verlieren, doch es würde seltsam aussehen, wenn er es vermied, vorzuschlagen, sich an die Polizei zu wenden.

„Ich habe lange überlegt, Monsieur Vidocq zu informieren", kam Gachet endlich selbst auf dieses Thema zu sprechen. „Aber er und seine Leute sind alle hier in der Umgebung bekannt. Wenn von denen einer in der Nähe des Treffpunktes gesehen wird, dann kann ich einpacken. Nein, Monsieur, Sie sind die bessere Wahl. Natürlich ist es am besten, wenn auch Sie nicht gesehen werden. Aber wenn Sie einen Sextanten und ein Fernglas dabei haben, erklärt sich ihr Aufenthalt am Abend in der Natur wie von selbst. Und wenn Sie vielleicht noch einen kleinen Hammer und ein Gefäß für Bodenproben mitnehmen, dann sind Sie sogar bewaffnet."

„Bewaffnet?!", entfuhr es Flammarion.

Gachet bemerkte seinen Fehler. „Waffen werden Sie nicht brauchen, Sie sollen nur aus der Ferne beobachten. Ich gehe davon aus, dass ich den Erpresser selbst nicht zu sehen bekomme, aber Sie können vielleicht später sagen, wer außer mir den Weg benutzt hat."

Es stimmte, Flammarion war ein Mann der Wissenschaft. In Paris und anderen Großstädten lebte er zwischen Kongressen und Vorträgen, zwischen seinem Schreibtisch und seinem Observatorium. Und hier in Saint Rémy steckte er plötzlich in einem echten Abenteuer. Trank Schnaps mit einem Mann mit einem zerschlagenen Gesicht, der zwei Tage später verbrannte, wurde eingesperrt, wieder freigelassen und nun zu einem konspirativen Treffen eingeladen. Er hatte einen vielleicht wahnsinnigen Maler kennengelernt und auch eine faszinierende Bäuerin. Seltsam, warum er jetzt an Sarah dachte. Das Wort „Bäuerin" schien jedenfalls fehlplatziert. Er würde hier in der Gegend bleiben wollen, das spürte er jedenfalls. Er sah plötzlich Sarah und sich selbst nachts am Fernrohr stehen und den Mars beobachten. Er hörte sich, wie er dieser Schönheit die Wunder des Universums erklärte. Und die Venus tanzte dazu wie in Vincents Sternennacht und alles wurde überstrahlt vom Licht der Milchstraße. Doktor Gachets Silhouette war nur ein Schatten vor dem halb zugezogenen Fenster. Er schien irgendetwas zu murmeln, von einem Verdacht, in den er nicht geraten wolle, wenn Vidocq von seiner Waffe erführe. Doch das war ihm egal, er war mit der Frage beschäftigt, wie sehr die Schwingungen der Farbe auf van Goghs Sternennacht den Schwingungen des Äthers entsprachen.

Das Gesicht des Doktors stand groß vor ihm. Flammarion war die außergewöhnliche Intensität seiner Gesichtszüge bislang gar nicht bewusst gewesen.

„Werden Sie mir helfen?", fragte Gachet. Der Astronom stimmte zu. Irgendetwas gab es hier im Süden, was ihn lockte.

Gachet beschrieb Flammarion den Hügel, den er für die Beobachtung als geeignet ansah.

„Und wenn ich dort auf den Mörder stoße? Der den Platz ebenfalls für geeignet hält, um Sie zu beobachten?", gab der Astronom doch zu bedenken.

„Dann beobachten Sie den Sonnenstand mit Ihrem Sextanten. Vielleicht platzt dann mein Treffen, aber warum sollte Ihnen etwas geschehen?"

„Sie werden Recht haben", lenkte Flammarion ein. Es zog ihn jetzt schon hinaus in die Hügellandschaft. Beobachten, Fragen stellen und Schlüsse ziehen war wirklich seine Leidenschaft. Er verabschiedete sich und versprach, zur angegebenen Zeit am bestimmten Ort zu sein. Er würde weit vor dem sechsten Glockenschlag auf dem Hügel Position beziehen, hoffentlich früh genug, um das Auftauchen des Erpressers irgendwo zu beobachten.

Gachet geleitete ihn zur Tür, wo er wiederum Madame Corbusier anwies, den Astronomen zum Ausgang zu bringen. Man wollte sich jetzt möglichst unauffällig verhalten.

Als Gachet wieder allein in seinem Arbeitszimmer war, öffnete er nochmals das Fläschchen mit dem schnell wirkenden Cannabis Extrakt. Der Tee in der Kanne enthielt bereits einige Tropfen dieser Substanz, aber der Arzt brauchte eine stärkere Dosis.

Flammarion machte sich auf den Weg, zurück zu seinem Hotel. Er fühlte eine intensive Ruhe und geschärfte Wahrnehmung in sich. Niemals wäre ihm eingefallen, Gachet zu verdächtigen, seinen Tee mit Drogen versetzt zu haben. Und Gachet war Fachmann auf diesem Gebiet, den Astronomen mit einer allerkleinsten Spur speziellen Konzentrates in eine Stimmung zu versetzen, die auf Abenteuer und Unternehmungen erpicht ist.

Und das war Flammarion. Er glaubte in einer Art Umkehrschluss, seine Entscheidung, einen Erpresser, vielleicht sogar einen Mörder zu beobachten, wäre der Grund für seine momentane Euphorie. Und da war noch mehr: Er hatte in seinem Leben bereits zu viel erreicht. Mit sechzehn die erste wissenschaftliche Veröffentlichung, eine gut bezahlte Position als wissenschaftlicher Direktor und ganz besonders der Erfolg von *Astronomie Populaire*. Was sollte jetzt noch kommen? Natürlich der Durchbruch in der Erkenntnis der geheimen feinstofflichen Naturkräfte, aber tief in seinem Inneren war die Skepsis immer größer geworden. Und dann die Enttäuschung der Nacht, als er den Mars esoterisch erkunden wollte. Das konnte man nicht einfach so aushalten, da war der Ausflug in ein völlig neues Gebiet geradezu unvermeidbar. Besonders in der aktuellen Situation, wo die Rückfahrt nach Paris zu seiner Arbeit tatsächlich verboten war. Flammarion lachte. Wenn so einige seiner Kollegen ihn jetzt sehen könnten. Die, die eifrig Tabellen führten, jede Winkelsekunde ihrer Beobachtungen peinlich genau notierten und möglichst gründlich kontrollierten. Mit ihren Aufzeichnungen arbeitete er gerne, doch die Monotonie des Alltags dieser Menschen ließ ihn schaudern. Er war der große Geist, der alles überflog, zusammentrug und neu ordnete. Die Grenzen der Wissenschaft waren seine Welt, nicht ihre Details.

Im Foyer des Hotels saß Theo van Gogh. Hastig in einer Zeitung blätternd, Kaffee trinkend und rauchend.

„Herr van Gogh, Sie sind noch hier? Wollten Sie nicht längst abgereist sein?"

Theo blickte auf, sein Blick wirkte gehetzt. „Ich kann nicht. Ich kann Vincent jetzt nicht allein lassen." Er machte eine Pause. „Und ich muss zu Johanna. Und zu meinem kleinen Sohn." Eine Träne blinkte in seinem Auge. „Was hatten wir für Hoffnungen, als wir den Jungen Vincent nannten." Hastig trank er einen Schluck Kaffee. „Mein Bruder sollte bald entlassen werden, die Presse war auf ihn aufmerksam geworden. Eine ausführliche lobende Besprechung seiner Bilder ist tatsächlich gedruckt worden." Theo zerdrückte seine Zigarette. „Und jetzt ist er hier in der Zeitung."

„Das habe ich noch gar nicht gesehen, ein neuer Bericht?" Flammarion streckte schon die Hand nach der Gazette aus, in der Theo eben noch geblättert hatte. Der überließ ihm die großen Papiere und schenkte sich Kaffee nach. Er schien so aufgewühlt, er dachte nicht daran, den Astronomen einzuladen. „Ihr neuer Freund, der Verleger Chambres ist recht gründlich gewesen. Selbst die Witwe des ersten Opfers hat er befragt und sogar ein Foto von ihr gebracht. Sie haben Recht, das scheint mir wirklich eine faszinierende Frau zu sein."

Es gab Flammarion einen Stich ins Herz. „Sahra, er spricht von Sahra." Auf dem Weg von Saint Paul hierher zurück waren Bilder in seinem Kopf aufgetaucht, von ihm und Doktor Gachet, die Vidocq den Mörder brachten. Dabei hatte es Zuschauer gegeben, denen Flammarion während seiner Wanderung keine allzugroße Beachtung schenkte. Doch jetzt wurde ihm klar, dass Sarah in der ersten Reihe der Zuschauer stand, als der Verbrecher ausgeliefert wurde. Vermutlich hatte er es nicht gewagt, diese Vision klar zu sehen, immerhin war er verheiratet. Aber Theo? Der hatte Augen für die Frau?

„Ihr Reporter lässt meinem Bruder eine Chance, das muss ich zugeben. Für ihn scheint es festzustehen, dass Vincent den Pförtner und den Verwalter nicht getötet haben kann."

Flammarion überflog den Artikel. „Chance nennen Sie das? Ich weiß nicht. Die Zeilen, die sich auf Lino und Roulin beziehen, sind doch eine Vorverurteilung. So habe ich diesen Chambres gar nicht eingeschätzt." Er war ehrlich überrascht. „Die Witwe des ersten Opfers spricht von einem Serienmörder, den die Anstaltsleitung frei herumlaufen lässt. Ist das wirklich eine Chance? "

„Das ist ein Zitat, darauf hat Chambres keinen Einfluss. Mir ist wichtig, dass er die Theorie von zwei Mördern vorerst nicht anspricht." Theo steckte sich eine weitere Zigarette an. Er blies den Rauch durch Mund und Nase.

„Die Witwe werde ich heute noch aufsuchen."

Wieder ein Stich in Flammarions Brust. „Sie wollen, was...?"

Theo blickte auf. Zum ersten Mal während dieser Begegnung sah er den Astronomen wirklich an und er schien seinen Blick richtig zu verstehen. „Stört Sie das?", fragte er nur.

„Machen Sie was Sie wollen, das geht mich nichts an." Der Tonfall war leicht überanstrengt. „Ich verfolge eine völlig neue Spur."

„Eine neue Spur?" Theo schien interessiert. Flammarion winkte jedoch den Ober heran. „Würden Sie mir bitte auch eine Tasse bringen? Und die Kaffeekanne nachfüllen, wenn es notwendig sein sollte?" Danach zog er sein Etui mit Zigarren hervor und betrachtete die Banderolen. Theo schien er vergessen zu haben. Er wählte zwei Zigarren, roch an beiden und entschied sich für die kleinere.

„Doktor Gachet ließ mir einige neue Informationen zukommen. Leider hat er mich um absolute Diskretion gebeten."

„Was heißt Diskretion, ich dachte, wir arbeiten zusammen?" Theo wirkte sehr erregt. Flammarion stellte sich vor, wie der elegante Kunsthändler aus Paris Linos Hof betreten würde, um mit der Witwe Tee zu trinken. Ob dieser Mann weniger Hemmungen hätte, sich hier im Süden auf ein Abenteuer einzulassen? Der frischgebackene Vater?

Dichte Rauchwolken hüllten den Astronomen ein. Das Foyer war, mit Ausnahme des Concierge, menschenleer. Schwere Teppiche bedeckten das Parkett, mit feinem Stoff bespannte Säulen stützten die Decke. Diese Säulen waren kunstvoll gedrechselt, die unverkleideten Kapitelle bestanden aus edlem Nussbaum. Jedenfalls die sichtbare Furnierschicht. Der Durchgang zur Küche, wo der Ober verschwunden war, führte durch eine Kassettentür, deren obere Füllungen aus buntem Glas bestanden. In der Küche schien helles Licht zu brennen, jedenfalls funkelten die Gläser wie Kirchenfenster im Sonnenlicht.

„Es geht um den Mord an dem Verwalter, den ihr Bruder wirklich nicht begehen konnte", log Flammarion. „Und Doktor Gachet bat mich um mein Ehrenwort, nicht über die neuen Fakten zu reden. Bitte entschuldigen Sie, ich hätte gar nicht damit anfangen sollen. Und ich weiß beim besten Willen nicht, wieso der Anstaltsleiter plötzlich anfängt, mir zu vertrauen."

„So so, der Verwalter." Theo schien beruhigt. Tatsächlich war er froh, sich jetzt nicht mit seinem neuen Partner auseinandersetzen zu müssen. Er dachte an alte Portraits, die verschickt wurden, um eine Hochzeit anzubahnen. Welche Ängste muss das Brautpaar der Vernunfthochzeit vor der ersten Begegnung ausgestanden haben? Und was war nur mit ihm los? Warum beherrschte der Blick der Witwe ihn bereits aus der Zeitung heraus?

Verrat (Verräterei, Proditio), die Verletzung schuldiger Treue durch Überlieferung der Person, der Sachen, der Geheimnisse eines andern an dessen Feinde, um ihm zu schaden. Das moderne Strafrecht kennt ein allgemeines Verbrechen des Verrats nicht mehr, wohl aber sind Hoch- und Landesverrat (s. Politische Verbrechen) sowie der Kriegsverrat und der V. militärischer Geheimnisse (s. Spionage) mit schwerer Strafe bedroht.
Quelle: Meyers Großes Konversations-Lexikon, 1909

Gachet mochte es nicht glauben. Vor ihm stand Dupres. Sein Protegé. Er konnte keine besondere Sympathie für diesen Menschen aufbringen, doch hatte der sich oft genug als nützlich erwiesen. War immer im richtigen Moment zur Stelle, wenn er gebraucht wurde. Sollte er tatsächlich der Erpresser sein oder handelte es sich hier um einen Zufall?

„Guten Abend, Monsieur Dupres", war darum alles was er sagte. Dupres wirkte eiskalt. Von Verlegenheit keine Spur. Dieses Talent besaß er. Nach einer gefällten Entscheidung marschierte er grundsätzlich geradewegs auf sein Ziel zu. Nur äußere Umstände konnten ihn dann noch aufhalten, von Zweifeln ließ er sich nicht bremsen. Er kam auch gleich zur Sache.

„Auch Ihnen einen guten Abend, Doktor. Sie haben jetzt die Möglichkeit, ein gutes Geschäft zu machen. Eins das Sie nicht einmal etwas kosten wird."

„Ein Geschäft?" Gachet war völlig überrascht. Kriminalromane gehörten nicht zu seiner Lieblingslektüre und die Sensationsmeldungen der Zeitungen interessierten ihn nicht besonders. Aber bei dem Wenigen, was er von Erpressung wusste, war er davon ausgegangen, dass ein Erpresser versuchen würde, seine Forderungen aus dem Verborgenen zu stellen. Und nun stand Dupres offen vor ihm.

„Ich möchte mich um die Stelle von Monsieur Deville bewerben", sagte er schlicht.

„Monsieur Deville?" Im Kopf des Anstaltsleiters begann es sofort zu arbeiten. So lief das also. Statt einer einmaligen Geldzahlung wollte dieser Schuft sich für sein ganzes Leben absichern. Und das würde tatsächlich nicht wirklich etwas kosten. Jedenfalls keine zusätzlichen Kosten für sein Privatvermögen verursachen. Nicht dumm der Mann.

„Die Stelle kann ich Ihnen nicht geben. Oder haben Sie eine kaufmännische Ausbildung absolviert, von der Sie bislang nichts erzählt haben?"

„Ausbildung? Nein, einen kaufmännischen Beruf kann ich nicht vorweisen. Aber ich habe etwas anderes, was Sie sehr interessieren dürfte."

„Ich kann mir nicht vorstellen, was das sein sollte."

Gachet war entschlossen, diesen größenwahnsinnigen Irrenschließer in die Schranken zu weisen. Er unterschätzte Dupres nicht, so wie er niemanden unterschätzte, dem es gelang, eine gut verwahrte Waffe zu stehlen. Aber er würde hier keine leichtfertigen Zusagen machen, die in jedem Fall als Eingeständnis von Schuld zu werten wären. Da müsste dieser Schurke schon stärkere Geschütze auffahren als eine Pistole, die vielleicht für 100 Francs auf jedem Schwarzmarkt zu haben wäre.

Dupres zog genauso eine Pistole aus der Tasche. Wie spielerisch legte er auf Gachet an.

„Aber diese Waffe kennen Sie?"

„Was erlauben Sie sich, sind Sie verrückt geworden? Stellen sich mir in den Weg und stellen überdrehte Forderungen. Und nehmen Sie diesen verdammten Revolver runter!"

„Schluss mit dem Versteckspiel. Sie wissen genau, dass ich hier Ihre eigene Waffe in der Hand halte." Dupres spannte den Hahn, ließ die Pistole aber nicht sinken. „Und das kann Sie in verdammte Schwierigkeiten bringen."

„Ich weiß überhaupt nicht wovon Sie sprechen." Kalter Schweiß stand auf Gachets Rücken, aber er war von Dupres noch nicht ernsthaft beeindruckt. „Ob der wirklich nicht damit gerechnet hat, dass ich es einfach abstreiten werde, diese Pistole zu kennen?"

„Dann sollten wir vielleicht Pascal fragen", schlug Dupres vor.

„Pascal? Wer ist Pascal?", konnte Gachet noch mit fester Stimme fragen, doch er spürte jetzt sein Blut in den Ohren pulsieren. „Dieses Schwein", dachte er und wusste selbst nicht, ob er Pascal oder Dupres damit meinte.

„Kommen Sie, Doktor, welchen Pascal sollte ich wohl meinen? Den Irren aus dem Flügel an der Südseite? Sie wissen genau, um wen es geht und Sie wissen auch, was in Pascals Schänke so alles geschieht."

Gachets Finger fingen an, sich zu verkrampfen, er konnte es nicht verhindern, dass sie sich zu Fäusten ballten. Trotzdem macht er einen letzten Versuch.

„Mag sein, dass ich den Fehler begangen habe, in dieser verkommenen Spelunke 'mal ein Glas Wein zu trinken, aber ich wüsste nicht, was Sie das angeht."

„Dann wissen Sie auch nicht, was aus der kleinen Vera geworden ist, die dort eine Zeit lang als Schankmagd tätig war." Dupres stieß ein heiseres Lachen hervor. „Und nicht nur als Schankmagd."

Gachet wurde es fast schwarz vor Augen und er sah Seeleute in heftigen Strudeln ertrinken. Er selbst spürte einen Sog, der sich von seinen Füßen über seinen Körper bis zu seinem Kopf hin hoch arbeitete.

„Vera?", konnte er nur noch flüstern.

„Genau die", bestätige Dupres mit einem diabolischen Grinsen. „Doktor Gachet, ich bin noch nie in der Bretagne gewesen. Manchmal frage ich mich, ob ich dort vielleicht ein hübsches junges Mädchen treffen würde. Eins, dass vor einiger Zeit hier in Saint Rémy gearbeitet hat und nun zu Verwandten in den Norden gezogen ist."

Gachet war schon lange Zeit von Dupres beobachtet worden und darum konnte der es sich jetzt erlauben, hoch zu pokern. Und alle Halbwahrheiten, Gerüchte und Vermutungen, die er zusammengetragen hatte, schienen zuzutreffen. Jedenfalls wurde der Anstaltsleiter zusehends blasser.

„Monsieur Dupres", sagte er mit dem falschen Lächeln eines schlechten Schauspielers. „Was Sie da vorbringen scheint mir recht wirres Zeug zu sein." Er machte eine Pause, taxierte den Pfleger mit einem langen abschätzenden Blick. „Ich will gar nicht verhehlen, wie zufrieden ich mit Ihrer Arbeit bislang war und dass ich wirklich dringend einen Nachfolger für Monsieur Deville brauche. Aber jetzt?" Noch eine Pause. „Und nehmen Sie endlich diese verdammte Pistole herunter!"

Dupres fixierte Gachets Blick und er verzog keine Miene. Aber die Waffe ließ er tatsächlich sinken.

„Schon besser. Monsieur Dupres, wahrscheinlich werde ich zur Polizei gehen und Sie wegen Erpressung anzeigen. Doch wir wissen beide, dass ich dafür keinen Zeugen habe, aber schon genug Ärger in meiner Anstalt. Wenn ich einmal so tue, als hätte ich nichts gehört von dem, was Sie da eben an Ungeheuerlichkeiten vorgebracht haben, dann sollte ich

Sie auf etwas hinweisen: Ich kann unmöglich einem angelernten Irrenschließer die wirtschaftliche Leitung meiner Anstalt übertragen. Es gibt
Geldgeber, denen gegenüber ich mich verantworten muss und es existie-
ren auch Gesetze und Vorschriften." Dupres war absolut nicht anzumer-
ken, wie er das Gesagte von seinem Vorgesetzten aufnahm. Gachet
redete weiter, langsam und nachdenklich. „Aber Monsieur Deville, verzeihen Sie, wenn ich das so kurz nach seinem Tod schon sage, war mir
in letzter Zeit zu selbstherrlich geworden. Ich könnte mir sehr gut vorstellen, seine Position auf mehrere Nachfolger aufzuteilen, diese Idee
habe ich tatsächlich schon länger."

Gachets Stimme bekam einen drohenden Unterton. „Aber ich werde
natürlich niemanden begünstigen, der mir nachspioniert und Unwahrhei-
ten über mich verbreitet. Was genau hat Ihnen Pascal denn über mich
erzählt?" Dupres blickte zu Boden.

Alles war von Staub bedeckt: Der festgetretene Lehm, die kleinen Steine
und die Felsbrocken; Agaven, Oleanderbüsche und die knorrigen
Baumwurzeln, die den schmalen Pfad überquerten. Die Grillen zirpten
und das Summen von Hummeln und Bienen war zu hören. Hell tönte
der Schrei eines Habichts aus der Höhe. Die Luft war gesättigt mit dem
Geruch der wilden Kräuter: Salbei, Oregano und Thymian. Doch die
beiden Männer besaßen keinen Sinn für diese Schönheit. Wut und Verzweiflung kämpften miteinander in Doktor Gachets aufgewühltem
Geist; Dupres stellte kalte Berechnungen an. Ihm war klar, wie wenig er
wirklich in der Hand hielt, aber er konnte sicher sein, dass es bei Gachet
Einiges zu verbergen gab. Sonst wäre der längst zur Polizei gegangen,
diesen Vidocq kannte er doch scheinbar recht gut. Und die Waffe war
real. Pascal hatte ihm gar nichts darüber erzählt, aber Dupres war kein
Mann, der schnell vergisst. Und er konnte sich daran erinnern, wie früher, als er noch mit allen seinen Gästen zusammen trank, Pascal
manchmal ein solches Modell vorführte. Aus Dummheit, aber auch, um
sich Respekt zu verschaffen. Ein Kneipenwirt, der einem armen Schlu-
cker keinen Kredit mehr geben will, kann schnell in Schwierigkeiten
geraten.

Doch irgendwann fing Gachet an, sich in dieser Schenke zu zeigen. Eine
Zeitlang versuchte er, Kontakt zu den fröhlichen Zechern zu bekommen,
aber das währte nicht lange. Später saß er meistens im Nebenraum, in
Gesellschaft von Pascal oder dieser Vera. Und Pascal veränderte sich. Er
stimmte weniger Trinklieder in den Tischgesellschaften an, ließ seinen
Becher nicht mehr so zünftig auf den Tresen krachen. Er sei introvertiert

geworden, hatte Dupres einen der etwas gebildeteren Zechkumpanen einst sagen hören.

Und nun stand Gachet vor ihm und verlangte Auskunft. Auskunft über Pascal. Das stellte eine unerwartete Wendung dar.

„Pascal ist kein Schwätzer", sagte Dupres nur. „Und es gibt Tatsachen, die sich nicht leugnen lassen."

„Die gibt es allerdings", dachte Gachet. „So wie es eine Tatsache ist, dass dieser Hund bald sterben wird. Dann hat es sich ausgekläfft."

„Mein lieber Dupres", sagte er mit einem süffisanten Grinsen. Er hatte sich wieder einigermaßen gefangen. „Ich werde Sie jetzt verlassen. Ich habe noch zu arbeiten. Ich muss Vorschriften lesen. Es gibt Bestimmungen über die Qualifikation eines Anstaltsverwalters. Sie hören noch von mir." Er wollte sich schon entfernen, wandte sich aber noch einmal dem Pfleger zu: „Und reißt mir keine Bubenstücke!", zischte er in einem Anfall frisch aufkeimenden Mutes.

Theo van Gogh machte sich auf den Weg. Es musste einen Anfang dieser unglückseligen Ereignisse geben und den wollte er finden. War das erste Opfer der wirkliche Beginn dieser Geschichte? Warum musste Lino sterben? Das könnte er nur von Sarah erfahren. Und das war ihm recht so. Er liebte Johanna, seine Frau und er sehnte sich zurück nach seinem Sohn, den er so wenige Tage nach seiner Geburt verlassen hatte. Und darum kreisten seine Gedanken immer wieder um Paris. Die lauten Pferdedroschken. Das Klappern der Hufe auf dem Pflaster. Die dröhnenden Sirenen der Seine-Dampfer. Die Straßenbahn mit ihrem entsetzlichen Gebimmel. Die vielen Menschen. Und er selbst: Kunden taxieren, ihren Geschmack und ihr Budget einschätzen, Komplimente machen, nett sein und dann Kunst verkaufen, die in seinen Augen keine war. Ihm schauderte. Und er öffnete seine Augen für den Süden. Die Provence. Die alten Bruchsteinhäuser. Das Gebirgsmassiv am Horizont. Die Schmetterlinge. Die Landarbeiter, mit ihren Sensen auf den Feldern. Vincents Schnitter. Der Sensenmann? Daran wollte Theo jetzt nicht denken. Ihn beschäftigte ein anderes Bild. Tief in seinem Herzen wusste er, wie sehr das Foto in der Zeitung ihn beeinflusste. Sarahs Portrait. Er fühlte sich wie in einem Strudel: Seine Gesundheit wurde in dem Moloch der Hauptstadt ruiniert, Vincent war eingesperrt und er musste seine Frau, jetzt auch ein Kind, ernähren mit Bildern, die er nicht mehr sehen konnte. Ein Hof hier? Geleitet von einer eleganten Dame, die ihm trotz ihrer Schönheit die Derbheit des Landlebens näher bringen könnte. Frische Luft, Bewegung, klares Quellwasser, im Winter blütenweißer

Schnee; kein Ruß, kein Gestank. Theo wusste nicht wirklich, warum er diesen Gang machte. Aber er konnte nicht anders. Er musste gehen.

Empfangen wurde er wie Flammarion, von einem mürrischen Großknecht, der ihn nach ein paar Fragen zu seiner Herrin brachte. Sarah aber war anders. Zwar besaß auch sie die Zurückhaltung der Dörflerin, doch Theo strahlte etwas aus, was sie schon lange suchte. Kein Flammarion, der schwankte zwischen belesenem Dozenten und verstörtem schwachen Mannsbild. Kein Vidocq mit irren Augen und kein verkniffener, verbitterter Zeitungsreporter. Ja, viele Männer hatten ihren Hof besucht und an allen gab es etwas auszusetzen. Am meisten an ihrem eigenen. Lino! Ach, ein guter Kerl war er gewesen, keine Frage. Aber war er der rechte Mann, ihm ihr ganzes Leben zu übergeben? Sie hatte sich diese Frage nicht mehr oft gestellt, bis zum Frühjahr, als dieser Doktor Gachet anfing, ihr Komplimente zu machen. Auf dem Kirchhof, nach der Ostermesse, da fing alles an. Und ihr Mann stand dabei und wusste nichts zu sagen. Doktor Gachet! Als ob sie diesem Nervenbündel je etwas abgewinnen könnte?

Und nun saß ihr plötzlich ein Kunsthändler aus Paris gegenüber. Gut gekleidet, sensibel und ein bisschen schüchtern. Aber trotzdem weltgewandt. Soweit sie das beurteilen konnte. Ihr eigener enger Horizont war ihr sehr wohl bewusst. Doch jetzt trank sie zu Hause in ihrer Stube Tee mit dem Bruder des Mörders ihres Mannes. Und dieser feine Herr bemerkte die Ungeheuerlichkeit dieses Verhältnisses nicht einmal. Nur von Sorge um den verrückten Maler erfüllt, sprach er von Wahrheit, Schicksal und Bestimmung.

Das gefiel Sarah. Endlich einmal jemand, der sich nicht darum scherte, was richtig oder falsch war. Der einfach tat, was er tun musste.

Theo redete schon lange nicht mehr über den Mord. Er war längst bei der Kunst angekommen. Dabei vermied er es, über Vincents Malerei zu reden. Er fühlte sich deshalb zwar wie ein Verräter, nahm das aber in Kauf, nur um hier bei Sarah sitzen bleiben zu können.

„Ich besitze einen Farbdruck von Monets Sonnenaufgang, ich kenne das Bild", unterbrach sie irgendwann seinen Vortrag.

Theo war erstaunt. „Sie kennen Monet?"

„Sicher. Wir haben zwar keine bedeutende Galerie hier in Saint Rémy, aber bis Avignon bin auch ich schon gekommen. Und Kunstzeitschriften kann man sogar in der Provinz kaufen."

Eine unerwartete Wendung für Theo. Er rührte in seiner kleinen Teetasse aus feinem Porzellan. Bislang war ihm gar nicht aufgefallen, wie unpassend dieses Service auf einem Bauernhof wirkte. Doch war das hier wirklich ein Bauernhof? Theo nahm allmählich die hochwertige und geschmackvolle Einrichtung des Raumes wahr. Allein die geschmiedeten Griffe an den Doppelfenstern waren kleine Kunstwerke. Aus Paris war er solche Zimmer gewohnt, sie waren eine selbstverständliche Umgebung für ihn. Doch hier, im ländlichen Süden?

„Mein Vater nahm mich oft mit in die Stadt, als ich noch ein junges Mädchen war", sagte Sarah. Der träumerische Glanz trat wieder in ihre tiefbraunen Augen. „Avignon", dachte sie. Avignon, das waren prächtige Boulevards, breite Brücken, hohe Türme. Geschäfte mit edlen Stoffen, feiner Wäsche und Kostbarkeiten aus aller Welt. Und dieser Mann hier, Theo van Gogh, kam aus Paris. Kunsthändler, aber Sohn eines Pfarrers, der auch am Anfang des schwierigen Gesprächs die richtigen Worte fand. Was der wohl wirklich hier wollte? Einen Mord aufklären, richtig, aber warum saß er immer noch hier?

Das hätte Theo selbst nicht sagen können.

Natürlich spürte er Sarahs erotische Ausstrahlung. Aber das allein war es nicht. Er projizierte alle seine Sehnsüchte nach Echtheit, Natürlichkeit und Unabhängigkeit auf diese Frau. Weil er zu wissen glaubte, dass es bei einer reinen Projektion bleiben würde, gestattete er sich alle Freiheiten. Während er über die Pariser Salons und Museen sprach, sah er sich selbst, braungebrannt und kräftig, schwere Bilderrahmen von einer Kutsche laden. Die Kutsche stand vor einem zur Galerie umgebauten Stall, hier auf diesem Hof, Sarah war an seiner Seite. Sarah, die nicht nur zufällig ein Bild von Monet kannte, sondern den Begriff Impressionismus verstand und auch zu schätzen wusste. Kunstverständnis passte so natürlich zu ihrer Ausstrahlung, wie Duft zu einer Blume.

Er geriet ins Schwärmen, sprach über die neue Aufgabe der Kunst, die innere Eindrücke statt Abbilder des Äußeren darstellen wollte.

Sarah dachte an anderes. An Lino, ihren Mann, der sich im Bett an ihr nur immer schnell befriedigen wollte. Einmal hatte sie es gewagt, ihn nach mehr Zeit und Zärtlichkeit zu fragen.

„Schweig!", war seine ganze Antwort.

Im Mittelalter gab es noch gemischte Badestuben; Lebenslust kompensierte manche Härte des Daseins und Hexenverbrennungen waren Einzelfälle. Die frühe Neuzeit dagegen war schwarz und bitter. Puritaner, Calvinisten, katholische Priester und moralisierende Beamte, sie waren es, die den Menschen das Leben zur Hölle machten; Vergnügen und ausgelassene Freude als teuflische Laster brandmarkten. Und ihre verlogenen Lehren vom Seelenheil konzentrierten sich in dem einen an Sarah gerichteten Wort: „Schweig!" Das Schweigen hatte über die Jahrhunte hinweg Dämme in der Gesellschaft aufgeschüttet und einer dieser Dämme brach gerade in Sarah.

Sie war zufrieden gewesen mit Lino, keine Frage. Und auch jetzt wollte sie keinen Eklat. Noch vor der Beerdigung Herrenbesuche bis in den späten Abend hinein. Michele, der Großknecht, verbarg ein gutes Herz unter seiner mürrischen Fassade. Er würde nicht gleich zu ihren Schwiegereltern laufen, um zu berichten. Und doch: ein naher Verwandter des Mordverdächtigen sprach gerade zu ihr.

„Was malt Ihr Bruder eigentlich für Bilder?", fragte sie spontan, überrascht von sich selbst. Offensichtlich wollte Sarah Theos Besuch nicht beenden, noch nicht.

„Vincent?" Theo kam aus dem Konzept, die Vision einer Galerie im Sonnenschein wurde vertauscht mit der Erinnerung an eine dunkle Zelle. „Warum will sie das wissen?", fragte er sich. Misstrauen keimte in ihm auf. „Geht es jetzt wirklich um Kunst oder will sie mich aushorchen?" Gleich schämte Theo sich für diesen Gedanken. War er nicht ungefragt hierher gekommen? War er es nicht selbst, der stümperhafte kriminalistische Ermittlungen mit menschlichem Interesse vermischte? Um dann diese Frau zu verdächtigen, nur weil sie nach der Kunst seines Bruders fragte.

„Er ist Realist, er malt nur, was er sieht. Aber gleichzeitig malt er, was er dabei empfindet."

„Was er beim Malen oder was er beim Sehen empfindet?"

„Beim Sehen", antwortete Theo rasch. Dann ließ er diese Antwort in seinem Inneren ausklingen. „Was sieht Vincent?", fragte er sich selbst. „Was sieht ein Maler?", fragte er laut. Die Motive eines Ölbildes verwandeln sich in Farbflecken, wenn man nahe genug herangeht. Doch wo ist der Übergang?

„Ein Maler sieht Ideen", sagte Sarah. „Er malt die Dinge nicht wie sie sind, sondern wie sie sein sollten."

„Und woher weiß er, wie sie sein sollten?"

„Das spürt man doch", gab Sarah zurück. „Fühlen Sie denn nicht, wie es sein sollte? Wann es richtig ist?"

„Wäre es jetzt richtig, in Theos Armen zu liegen?", fragte sie sich. Es würde sich schön anfühlen, da war sie sicher. Es war grotesk, sie sah sich selbst, am offenen Grabe ihres Mannes, mit Theo an ihrer Seite, der ihre Tränen trocknete. Dann sah sie sich und Theo vor den schweren Toren einer Strafanstalt. Sie beide Vincent dahinter wissend. Ein düsterer kalter Morgen in dunklem Grau.

„Küssen Sie mich!", bat Sarah leise. Theo legte den Arm um ihre Schulter, sein Gesicht an ihre Wange. „Ich kann nicht", flüsterte er.

„Ich kann es auch nicht", sagte Sarah und strich mit ihrer Hand über seine Brust. An Theos Hand blitzte der Ehering. Seine Lippen näherten sich ihrem Ohr. Die gehauchte Berührung wurde zu einem leidenschaftlichen Kuss.

Chlodette summte ein Lied. Berge von Hühnerfleisch füllten den Topf vor ihr, ein Gebirge aus Knochen wuchs neben dem Herd. Chlodette liebte ihre Arbeit und sie liebte ihr Leben. Den Sommer ganz besonders, wenn sie nach getanem Tagewerk träge in der Hängematte liegen konnte und den Schweißfilm auf ihrer Haut spürte, während sie die Dunststreifen am Horizont betrachtete. Den Frühling liebte sie, mit den sprießenden Gräsern und den blühenden Blumen. Und natürlich den Herbst mit seinen goldenen Farben und den Winter mit den klaren Himmeln und den gefrorenen Teichen, auf denen das Dorf sich zum Schlittschuhlaufen traf.

Die Männer liebte sie nicht so. Sie hätte sie vielleicht gemocht, aber sie waren alle so rau und laut, wollten immer bestimmen und alles besser wissen.

Die Frauen hätte sie vielleicht geliebt, aber das durfte sie ja nicht.

Doch es gefiel ihr, wenn sie frühmorgens zu den ersten gehörte, die unterwegs waren und sie sich Gedanken über die Würze machen konnte, die ihre Speisen bekommen sollten. Zwar verfügte sie nur über ein begrenztes Budget, doch war sie eine Meisterin darin, mit einer Handvoll ausgewählter Kräuter aus dem Garten die einfachsten Speisen in fast erlesene Gerichte zu verwandeln.

Sie war glücklich, oft jedenfalls.

Chlodette konnte nicht wissen, dass Dupres den Zugang zu den verborgenen Verliesen gefunden hatte. Sie konnte auch nicht wissen, dass sich dieser Zugang unter einem der Wasserbecken in ihren Vorratsräumen befand.

So schöpfte sie also keinen Verdacht, als dieser widerliche Irrenschließer plötzlich neben ihr stand und über verdorbenes Wasser und verschwundene Speisen klagte. Er stand in der Hierarchie der Anstalt über ihr und wenn sie auch keine Angst vor ihm hatte, machte sie sich doch Sorgen, ob sie in der Geschichte mit den Knochen nicht zu weit gegangen war. Jetzt würde er wieder ewig lamentieren und nörgeln und ihr mit ständig neuen Vorwürfen das Leben schwer machen. Und nur, um in ihrer Nähe zu sein, Chlodette wusste das ganz genau. Jedenfalls wollte sie ihn nicht weiter reizen und kam gehorsam mit, als er forderte, sie solle sich im Vorratsgewölbe nebenan die Brühe anschauen, die da als trinkbares Wasser herumschwimme.

Dupres riss den Deckel der hinteren Zisterne auf und als Chlodette nähertrat und den Eindruck gewann, das Becken sei leer, wurde sie schon mit einer schnellen unerwarteten Bewegung gepackt und über den Rand gestoßen. Sie fand keinen Halt am Grund, sondern rutschte über einen schrägen Boden weit nach unten. Über ihr schloss sich der Deckel und sie lag in völliger Finsternis. Ihre Schreie verhallten ungehört vor den massiven steinernen Wänden.

Die Erbauer des ehemaligen Klosters hatten in ihren gefährlichen Zeiten einen äußerst geschickten Plan umgesetzt: Das Wasser einer ihrer Zisternen konnte in ein verborgenes, tiefer gelegenes Becken umgeleitet werden. Als Hebel für diesen Mechanismus diente ein loser Stein im Mauerwerk, den Dupres nur entdeckte, weil er so oft in diesen Räumen umherschnüffelte, in denen Chlodette tagsüber wirkte. Er ging dort nachts seinen Träumereien nach und war abgebrüht genug, gleichzeitig nach Pflichtversäumnissen der lebenslustigen Köchin zu spähen, mit denen er ihr das Leben schwer machen konnte. Und die Idee von Geheimgängen und verborgenen Gewölben kreiste sowieso ständig durch seine Gedanken.

Die alten Mönche konnten also verschwinden und besaßen dabei einen Vorrat an Wasser. Im Falle einer Belagerung verfügten sie über die Möglichkeit, bis zum letzten Moment Lebensmittel in ihr Versteck zu bringen. Wenn sie sich irgendwann wieder aus dem verborgenen Gewölbe herauswagten, hatten sie als Erstes Zugang zu den hier gelagerten Vorräten. Ihre Holzleiter am abschüssigen Anfang des versteckten Tunnels war von Dupres entfernt worden. Chlodette, wenn sie sich nichts gebrochen hätte, würde jetzt vor einer soliden, verschlossenen Tür aus Eichenbohlen stehen, deren Schlüssel sich in der Tasche ihres ungewollten Liebhabers befand. Der Äther, den er aus einer gestohlenen Flasche in die Zisterne schüttete, machte sie zuerst benommen und raubte ihr dann das Bewusstsein.

Dupres verschloss die Tür zu Chlodettes Küche von innen und dann öffnete er den Deckel der Zisterne wieder. Der Geruch des Betäubungsmittels schlug ihm entgegen und er beschloss, noch einige Momente zu warten, jedenfalls länger als er brauchte, um ein Seil am Wasserbecken zu befestigen. Er nahm Chlodettes Schuh auf, den sie beim Sturz von den Füßen verloren hatte. Den würde sie nicht brauchen, nackt sollte sie sein, wenn sie ihm im Verborgenen zu Dienste sein musste. Ein kleiner Schuh für einen hübschen Fuß, ob er es wagen

könnte, den in seiner Wohnung aufzubewahren? Zusammen mit Chlodettes Wäsche, die er ihr so bald schon abstreifen würde? Er machte sich
auf in die Tiefe.

Furor transitorius ist ein vorübergehender Tobsuchtsanfall der sowohl bei
schon vorher psychisch Kranken als auch bei völlig gesunden Menschen
hervorbrechen könne. Der Tobsuchtsanfall verschwindet nach kürzerer
oder längerer Dauer wieder, ohne weitere Krankheitserscheinungen zu
hinterlassen. Bei einer in solchem Zustand begangenen Straftat sollte der
Täter für unzurechnungsfähig erklärt werden.
Systematisches Handbuch der gerichtlichen Psychologie, 1835

Flammarion fühlte sich unwohl. Auf der kleinen Ladefläche von Gachets leichtem Einspänner wurde er umhergeworfen wie ein Stück Gepäck. Ob es nicht ein großer Fehler gewesen war, sich auf dieses Versteckspiel einzulassen? Der Anstaltsleiter würde seinen Wagen von den
Knechten in die Remise bringen lassen. Dort sollte Flammarion sich
durch die Gartentür davonmachen, unter den Bäumen zu dem Neben-
eingang der Hauptverwaltung huschen. Den würde Gachet aufgeschlos-
sen haben, um Flammarion ungesehenen Zugang zu seinem Büro zu
ermöglichen. Dort sollte er den Erpresser des Doktors belauschen können. Der erste Versuch war fehlgeschlagen, weil Dupres schon sehr früh
den vereinbarten Treffpunkt aufsuchte und sich konsequent in der De-
ckung von Bäumen und Gebüsch aufhielt.
Jetzt sollte er sich angeblich bereits in der Anstalt befinden. Es sei aber
wichtig, dass er Gachet nicht in Begleitung herein kommen sehe.
Das klang schon sehr nach den drei Musketieren und dem Graf von
Monte Christo, aber warum nicht? Flammarion hatte sich auf das Abenteuer eingelassen und nun störte es ihn nicht, dass es spannend wurde.
Zwar erschien dieser Gachet ihm allmählich immer überspannter, aber
er glaubte, selbst nicht mehr viel zu verlieren zu haben. Oder doch?
Wenn der Doktor ihn in irgendetwas hineinzöge, was den Polizeicolonel
wieder misstrauisch machen würde. Seine, Flammarions, Unschuld war
jedenfalls nicht erwiesen, solange der Mörder noch frei war. Und überhaupt, Mörder – Erpresser – wer würde in Gachets Büro heute Abend
noch auftauchen? War es da wirklich gut, sich im Nebenraum zu befinden? Gab es noch eine Wahl? Wenn er jetzt flüchtete und die Remise
durch den Haupteingang verließe, käme er dann ohne Schwierigkeiten
am Pförtner vorbei? Wollte er sich auf einen Wettlauf einlassen, von

Saint Paul bis Saint Rémy, verfolgt von einem Pförtner oder vielleicht sogar einer Handvoll Irrenwärter?

Sollte er sich wie geplant zu Gachet schleichen und von dem verlangen, sofort wieder aus der Anstalt hinausgeführt zu werden? Nachdem er ihm soeben seine Hilfe versprochen hatte? War das nicht auch eine Frage der Ehre?

Der Astronom beschloss, diese Geschichte wie geplant ablaufen zu lassen. Schön ruhig war es nachts am Fernrohr.

Die Kutsche kam in der Remise zum Stehen. Gachet gab den Knechten ein paar knappe Anweisungen. Flammarion hörte sie die Pferde abspannen und zu den Stallgebäuden nebenan führen. Dann herrschte Ruhe. Er lüftete kurz die ihn verbergende Plane, spähte umher, so gut er konnte und sprang dann von dem leichten Wagen, um an der Rückseite des Schuppens im Dunkeln zu verschwinden. Die Tür war schnell gefunden und schon war er in den Schatten des Gartens verborgen. Hier sollte er einige Minuten warten, um Gachet die notwendige Zeit zu geben, die Hauptverwaltung für ihn zu öffnen.

„Ist das jetzt ein echtes Abenteuer?" Oder war es einfach nur grotesk? Gachet wollte, dass der Erpresser vor ungesehenen Zeugen sprach, um nicht später alles abstreiten zu können. Um dann im Verborgenen neue Schritte zu planen. Doch warum sollte er, Flammarion, dieser Zeuge sein? Gachets Untergebene kamen nicht in Frage. Jedenfalls wären ihre Aussagen nicht wirklich überzeugend, da er das gesamte Anstaltspersonal leicht unter Druck setzen konnte. Und Vidocq könne er nicht hinzuziehen, da er nicht wolle, dass von den Anschuldigungen des Erpressers etwas von dem Polizeicolonel geglaubt würde.

Das klang alles sehr konstruiert, wenn auch nicht völlig unglaubhaft. Vermutlich hatte Gachet etwas zu verbergen und er wollte darum die Polizei nicht dabei haben. Und genau darauf setzte Flammarion. Wenn er im Laufe dieses Abends von einem kleinen Kavaliersdelikt erführe und Schweigen verspräche, würde der Arzt ihm zu Dank verpflichtet sein. Dann könnte er es ihm nicht länger verwehren, noch ein ausführliches Gespräch mit Vincent van Gogh zu führen und auch die Bilder anzuschauen, die der hier noch in seinem vergitterten Atelier stehen hatte. Gemalte lebendige Sternenhimmel! Gestaltet von einem Künstler, der mit seinem Talent auf dem Grat zwischen Genie und Wahnsinn tanzte. Genau diesen Mann hatte er unbewusst sein ganzes Leben lang gesucht. Er könnte von ihm vielleicht lernen, die Planeten zu spüren und die Grenze zwischen Vernunft und Intuition einzureißen. Ein freier Geist wie der des Künstlers, verbunden mit dem klaren Verstand des

Astronomen und Naturforschers, würde die Wissenschaft in neue Dimensionen führen. Welche Energien waren hier am Werk? Konnte das überhaupt noch Zufall sein? Hatte das Schicksal ihn hierher in den Süden beordert? Hatte Mars ihm den Künstler gesandt, um seine Bemühungen zu belohnen? Stand er vor dem Durchbruch? Das Zittern der Erregung lief über den Körper des kleinen, kräftigen Mannes und er machte sich auf den Weg. Jetzt eben noch einen Erpresser kalt stellen und dann die Arbeit des Wissenschaftlers wieder aufnehmen. Die Arbeit eines Mannes, der in den letzten Tagen um Jahre gereift war.

Es wirkte düster in Gachets Arbeitszimmer. Keine Lampe brannte. Der Anstaltsleiter schloss die Tür hinter Flammarion. Sein häufig angespannter Gesichtsausdruck wirkte explosiv.

„Monsieur, ich möchte Sie bitten, die Situation des heutigen Abends mit einem psychologischen Experiment zu verbinden." Er griff zu dem weißen Gegenstand, der über einer Stuhllehne hing. Vor den Augen des Astronomen entfaltete sich eine Zwangsjacke. „Wenn Sie die bitte anziehen würden." Flammarion traute seinen eigenen Augen nicht.

„Soll das ein Scherz sein?", fragte er nur, obwohl er nun wirklich ernsthaft am Verstand des Anstaltsleiters zweifelte.

„Ich scherze nicht, aber ich kann das *Bitte* auch weglassen." Er griff zu der afrikanischen Maske an der Wand, unter der zwei gekreuzte Krummsäbel befestigt waren. Er zog einen davon hervor und näherte sich seinem Gast. „Das waren mal zwei Dekorationsschwerter. Das andere ist immer noch eins. Dieses hier habe ich von einem sehr guten Waffenschmied schärfen lassen." Wie spielerisch ließ er die Klinge über das Lederkissen auf dem Besucherstuhl gleiten. Es zerfiel sofort in zwei Teile. Gachet richtete die Säbelspitze auf Flammarion.

„Versuchen Sie nicht, mir dieses Waffe aus der Hand zu reißen." Mit einer fast nebensächlich wirkenden Bewegung stach er dem Astronom an der Schulter ein Loch in den Mantelstoff. „Das können Sie nicht."

„Herr Doktor Gachet", brachte Flammarion nur noch hervor. „Für diese Sorte Experiment bin ich wirklich nicht geschaffen."

„Los jetzt!" Gachet wirkte ungeduldig und ärgerlich. Er führte einen kräftigen schnellen Hieb durch die Luft, dicht am Kopf seines Besuchers vorbei. „Ich möchte das hier hinter mich bringen."

Gachet hatte Angst. Zwar erregte ihn die Perspektive, einen hilflosen Gefangenen zu besitzen, doch wäre es ihm lieber gewesen, er könnte diesen mit seiner Pistole bedrohen. Aber die Dinge hatten sich entwickelt, wie sie mussten und ihm blieb keine Wahl. Der Mann vor ihm wusste, wer ihn erpresste und der Erpresser würde sterben müssen. Da durfte es keine Mitwisser geben. Und wenn er schon solch schlimme Dinge tun musste, wollte er sie auch auskosten. Lino, Picard, Roulin, Roger – alle waren viel zu schnell gestorben. Das würde sich ändern. Jetzt, nachdem er den Geheimgang aus seinem Arbeitszimmer heraus in die Tiefe entdeckt hatte. Schon die Schweißtropfen auf der Stirn des neugierigen Forschers gefielen ihm. Wenn er nur erst sicher verpackt unten wäre. Mit einer schnellen Bewegung verschloss der Doktor die Tür des Arbeitszimmers.

„Los anziehen!", wurde er grob. Gachet machte noch eine auffordernde Geste mit der Zwangsjacke und drückte die Säbelspitze vor die Brust des Astronomen. Der erschauerte.

„Der meint es wirklich ernst", dachte er nur. Der Stahl glitt durch den Stoff und ritzte seine Haut. Kam da schon Blut? Flammarion hob eine Hand und schob sie langsam auf den ersten Ärmel zu. Tausend Ideen kreisten hektisch in seinem Kopf. Die Jacke schien sehr stabil zu sein. Wenn er einen Arm darin hätte und dann herum wirbeln würde? Könnte er mit dem schweren Stoff seinen Gegner entwaffnen. Noch hatte er den Stoff nicht wirklich in der Hand, da wurde der Druck des Säbels stärker, er spürte jetzt deutlich seine Haut reißen.

„Zurück bis an die Wand und keine Dummheiten!" Gachet schien etwas geahnt zu haben und darum trieb er sein Opfer in die Ecke des Raumes. Hier würde Flammarion jeder Spielraum für Gegenwehr fehlen. Gachet war kein ausgebildeter Soldat, aber er hatte etwas Zeit gehabt, diese Situation zu planen. Desillusioniert führte Flammarion seine Hand in den Ärmel. Gachet stach auf eine zweite Stelle auf seiner Brust, etwas tiefer.

„Schneller und sofort den zweiten Arm und dann umdrehen!" Flammarion blieb nichts anderes übrig, als sich in sein Schicksal zu fügen und er begann bereits zu überlegen, wie er sich als Gefesselter noch wehren könne.

„Was haben Sie vor?", fragte er, einfach weil er nicht schweigen konnte.

„Schnauze!", kam es unerwartet ordinär von Gachet, der anfing, mit einer Hand die Verschnürung am Rücken zu schließen, was ein recht kompliziertes Unterfangen war. Er verlor schnell die Geduld und improvisierte mit zwei halben Schlägen der festen Schnur.

„Vorwärts jetzt!", kommandierte er und schob den Astronom in Richtung des großen Wandschranks. Dort macht der Anstaltsleiter sich an einem Mechanismus zu schaffen, als aus der Wand ein unheimliches Geräusch ertönte. Mit weit aufgerissenen Augen starrte der Gefangene zur Tür. Wenn er jetzt schrie? Wäre das die Rettung oder sein Ende?

Dann glitt die Tür des verborgenen Mechanismus lautlos auf und der Doktor dirigierte Flammarion mit der Säbelspitze zur obersten Stufe der dahinter verborgenen Treppe. Aus dem gähnenden Schacht drang ein markerschütternder Hilfeschrei.

Theos Abschied von Sarah war kurz. Und intensiv. Die leidenschaftlichen Umarmungen und Küsse der letzten Stunden verwandelten sich immer mehr in ein Gebirge aus Schuld, Verzweiflung, Reue und Angst.

„Was ist Treue?", stand als drängende Frage zwischen ihnen. Theos Frage.

„Was ist Anstand, Moral und gesellschaftliche Verpflichtung?", fragte sich Sarah. Wäre Theo ledig gewesen und hätte sie eingeladen, ihn nach Paris zu begleiten; sie wäre mitgekommen, ohne allzu lange über ihr vergangenes Leben nachzudenken. Ein gutes Leben, verglichen mit dem, was ihr Gesinde oder die Arbeiter in den Fabriken hatten. Doch ein leeres Leben. Sarah gehörte in die Stadt. Dreck und schwere Arbeit, selbst das Blut im Schlachthaus machten ihr nichts aus. Aber an den langen Sommerabenden und an den freien Sonn- und Feiertagen, da wollte sie nicht zu Hause über ihren Stickereien sitzen und den Reden eines Mannes über Korn- und Fleischpreise zuhören. Und jetzt erahnte sie einen Zipfel der unbegrenzten Möglichkeiten der Welt. Kunsthändler in Paris! Das konnte jemand wirklich sein. Und so ein Mann kam zu ihr, schüttete sein Herz aus und erlag ihren Reizen. Das war für kurze Zeit kein Traum, sondern Wirklichkeit, nur durfte es nicht sein, konnte keine Dauer haben. Sie schluchzte heftig.

Theo sah sich selbst am Rand einer steilen Klippe stehen, unter sich einen tief gähnenden Abgrund. Darüber eine Seilbahn. Er würde das Gestänge des kleinen Wagens mit einer Hand greifen können, ja unbedingt greifen müssen. Der felsige Boden unter ihm bebte unter den Schritten der heranrasenden Horde von wüsten Barbaren.

Und eine Hand war frei. Doch da standen zwei Menschen. Sarah und Johanna, keine von beiden würde er zurücklassen können. Und über allem schwebten sein Sohn Vincent und sein Bruder Vincent. Beide schauten zu.

„Helft mir", flehte Theo.

Sein Sohn schob ihm seine Mutter in den Arm, Sarah blickte hilfesuchend zu Vincent dem Maler.

„Er wird ihr nicht helfen können", das wusste Theo. „Aber vielleicht kann Sarah Vincent helfen, wenn sie es darf", dachte er und stieß sich ab. „Sarah hilft Vincent und sie gewinnt dabei die Kunst." Das konnte nicht sein, doch wenn Vincents Unschuld erst erwiesen wäre, und das würde ganz gewiss geschehen, dann wäre auch alles wieder möglich. Schuldbewusst wandte Theo sich ab, ihm war klar, wie sehr er aus seinen Wünschen eine neue Wirklichkeit konstruierte. Doch die strahlenden Augen seiner Frau Johanna ließen ihn schnell alle Zweifel vergessen.

Vidocq war verunsichert. Und das in hohem Maße. Wenn er in einer verrauchten Spelunke saß und einem Raubmörder Fallen stellte, dann fühlte er sich wohl. Auch die vielen Duelle, die er als junger Mann ausfocht, hatten Spaß gemacht. Aber an den Umgang mit Ministern und Präfekten konnte er sich nicht gewöhnen. Und wenn sie ihn einfach in der Luft hängen ließen, so wie es gerade geschah, dann ging ihm das regelrecht an die Nieren. Immer noch keine Antwort aus Avignon! Das konnte kein Zufall sein, das musste etwas zu bedeuten haben. Ging es dabei um ihn? Wollten die Herren ihn weichkochen? Oder waren sie wirklich einfach zu beschäftigt, um sich um seine Sorgen zu kümmern? Es gab da diese neuen Paragraphen, die unterschieden zwischen schuldfähig und unzurechnungsfähig. Und schon oft war er dabei gewesen, als ein Gericht darüber befand, ob jemand bestraft oder geheilt werden sollte. Doch dieser Fall war anders. Der Täter, oder der Verdächtige, wie er wohl sagen müsste, war bereits in Behandlung. Und Avignon schwieg. Kein Wort vom Präfekten oder seinem Vertreter. Bereiteten sie den letzten Schlag gegen ihn vor? Den, der alles kosten würde? Amt, Freiheit und Pension? Oder waren sie mit ihren Mätressen, der Jagd und gutem Essen beschäftigt, dachten gar nicht an einen Polizeicolonel in der Provinz? Er wollte jedenfalls Doktor Gachet aufsuchen. Es müsste geklärt werden, ob dieser Künstler noch in Saint Paul bleiben würde oder ob die Anstalt diese Verantwortung nicht mehr tragen könnte. Diese Fragen hätten zwar auch Zeit, nachdem selbst seine Vorgesetzten ihn so lange warten ließen, aber was sollte er anderes tun? Und irgendwie hatte er sich an den Irrenarzt gewöhnt. Der verkörperte etwas völlig anderes als seine Kollegen von der Polizei oder etwa die reichen Bauern aus Saint Rémy. Vidocq hatte hier in der Provinz nie richtig Fuß gefasst und so wurde Gachet zu einem seiner wichtigsten Gesprächspartner. Vidocq glaubte manchmal, dass es Gachet ähnlich ging und er war sich sicher, dass sie das beide niemals zugeben würden. Einer plötzlichen Laune folgend, steckte er eine flache Flasche Portwein in die geräumige Innentasche seines weiten Mantels. Dann verließ er sein Büro und ging zu den Droschkenkutschern, die auf dem nahe gelegenen Markplatz ihre

Kundschaft erwarteten.

Auf dem Bock saß Richard, der Kutscher, der Flammarion vor wenigen Tagen in die Nacht gefahren und wieder abgeholt hatte. Er und Vidocq kannten sich, ohne einander dabei allzu viel zu sagen zu haben. Richard bekam so manches mit, was in der Nacht geschah und darum musste er gelegentlich als Zeuge aussagen. Dabei ging es meist um Prügeleien und Einbrüche, selten um Raub, bislang noch nie um Mord. Vidocq nannte sein Fahrtziel und stieg in den Fahrgastraum. Richards Anwesenheit brachte Vidocq dazu, die Ereignisse der Nacht, nach der man Flammarion aufgriff, neu zu überdenken. Lino war da bereits tot, der zweite Mord geschah im Dorf, während der Astronom sich in den Bergen aufhielt. Morgens fand man nur ein schwaches Fernglas und eine sehr kleine Laterne bei ihm. Doch vielleicht gab es noch ein Versteck da draußen in der Wildnis? Mit einer stärkeren Lampe und einem Teleskop? Könnte es sein, dass Flammarion von den Bergen aus Saint Martin beobachtete und dann dem Mörder Lichtzeichen gab? Vidocq wusste von den Saturnringen und den Jupitermonden, deren Beobachtung bereits mit kleinen Fernrohren möglich ist. Aber was könnte jemand in sieben Kilometern Entfernung bei Dunkelheit in einem Dorf erkennen? Um dann was für Zeichen zu geben? Vidocq schüttelte den Kopf. Vermutlich war das ein Irrweg. Also ein Indiz für seine Orientierungslosigkeit.

Als der zur Anstalt führende Seitenweg abzweigte, hielt die Kutsche wie verabredet an und Vidocq stieg aus. Er wollte noch einige Schritte gehen. Es war nicht entscheidend, ob er den Anstaltsleiter antreffen würde, ein Spaziergang in die Stadt zurück wäre in jedem Fall ein Gewinn. Den Portwein müsste er dann wohl aus der Flasche trinken, aber hier draußen würde ihn dabei niemand beobachten. Der gepflegte Polizeioberst verlor sich in Erinnerungen: Wie sie im Kampf gegen die Österreicher deren Weinkeller plünderten; den Tokayer direkt aus kleinen Fässern soffen, siegestrunken plündernd durch die Gassen zogen, ganze Schweine auf Bratspieße steckten und sich dann zerlumpt und verdreckt zum Fressen niederließen. Er seufzte und war doch froh, dass diese Zeiten hinter ihm lagen. Für einen Mann, der über 60 Jahre zählte, war das nichts mehr.

Doktor Gachet sei soeben noch einmal in die Anstalt zurückgekommen, die Pferde dampften noch, berichtete ihm der Pförtner. In letzter Zeit habe der Direktor viel zu tun, setzte er noch nach.

„Ist das ein Versuch, mich in ein Gespräch zu verwickeln?", fragte sich Vidocq. „Gibt es hier eventuell neue, unerwartete Informationen?" Er blickte den Pförtner direkt an. „Was meinen Sie mit ‚in letzter Zeit'?", fragte er.

„Seit Monsieur Deville nicht mehr bei uns ist. Da haben der Doktor und Madame Corbusier alle Hände voll zu tun. Die Vorzimmerdame ist nämlich auch noch da."

„Dann störe ich hoffentlich nicht", antwortete Vidocq und wandte sich von dem Mann ab. Die Erwähnung von Madame Corbusier ließ plötzliche Eile in ihm aufkommen.

„Wenn sie zu dieser Zeit noch im Kontor ist, kann man sie vielleicht zu einem Glas Portwein überreden…"

Die Fenster in der Etage der Anstaltsleitung waren erleuchtet. Vidocq stieg die Treppe hinauf und klopfte an der Tür des Vorzimmers. Keine Reaktion. Er klopfte stärker.

„Seltsam", dachte er. „Wollen die nicht gestört werden? Und wobei?" Er hoffte, der Anstaltsleiter und seine Mitarbeiterin würden die Kasse zählen und darum nicht öffnen. „Oder Madame Corbusier ist in der Anstalt unterwegs und der Doktor hört mich nicht." Vidocq konnte es nicht lassen und lautlos öffnete er die Tür einen Spalt breit. Niemand zu sehen.

„Monsieur, was tun Sie da", ließ Madame Corbusier sich aber in seinem Rücken hören. Vidocq fuhr herum. Die Sekretärin erschien auf dem obersten Treppenabsatz. Sie trug ihre übliche förmliche Kleidung, doch hatte sie ihre sonst meist sehr eleganten Damenschuhe gegen ein bequemeres Modell getauscht. Offensichtlich ein Zugeständnis an die späte Stunde. Und deshalb konnte der Polizeicolonel sie nicht kommen hören und stand nun da wie ein Schuljunge. Er ließ sich aber nicht beirren:

„Ich wollte zu Doktor Gachet und habe mit Ihnen nicht mehr gerechnet. Und ich glaubte, er würde mich nicht hören, darum wollte ich an seine eigene Tür klopfen."

„So spät noch?", murmelte Madame Corbusier, aber zu einem Polizisten hatte sie selbstverständlich Vertrauen und darum winkte sie Vidocq mit einer einladenden Handbewegung in ihr Vorzimmer und schritt an ihm vorbei, um selbst an Gachets Tür zu klopfen.

„Ich weiß nicht, ob er noch da ist. Ich habe heute Abend in Monsieur Devilles Kontor gearbeitet und wollte hier nur noch meine Jacke holen, bevor ich mich nach Hause fahren lasse."

In dem Moment ertönte ein Geräusch. Die Tür zu Gachets Raum wurde von innen verschlossen. Vidocq blickte zu Madame Corbusier, die schaute irritiert.

„Offensichtlich schließt er sich nie ein?", fragte Vidocq.

„Nein, nie, aber so spät bin ich sonst auch nicht mehr hier." Wäre

Vidocq 20 Jahre jünger gewesen, hätte er sofort die Portweinflasche hervorgeholt und die Frau vor ihm nach Gläsern gefragt. Jetzt zögerte er und blickte sie unschlüssig an. War da ein weit entfernter Schrei zu hören? Nichts Ungewöhnliches in einer Nervenheilanstalt, aber das Schreien schien aus der Richtung von Doktor Gachets Räumen zu kommen. Auch Madame Corbusier lauschte konzentriert. Dann hörten sie beide ein Krachen und Poltern, offensichtlich kam es durch die geschlossene Tür vor ihnen. Madame Corbusier erstarrte. Entsetzt schaute sie zu Vidocq. Der zögerte nicht, drückte auf die Klinke der Tür, obwohl das Geräusch des gedrehten Schlüssels kurz vorher unverkennbar gewesen war. Es ließ sich nicht öffnen.

„Doktor Gachet!", rief Vidocq und gleichzeitig begann er, heftig gegen den schweren Flügel der Eichentür zu klopfen. „Doktor Gachet, ist alles in Ordnung?" Keine Antwort – Stille. Er warf sich gegen einen Türflügel. Doch das Holz war von äußerst guter Qualität. Dem Erbauer des Klosters, dem Abt, war seine persönliche Sicherheit wichtig gewesen und Gachet hatte die Scharniere noch verstärken lassen. Immerhin verwahrte er in diesen Räumen Beruhigungsmittel, Medikamente und Nervengifte. Von einem Teil der Anstaltskasse ganz zu schweigen. Vidocq rannte ein zweites Mal gegen die Tür, doch er war nicht mehr der Jüngste. Jäher Schmerz schoss durch seine Schulter, aber der Eichenflügel gab nicht nach.

„Holen Sie Hilfe!", zischte er in Madame Corbusiers Richtung, während er nach einem festen Gegenstand spähte. Er kippte die große Standuhr und drosch sie wie einen Rammsporn auf die Bürotür, die eine Festung hätte schützen können. Das Uhrgehäuse zerbrach sofort, Gachets Büro war immer noch verschlossen. Aus dem Raum drang Krachen und Poltern.

„Wenn Sie jetzt einen Laut abgeben, lasse ich den Colonel eintreten und Sie haben seinen Tod zu verantworten", drohte Gachet und Flammarion setzte seinen Fuß auf die oberste Stufe. Doch aus der Tiefe drangen immer noch Hilferufe. Zwar gedämpft und sehr weit weg, doch es schien hoch und schrill zu sein.

„Nein!", war jetzt deutlich zu hören.

„Dahin gehe ich nicht!", brüllte Flammarion und gleichzeitig ließ er sich mit einer Drehbewegung, die die scharfe Klinge ablenkte, nach hinten stürzen; auf den Arzt. Flammarion war zwar klein, aber breit und kräftig gebaut und geschützt durch die feste Jacke. Er lag auf dem schmächtigen Arzt, stemmte sich halb hoch und ließ sich wieder fallen, gleichzeitig stieß er mit den gefesselten Armen abwechselnd nach rechts und links hinten. Die provisorische Fessel begann sich zu lösen und ihm Spiel zu verschaffen. Flammarion traf mit seinem Ellbogen den Oberarm des Doktors und setzte sofort nach, traf wieder und wieder. Gachet stöhnte.

„Kommen Sie 'rein!'", schrie Flammarion. „Hilfe! Mörder! Hilfe!"
Gachet wand sich unter dem Astronomen hervor, doch ohne seine Waffe in der Hand. Flammarion lag quer vor dem Treppeneingang, drehte sich und stieß mit den Füßen den Säbel die Stufen hinab. Gachet trat nach seinem Gesicht, doch Flammarion konnte sich mit seinen noch halbgefesselten Armen schützen. Er rollte zur Seite und kam hoch. Gachet wand sich für einen Moment auf der Suche nach einem Gegenstand, der als Waffe taugte, von ihm ab. Diese Sekunden nutze Flammarion um anzufangen, die Knoten der Zwangsjacke zu lösen.

Gachet blickt flüchtig zu dem Brieföffner auf seinem Schreibtisch, verwarf die Idee, riss einen der leichteren Stühle in die Höhe und warf sich auf Flammarion. Der war zu sehr mit den Knoten der Zwangsjacke beschäftigt, um weit genug von der Treppe wegzutreten. Die Stuhlbeine trafen ihn an Kopf und Brust und er stürzte in den schwarz gähnenden Treppenschacht. Ein lautes Krachen und Bersten an der Eingangstür übertönte alle Geräusche vom Sturz des Astronomen.

Der Anstaltsleiter hielt einen Moment inne. Der Polizeicolonel war kampferfahren und vermutlich bewaffnet. Dem wollte er nicht in die Hände fallen. Hier bleiben konnte er also nicht. Das Büro lag hoch im ersten Stock, weshalb ein Sprung aus dem Fenster nicht in Frage kam. Und im Gewölbe lauerte etwas und schrie. Doch dort würde er sich hinbegeben müssen. Kurzentschlossen zog er das Dekorationsschwert aus dem Halter unter der Maske. Dann öffnete er noch schnell den Geldschrank, in dem er einen kleinen Teil der Anstaltskasse verwaltete. 200 Francs, immerhin. Laternen standen oben am Treppenabsatz bereit, da war er vorbereitet. Gachet huschte in den dunklen Treppeneingang und ließ den Mechanismus die Tür hinter sich schließen. Einen Moment atmete er auf, einer direkten Verhaftung hatte er sich vorerst entzogen. Kein Schreien zu hören. Er griff nach dem Feuerzeug in der Wandnische. Musste er jetzt wirklich Licht machen? Er wollte warten, bis sich sein Herzschlag beruhigte, doch das geschah nicht. Gachet war voller Angst, sogar Todesangst war dabei. Wer schrie da? Er verfluchte sich für seine Ungeduld. Nachdem er diese geheimen Gänge durch einen Zufall entdeckte, war nie Zeit gewesen, sie vollständig zu untersuchen. Dass sie sehr weitläufig waren, stand allerdings außer Frage. Gachet konnte sich nicht vorstellen, dass es keinen weiteren Zugang oder Ausgang gäbe, doch gefunden hatte er bislang keinen. Und das würde jetzt sehr schnell gehen müssen. Er war nur darauf vorbereitet, einen gefesselten Gefangenen hier unterzubringen. Den Weg zu dem passenden Verlies für dieses Vorhaben kannte er. Die rasende Angst in seinem hämmernden Herzen wich einer schleichenden Furcht. War Flammarion bewusstlos, verletzt, vielleicht tot? Oder verstellte er sich und lauerte? Kein Atem zu hören, nur ein kalter Windhauch aus der Tiefe, keine abgestrahlte Wärme eines sich lautlos nähernden Körpers. Gedämpft immer noch Dröhnen von seiner Bürotür. Wie lange würde sie standhalten? Es schreckten nicht gleich alle auf, wenn nachts in Saint Paul Geschrei und Poltern zu hören war, doch Vidocq würde nicht ewig allein bleiben.

Kurz entschlossen entzündete er eine Laterne, ewig könnte er hier im Dunkeln nicht warten. Flammarion lag wenige Stufen vor ihm auf dem ersten Treppenabsatz. Gachet näherte sich vorsichtig. Der Astronom war reglos. Gachet widerstand der Versuchung, sich vorbei zu schleichen. Er würde Flammarion fesseln müssen. Vielleicht bräuchte er noch eine Geisel. Sonst hätte er ihn jetzt getötet. Doch der Doktor ging vorsichtig zu Werk. Er löste seinen eigenen Gürtel und schlang den um die Knöchel des leblos Daliegenden. Erst dann wagte er es, den Astronom umzudrehen und möglichst rasch auch den zweiten Arm wieder in den Ärmel der Zwangsjacke zu schieben. Als er Flammarion wieder drehte, um hinten die Verschnürung zu schließen, begann der bereits leise zu stöhnen. Also lebte er noch. Doch das war jetzt nicht wirklich wichtig, der Astronom war nur ein Pfand für den Notfall. Jetzt hieß es, einen Ausgang zu finden, ohne von dem aufgespürt zu werden, der da schrie. Oder schreien ließ. Gachets Angst stand fast wie eine Wand vor ihm in dem niedrigen Gang. Sein Magen krampfte sich zusammen, sein Genick war hart wie Stein. Er rannte zurück. Er würde sich aus dem Fenster seines Arbeitszimmers stürzen, war da nicht eine Magnolie, deren Äste er vielleicht sogar erreichen konnte? Er stieg die paar Stufen wieder hinauf und betätigte den Öffnungsmechanismus. Nichts geschah. Wieder und wieder ließ Gachet den Hebel hin und her gleiten. Ohne Wirkung. Offensichtlich gab es zwei Riegel. Oder die viele hundert Jahre alte Konstruktion hatte gerade eben ihre Funktion eingestellt. Gachet tastet die Wand ab. Nichts. Er untersuchte die Mauerritzen, so gut es bei dem trüben Licht möglich war. Immer noch nichts.

Gachet wusste nichts von der Vorsicht des Abtes, der dieses Kloster vor langer Zeit plante. Der wollte sich vor Überraschungen schützen und ließ die Geheimtüren so konstruieren, dass er von seinem Arbeitszimmer aus bestimmen konnte, von welchen Seiten der Riegel sich öffnen ließ. Bei seinen Erkundungsgängen hatte Gachet zwar die Tür immer hinter sich zugezogen aber nie fest verschlossen. Das war jetzt auf der Flucht vor Vidocq zum ersten Mal geschehen. Nun saß er in der Falle. Ob man in der Tiefe schon von seinem Kommen wusste? Der Schrei klang weit entfernt, hatte vielleicht sogar Flammarions Sturz übertönt. Doch warum herrschte dann jetzt Ruhe? Und ob jemand, der sich hier herumtrieb, die Nerven besäße, in völliger Finsternis auf ihn zu warten? Gachet schlich langsam vorwärts, von Gang zu Gang tastete er sich vor, seine Laterne so weit wie möglich abgeblendet. Den Astronomen musste er vorerst liegen lassen, er hatte jetzt andere Sorgen. Doch halt, warum Flammarion nicht wecken? Vielleicht begänne der zu stöhnen, sogar zu rufen. Das könnte die Unbekannten aus der Tiefe vielleicht ablenken. Er stieg die wenigen Stufen wieder hinauf, entzündete eine kleine Laterne, die er neben Flammarion auf den Boden stellte. Er rüttelte und schüttelte den fast leblosen Körper, bis der Astronom die Augen öffnete. Sofort verschwand Gachet in der Dunkelheit. Nur ein winziger Lichtfleck vor seinen Füßen blieb noch kurze Zeit zu sehen.

Angst, Ahnung eines drohenden Übels, begleitet von unangenehmem Bangigkeitsgefühle, Herzklopfen u. allgemeiner Unruhe, mit dem Bewußtsein der Unfähigkeit, das Übel abzuwenden. A. wirkt störend auf das Nervensystem u. auf den Kreislauf des Blutes, ja lähmt sogar dasselbe vorübergehend, wie die Blässe u. Kälte der Haut, das Zittern der Glieder, die Hemmungen, oft aber auch unwillkürlichen Ausleerungen des Stuhlgangs, Urins, Samens, der kalte Schweiß (Angstschweiß) u. Ohnmachten während der A. beweisen.
Pierer's Universal-Lexikon, 1857

Dupres zerrte Chlodette auf einen der großen massiven Eichentische. Er fesselte ihre Arme an zwei Tischbeinen und ihre Füße am gegenüber liegenden Tischende. Sie lag nun mit weit gespreizten Beinen vor ihm. Vergessen war die Idee, ihre Wäsche in seiner Kammer zu verwahren; mit einem heftigen Griff, der den Stoff reißen ließ, entblößte er sie. Seine eigene Hose öffnete er auch mit hektischen Bewegungen. Doch dann geschah, was er befürchtete, was er in seinem Innersten schon wusste. Er wollte in die begehrenswerte Frau eindringen, doch seine Manneskraft ließ ihn im Stich. Er war nicht der Kerl, der er immer sein wollte und jetzt brachten seine Angst und seine Nervosität ihn um den so heiß ersehnten Genuss. Chlodette erwachte allmählich. Sie brauchte einige Zeit, um zu begreifen, dann überschattete die Angst ihr hübsches Gesicht. Als sie jedoch Dupres' geknickte Männlichkeit erkannte, floss auch Verachtung in ihren Blick.

„Willst du mich heiraten?", fragte der von ihr besessene Irrenschließer sie trotzdem. Chlodette konnte es nicht glauben.

„Sie heiraten?", flüsterte sie nur.

„Ja mich, gleich heute noch!" Er beugte sich über die Gefesselte und küsste ihre Brüste. Speichel lief auf die schöne Köchin herab.

„Bitte lassen Sie mich gehen", flehte sie.

„Dich gehen lassen, zu einem anderen? Nein? Und wenn, dann sollt ihr keinen Spaß haben." Dupres riss sein Messer hinten aus seinem Stiefel und nährte sich Chlodettes Weiblichkeit. Die Spitze berührte ihre Scham.

„Nein!", schrie die gequälte Frau. „Nein!" Panik überkam sie wie eine rasende Sturmflut. Sie bäumte sich in ihren Fesseln, versuchte zu treten, spuckte in Dupres Richtung. Der schlug hart und fest zu, zweimal in ihr Gesicht. Chlodette war still.

In Dupres arbeitete es. Er war zu weit gegangen, das wusste er. Niemals könnte er seine Gefangene laufen lassen, doch sie wirklich töten? In seiner Fantasie hatte er bereits viel schlimmere Dinge getan, aber jetzt, in der Wirklichkeit?

Ein klirrendes Geräusch ertönte, wie von Metall, eine Treppe hinunterstürzend. Sofort drückte Dupres seine Klinge Chlodette an den Hals.

„Nur ein Laut und du stirbst sofort!", zischte er leise. Er löschte zwei von drei Kerzen sofort, lauschte noch und witterte. Ein dumpfer Aufprall war zu hören. Dupres löschte die letzte Kerze. Absolute Dunkelheit umfing ihn und die Köchin. Und Stille. Nichts weiter geschah. Dupres Herz klopfte ihm im Halse. Angst griff mit einer kalten schwarzen Hand nach ihm. „Ratten", versuchte er sich einzureden. Das Klirren hätten sie irgendwie verursachen können, doch der dumpfe Sturz war zu schwer gewesen. Er war nicht mit seinem Opfer allein.

Es ist schwer, in einem verzweigten Kellergewölbe die Richtung eines Geräusches auszumachen, aber Dupres dachte nach. Metall war scheppernd über mehrere Absätze gestürzt, da gab es keinen Zweifel. Und in der Richtung, aus der er mit seiner Gefangenen gekommen war, da gab es keine Treppe. Also lag die Gefahr vor ihm, tiefer in dem Labyrinth. Sollte er jetzt flüchten? Dann müsste er Chlodette auf der Stelle töten.

Er prüfte mit dem Daumen die Schärfe seiner Klinge. Er schlich lautlos zu dem Eichentisch. Etwas hinderte ihn.

„Mord!", tönte es in seinem Kopf. Einfach nur das eine Wort: „Mord!" Wer machte sich denn wohl hier unten noch zu schaffen und was waren das für eigenartige Geräusche gewesen?

„Es klang fast wie ein Kampf", dachte Dupres.

Der verzweifelte Dupres, der seine Angebetete nicht töten konnte, machte dem bewährten Dupres Platz. Dem, der umherschlich und auf seinen Vorteil lauerte. Wenn dort im Verborgenen gekämpft wurde, ließe sich da nicht eingreifen und Gewinn erzielen? Er beschloss, wenigstens ein paar Schritte in die Richtung der Geräusche zu gehen und zu versuchen, die Lage zu sondieren. Die erste Tür war schnell gefunden, noch befand er sich auf vertrautem Terrain. Er holte Gachets Pistole hervor, die er für diesen Streifzug eingesteckt hatte. Es zog ihn weiter, in den anschließenden Raum. Auch hier war er schon gewesen. Doch nach der nächsten Tür wurde er unsicher. Wie viele Abzweigungen gab es noch? Waren sie verschlossen? Wie war dieses Gewölbe aufgebaut? Türen nur vor den Räumen und die abzweigenden Gänge unverschlossen? War das ein durchgehendes Schema? Seine Hand glitt an eine Wandecke. Kein Widerstand. Also ein Abzweig? Dupres spähte in die Tiefe. Nicht der kleinste Lichtschein. Er wollte sein eigenes Feuerzeug kurz entzünden, doch die Angst war zu groß. Er würde das Gewölbe verlassen, Chlodette müsste einfach hier bleiben. Er ging zurück, schloss alle Pforten hinter sich. Einen Blick wollte er noch auf seine Geliebte werfen, Licht konnte er hier gefahrlos anzünden. Doch der leere Eichentisch starrte ihn an. Dupres verfluchte seine Sorglosigkeit. Er war sich seiner Gefangenen sicher gewesen, hatte eigentlich auch keinen Moment lang vorgehabt, sie hier allein zu lassen. Und Frauen waren mit Schnüren und Bändern einfach geschickter als Männer. Sein Blick fiel auf die schwere Tür, durch die er den ihm vertrauten Ausgang erreichen könnte. Sie war geschlossen und der Schlüssel steckte nicht mehr. Dupres wagte es kaum, zu versuchen, sie zu öffnen. Doch es musste sein. Die Pforte war versperrt. Würde Chlodette entkommen können? Er hatte den äußersten Eingang ebenfalls abgeriegelt, doch er wusste nicht, ob die Schlüssel der Türen dieses Labyrinths sich unterschieden. Mit zitternden Fingern holte er den Eingangsschlüssel hervor. Er passte nicht. Dupres sank an der Wand herunter, seine letzten Kräfte verließen ihn. Sollte er jetzt klopfen und rufen, um Gnade bitten? Würde Chlodette ihn hören? Und das Andere, was sich hier unten herumtrieb, würde es ihn auch hören? Müsste Chlodette nicht auch bald klopfen oder rufen, weil sie ebenfalls in der Falle saß? Dupres trieb es hinaus aus diesem Raum. Hier hatte er versagt und hier war ihm der Ausgang versperrt. Er würde den zweiten Ausweg finden und herausbekommen, wer hier noch umherstrich.

Nach wenigen Abzweigungen wurde er unsicher, die weitere Richtung betreffend. Licht, er brauchte Licht. Nur für Sekunden.

Doktor Gachet sah Dupres Lichtschein kurz aufflammen. Er selbst stand im Schatten, zitternd vor Angst und doch zu allem bereit. Es würde leicht sein. Hier bräuchte er nur zu warten, bis Dupres bei ihm wäre. Die nach vorne gerichtete Pistole würde sich auch im Dunkeln greifen lassen. Schleichende Füße näherten sich. Als sie sehr nah waren, streckte Gachet seinen Arm nach vorne und griff sofort Metall. Volltreffer! Er riss an der Waffe und stürmte an dem völlig überraschten Dupres vorbei.

Dem Irrenschließer, der es gar nicht wagte, die Verfolgung aufzunehmen, war der Anstaltsleiter also leicht entkommen. Doch die Schatten seiner Vergangenheit ließen sich nicht abschütteln. Schon an hellen, sonnigen Tagen im Garten von Saint Paul konnten sie hinter Mauervorsprüngen oder in dunklen Büschen lauern, auch die felsigen Spitzen der Apilles am Horizont hatten ihn schon manchen Angstschauer erleben lassen.

In diesem dunklen Gewölbe war es kaum auszuhalten. Roger tauchte vor ihm auf, hielt als lebende Fackel auf ihn zu und versperrte den Weg. Drehte er sich um, standen dort Lino und Sarah, beide mit einer Pistole auf ihn anlegend.

Am schlimmsten aber war Roulin: So schnell war sein Tod gekommen, zwischen dem Besuch bei dem Maler im Bad und der Anweisung an Dupres, van Gogh in sein Büro zu holen, war nicht viel Zeit geblieben. Doch er, Gachet hatte es geschafft: Roulin zu van Gogh schicken, ihm auf leisen Sohlen folgen und dann mit dem Pinsel zustechen, war ein Wunderwerk an Präzision gewesen. Töten konnte sehr befriedigend sein. Dieses Gefühl von Macht und Endgültigkeit ließ sich durch nichts überbieten. Das mit dem Ohr wurde dann zu einer Herausforderung. Die Messerklinge war lange unbenutzt gewesen und die Klinge viel zu stumpf für eine saubere Arbeit. Doch der theatralische Effekt des Ohres an der Stuhllehne war fest eingeplant und wie hätte ein nur angeschnittener Kopf bloß ausgesehen? So musste die furchtbare Säbelei irgendwie zu Ende gebracht werden.

Endlich kam Madame Corbusier in Begleitung von zwei kräftigen Wärtern. Einer von beiden trug einen stabilen Spaten in der Hand. Vidocq trat zur Seite und der Wärter rammte ohne weitere Fragen das Spatenblatt hinter den Türfalz. Er nutzte sein Werkzeug als Hebel und einige große Holzsplitter fielen herab. Die Tür blieb zu. Der Mann setzte etwas tiefer nochmals an und hebelte wieder. Das gleiche Ergebnis: Der Türfalz löste sich ab, doch die Tür öffnete sich nicht. Vidocq nahm den Spaten an sich und versuchte sein Blatt zwischen Tür und Rahmen hindurchzustoßen. Aber die alten Handwerker hatten ganze Arbeit geleistet und Vidocq bleib der Erfolg versagt.

Madam Corbusier hatte jedoch gründlich Alarm geschlagen und schon bald erschien weiteres Personal. Einer von ihnen trug eine solide Brechstange bei sich. Er machte sich ans Werk und nach einigem Schimpfen und Fluchen hing die massive Eichentür neben ihren Scharnieren. Vidocq stürzte als Erster in Gachets Büro. Sein Blick fiel sofort auf den offenstehenden Wandschrank und die verschobenen Bücherborten in seinem Inneren. Der Öffnungsmechanismus war schnell gefunden und bald hielt Vidocq eine Laterne in den gähnenden Treppenschacht. Flammarion stand unten auf dem ersten Absatz.

„Ein Glück, dass Sie hier sind", rief der Astronom. „Gachet wollte mich tatsächlich umbringen."

„Sind Sie allein?", gab der Polizeicolonel zurück.

„Das will ich hoffen", antwortete Flammarion. „Als Sie oben anfingen die Tür zu bearbeiten, hat Gachet sich aus dem Staub gemacht." Flammarion stieg die Stufen hinauf, aus seiner Zwangsjacke hatte er sich befreien können. „Aber hier unten ist noch jemand. Ich habe Schreie gehört."

„Schreie?"

„Ja, entsetzliche Schreie, aber nur eine ganz kurze Zeit lang." Der erschöpfte Astronom lehnte sich an die Wand. „Ich kann es selbst schon gar nicht mehr glauben, so unwirklich war das."

„Herr Flammarion, bitte ruhen Sie sich aus. Aber Sie müssen das hier in Saint Paul tun." Vidocq wandte sich an die herbeigeeilten Wärter und Pfleger. „Meine Herren, einige von Ihnen kennen mich. Sie alle sollten wissen, dass ich der Polizeichef von Saint Rémy bin. Und dass Gefahr im Verzuge ist." Die beiden ersten Wärter, die sich so redlich mit dem Spaten bemühten, sah er jetzt direkt an. „Ich möchte Sie bitten, diesen Herren", er wies auf Flammarion, „hier in der Anstalt unterzubringen. Und ihn dabei gut zu behandeln. Weiter möchte ich Sie bitten, die Polizeiwache in der Stadt zu informieren. Sie sollen mit mehreren Männern herkommen." Er blickte ihnen in die Augen. „Kann ich mich auf Sie verlassen?" Die beiden nickten ihm nur zu und nahmen Flammarion in die Mitte. Der setzte zwar zum Protest an, aber Vidocq schnitt ihm das Wort ab. „Mein Herr, Sie sind nun wiederholt unter zweifelhaften Umständen angetroffen worden. Haben Sie noch Hinweise zu machen, die meiner Sicherheit dienen, wenn ich diese Treppe hinuntersteige? Alles andere können Sie später erzählen."

„Ich bin von Gachet bedroht worden, mit einem scharf geschliffenen Säbel ist er auf mich losgegangen. Und jetzt wollen Sie mich wieder einsperren? Ich protestiere energisch gegen eine solche Behandlung."

„Meine Herren", wandte Vidocq sich erneut an die beiden Wärter. „Die gute Behandlung dieses Mannes ist nicht mehr ganz so wichtig. Es ist nur von Bedeutung, dass er zur Stelle ist, wenn die Polizei ihn verhören möchte." Die beiden kannten einige feste Griffe und es war nicht Flammarions Sache, sich mit Körperkraft gegen eine polizeiliche Anordnung zur Wehr zu setzen. Er ließ sich ohne weiteren Widerstand abführen. Seine beiden Begleiter waren vermutlich froh, von diesem unheimlichen Treppenloch wegzukommen. Zu zweit einen Akademiker in eine Zelle zu bringen, war eine überschaubare Aufgabe.

Vidocq wandte sich nun an die übrigen Wärter. „Ist einer von Ihnen hier weisungsbefugt?" Die sechs Männer sahen sich fragend an. „Wo ist denn Dupres?", fragte einer. „Ja, genau, Dupres. Der ist nach Gachet unser Boss, seit Monsieur Deville nicht mehr das ist."

„Ich habe dich doch zu ihm geschickt", sprach Madame Corbusier einen der Schließer an. „Wo ist Dupres denn?"

„Ich habe einen verrückten Lärm an seiner Tür gemacht. Es war verschlossen. Und da hat sich nichts gerührt."

Vidocq legte für einen Moment die Stirn in Falten. „Sei es drum, ich kann Sie auch um Ihre Begleitung bitten." Er dachte noch einen Moment nach. „Ich will nur diese Treppe herunter gehen und mich da unten etwas umsehen. Ich kann niemanden von Ihnen zwingen, aber da Gefahr im Verzuge ist, möchte ich Sie an Ihre Bürgerpflicht erinnern." Er setzte ein Grinsen auf, das ihm Ähnlichkeit mit einem Haifisch verlieh. „Und Ihr scheint mir ja alle recht kräftige Kerle zu sein." Vidocq kannte diesen Menschenschlag und darum wartete er keine Einwände und Antworten ab. „Vorwärts!", sagte er nur. „Wie ich sehe, stehen hinter der Tür schon Kerzen bereit." Er machte gleich die ersten Schritte die Treppe hinab. Mit einigem Abstand folgte ihm der kleine Trupp der Wächter und Pfleger.

Vidocq war erstaunt über die Weitläufigkeit der unterirdischen Anlage. Er hatte mit ein oder zwei kleinen Kammern und vielleicht einem Verlies gerechnet, aber nicht mit langen Gängen und großzügigen Räumen. Ihm wurde klar, wie dringend er die Unterstützung seiner Gendarmen brauchte. Doch einfach so zurückgehen und die Untersuchung zu verschieben, das entsprach überhaupt nicht seinem Naturell. Und das Anstaltspersonal, einmal hier unten, würde auch nicht gleich wieder verschwinden.

Die Luft war feucht in dem düsteren Gewölbe, der Boden aber fest und trocken. Nur die Treppe war etwas glitschig gewesen.

„Kein Staub und keine Spinnenweben", murmelte Vidocq, das ist doch gar nicht schlecht. Er wollte vorerst auf lautes Rufen verzichten. Wenn hier jemand geschrien hat, dann gibt es vermutlich einen Täter und ein Opfer. Und den Täter wollte Vidocq nicht vorzeitig warnen. Er öffnete mittlerweile die vierte Tür und gewann den Eindruck, sich von den Wärtern zu entfernen, weil diese immer weiter zurückblieben. Sollte er umkehren? Doch nach der nächsten Tür stieß er tatsächlich auf Dupres. Der kauerte am Boden und schien von dem plötzlichen Licht geblendet.

„Dupres, Sie hier?", rief der Polizeicolonel überrascht, vergaß es aber nicht, seinen Revolver auf den Irrenwärter anzulegen. Der gab sich erleichtert.

„Ein Glück, dass Sie gekommen sind, ich dachte schon, ich solle hier verrotten."

„Wie sind Sie denn hier hingekommen?"

„Ich weiß nicht, die Köchin hat mich in den Keller gelockt und dann wurde ich plötzlich von hinten niedergeschlagen. Danach zog man mir einen Sack über den Kopf und schleppte mich hierher."

„Und das ist alles?", fragte Vidocq ungläubig.

„Ich hörte noch ein Lärmen und Poltern und danach war ich allein."

„Wo ist denn der Sack?"

„Der Sack?" Vidocq und Dupres sahen sich beide suchend um.

„Ich weiß nicht, im Nebenraum vielleicht. Ich habe versucht, einen Ausgang zu finden. Doch hier in der Dunkelheit habe ich mich nicht orientieren können. Haben Sie vielleicht einen Schluck Wasser für mich?"

„Wasser?" Der Colonel zuckte mit den Schultern. „Haben wir nicht." Er prüfte die Tür zum nächsten Raum. Sie war verschlossen. „Von dort sind Sie also nicht gekommen?", fragte er Dupres.

„Nein, nein, gewiss nicht."

„Und Sie haben auch keinen Schlüssel für diese Tür?"

„Wie sollte ich?"
„Durchsucht ihn!"

Freiheit! Sie hatte es tatsächlich geschafft. Nachdem Chlodette das
schwere Regalbrett zum vielleicht hundertsten Mal gegen die massive
Tür rammte, gab diese endlich nach. Die Köchin konnte nun den verborgenen Gang, der in ihre Küche führte, durchschreiten. Das Herz
klopfte ihr im Halse. Hatte sie das eben wirklich erlebt? Betäubt, gefesselt und missbraucht? Chlodette schüttelte sich.
Doch leider musste sie zurück. Die Wände der Zisterne mit dem geheimen Mechanismus waren zu steil. Sie würde mindestens einen Stuhl
brauchen, um die obere Kante erreichen zu können. Voller Angst kehrte
sie in das Verließ zurück. Doch kein Dupres stand im Schatten und be-
täubte sie erneut. Ohne Probleme konnte sie einen geeigneten Stuhl und
einen passenden Hocker aussuchen und den Rückweg antreten. Mit dem
zusammengesuchten Mobiliar gelang ihr die Flucht aus dem unheimlichen Wasserbassin.
In der Küche kamen dann die unterdrückten Tränen. Chlodette mochte
nicht an die Wirklichkeit dessen glauben, was sie eben erlebte. Sie
schluchzte heftig und ihre Schultern bebten. Erst bei der Suche nach
einem Schnupftuch, wurde der Köchin ihre Nacktheit wieder bewusst.
„Dieses Schwein!", dachte sie, während ihr suchender Blick durch den
geräumigen Raum streifte. Ein Lappen zum Nase schnäuzen war schnell
gefunden, mit Ersatz für das zerstörte und im Gewölbe liegen gelassene
Kleid war es schwieriger. Chlodettes Blick fiel auf die gemusterte
Tischdecke. Gemüse putzen und Fleisch klopfen machte sie in diesem
Arbeitsraum natürlich auf den blankgescheuerten Bohlen des Holzti-
sches. Doch nach getaner Arbeit, wenn sie und ihre Hilfsmägde sich
eine Pause redlich verdient hatten, kam immer eine hübsche Decke auf
den Tisch und der Tee wurde in der verzierten Kanne serviert. Die Tränen brachen erneut hervor. Sie wickelte sich das Tischtuch als Rock um
die Hüften und fixierte es mit einem Fleischspieß. Der Fenstervorhang
sollte ihr Oberkleid werden. Chlodette war so nervös und bewegte sich
so hektisch, dass sie den Stoff mitsamt der Gardinenstange von der
Wand riss. Weinend hockte sie in den Trümmern und schalt sich wegen
ihres Ungeschicks. Doch sie wollte hier raus.
Die Eingangstür war verschlossen und der Schlüssel fehlte. Aber diese
Vorsichtsmaßnahme des irren Irrenschließers Dupres sollte nur von
außen kommende Besucher fernhalten. Chlodette öffnete das Küchen-
fenster von innen und stieg hindurch.

„Endlich frei, aber wohin jetzt?" Sollte sie in ihr Zimmer gehen und einfach versuchen zu schlafen? Der Gedanke erschien ihr absurd. Einen Nachtwächter in einem der Schlafsäle der Irren ansprechen? Die Vorstellung, sich jetzt mit einem Mann bei Nacht unbeobachtet in einem Raum aufzuhalten, erschien ihr nach dem eben Erlebten abwegig.

„Doch wohin? Ist da Licht zu sehen? In dem prächtigen Gebäude des Anstaltsleiters?" Doktor Gachet würde ihr helfen können, wenn er zu dieser späten Stunde wirklich noch bei der Arbeit wäre und nicht einfach vergessen hätte, die Lampen zu löschen. Schnellen Schrittes näherte Chlodette sich der Villa. Doch sie wurde langsamer. Zweifel stiegen in ihr auf. War Dupres nicht ein enger Vertrauter des Direktors?

„Suchst du was?" Wie aus dem Nichts war der Wärter vor ihr aufgetaucht. Trabuc! Immerhin. Ein strenger Mann mit festen Grundsätzen. Irritiert blickte der auf den seltsamen Aufzug der Köchin, das Ensemble von Tischtuch und Vorhang, ohne Schuhe.

„Ist alles in Ordnung?", fragte er darum. Fast wäre Chlodette ihm in die Arme gefallen um wieder in Tränen auszubrechen, doch schauderte ihr immer noch bei dem Gedanken, einen Mann zu berühren.

„Du glaubst es nicht", kam es mühsam beherrscht heraus. „Was Dupres mit mir vorhatte."

Trabuc kannte die aktuelle Entwicklung aus Gachets Büro noch nicht.

„Dupres? Den suchen wir schon eine ganze Zeit lang," sagte er deshalb.

„Den sucht ihr? Wieso das denn?"

„Chlodette, es tut mir leid, aber die Polizei ist im Hause. Ich habe Anweisungen, alle…", Trabuc stockte, „alle Verdächtigen zu Monsieur Vidocq zu bringen."

Er wartete die Antwort der Köchin gar nicht ab. „He, Gilbert", rief er in die Richtung der anderen Seite der Verwaltungsvilla. „Schau mal mit in meine Richtung, ich bringe unsere Köchin nach oben." Er warf einen mitleidigen Blick auf ihren seltsamen Aufzug. „Madame Corbusier ist auch da", sagte er mit einem bemüht warmen Ton in der Stimme.

Wie in Trance folgte Chlodette dem Wärter in das hell erleuchtete Treppenhaus. „Ich weiß auch nicht, was aus unserer Anstalt geworden ist", murmelte Trabuc entschuldigend. „Die halten Dich bestimmt nicht lange fest."

Auf dem Flur, vor der Tür zur Empfangsdame standen einige Pfleger und Schließer herum. Keiner kommentierte Chlodettes Aufzug, doch fühlte sie sich angestarrt und wäre am liebsten im Boden versunken. Starr blickte sie geradeaus und schritt durch die Eingangstür. Der kommende Schock warf sie fast von den Beinen.

„Da ist ja das Biest!", keifte Dupres. „Die kann Ihnen jetzt bestimmt erklären, was sie mit mir vorhatte und wer ihr dabei geholfen hat." Nur mit der allergrößten Mühe unterdrückte Chlodette den Impuls nach draußen zu flüchten. Mit Erleichterung nahm sie die Handschellen an den Gelenken des Irrenwärters wahr.

„Und Ihnen war nicht bekannt, wie sehr Monsieur Flammarion im Ausland geschätzt wird? Und auch bei der Regierung in Paris?"

„Wäre das wichtig?" Vidocq gab sich absichtlich unkooperativ. „Würde ihm das etwa diplomatische Immunität verschaffen?"

„Immunität!" Der Vertreter des Polizeipräfekten, Lemaitre, winkte ab. „Seit wann sind Sie denn so förmlich?"

Eine deutliche Drohung. Vidocq ignorierte das. Er stand kurz vor der Explosion. Depesche um Depesche hatte er nach Avignon gejagt, telegrafiert und sich mit dem neumodischen Telefon versucht. Ihm war von Anfang an klar gewesen, dass dieser Fall Brisanz entwickeln könnte. Und Avignon hatte ihn hängen lassen. Wenn man ihn unbedingt absägen musste, dann wollte er wenigstens wissen, dass er sich gewehrt hatte. Und es entsprach einfach nicht seiner Natur, jetzt herumzuschleimen und den unfähigen Befehlsempfänger zu spielen. Ihm war nicht klar, ob Avignon einfach aus schlechter Organisation heraus seine Anfragen nicht früh genug kompetent beantworten konnte, oder ob er das Opfer einer ausgefeimten Strategie werden sollte. Das war ihm mittlerweile auch egal. Den ganzen Morgen schon musste er das Geschwätz des blasierten schwitzenden Beamten ertragen, das Geschwätz eines Mannes, den er in einer zünftigen Rauferei mit zwei bis drei kräftigen Hieben erledigen könnte.

„Es gibt hier mehrere Verdächtige und die habe ich festgehalten. Wenn Sie davon einen frei lassen wollen – hier sind die Schlüssel für die Wache. Die Irrenanstalt in Saint Paul ist momentan ohne Leitung. Wenn Sie dort mit einem großen Dienstsiegel herumwedeln, finden Sie bestimmt auch noch jemanden, der den verrückten Künstler frei lässt. Und der Irrenschließer und die Köchin sind vermutlich nicht so wichtig, denen kann man dann vielleicht alles anlasten. Habe ich Sie da richtig verstanden?"

Lemaitre seufzte. Er hatte durchblicken lassen, wie wichtig es für seinen vorgesetzten Präfekten sei, als fortschrittlich denkender Demokrat dazustehen. Er war auf dem Weg in ein Ministeramt. Da konnte er einen Skandal um einen unrechtmäßig festgehaltenen Wissenschaftler nicht brauchen. Vor allem nicht wenn es sich dabei um eine international beachtete Person handelte. Der Künstler war weniger wichtig, trotzdem gab es ein Papier, ohne Siegel und Unterschrift, aber unbedingt als Anweisung zu verstehen, in dem zwei Punkte nicht verhandelbar waren. „Der Astronom und der Maler werden freigelassen." Nach Aktenlage war das auch in keinster Weise zu beanstanden. Der erste Mord fand statt, als Monsieur Flammarion noch im Zug von Paris nach Saint Rémy saß. Beim zweiten Mord war er weit entfernt in der Wildnis angetroffen worden, sogar von einem Polizeigendarm. Der dritte und der vierte Mord ereignete sich in einer geschlossenen Anstalt, zu der Flammarion keinen Zugang besaß. Also sofortige Freilassung. Es ist dabei unbedingt davon auszugehen, dass die manchmal nicht bestreitbar ungewöhnlichen Umstände, unter denen der Direktor der Pariser Sternwarte angetroffen wurde, von ihm selbst nicht verursacht wurden oder wenn doch, dann im Dienste der Wissenschaft stattfanden.

Des Weiteren sei davon auszugehen, dass die Schuldigen an den Verbrechen aus dem Kreis der Personen kommen, die Polizeioberst Vidocq in dem Gewölbe unter Doktor Gachets Arbeitszimmer angetroffen, respektive gesucht habe. Der Anstaltsleiter komme als Verdächtiger also auch in Betracht. Der Maler sei aber mit sofortiger Wirkung auf freien Fuß zu setzen, unter der einzigen Auflage, sich wöchentlich beim Amtsarzt von Saint Rémy zum Gespräch einzufinden. Es sei ihm dabei freigestellt, seinen Aufenthaltsort zu wechseln, solange er eine Adresse für den wöchentlichen Arztbesuch angeben könne.

Das klang zwar alles sehr vernünftig, doch nur unter der Prämisse, dass es nur einen einzigen Täter gäbe. Was in Vidocqs Augen noch lange nicht erwiesen war. Aber ihm war klar geworden, wie wichtig es dem Präfekten in Avignon sein musste, diesen Fall ohne weiteres Aufsehen abzuschließen. Er hätte sich damit arrangiert, wenn es nicht einen Umstand gäbe, der ihm Sorgen machte. Die fehlende Unterschrift auf der Anweisung des Präfekten. Der wollte sich scheinbar eine Hintertür aufhalten, um unangreifbar zu sein, wenn doch noch Beweise gegen den Astronom oder den Künstler auftauchen sollten. Ermittlungsfehler des Untersuchungsbeamten würde es dann heißen und das müsste natürlich Konsequenzen haben. Für diese Konsequenzen wollte Vidocq nicht zur Verfügung stehen. Eine direkte Befehlsverweigerung kam aber auch nicht in Frage. Also griff er zu einer kleinen List.

„Pierre, würden Sie bitte hereinkommen", rief er in den Vorraum. Der Gendarm erschien fast sofort. „Dieser Herr hat eine Anweisung für Sie, den Künstler in Saint Paul betreffend", informierte ihn Vidocq. Weiter sagte er nichts, schaute nur den stellvertretenden Präfekten an. Der schien zu begreifen und versuchte sich herauszuwinden.

„Seit wann bin ich für die Einsätze der Gendarmen in ihrem Departement zuständig?", fauchte er den Polizeioberst an.

„Da es keine schriftlichen Anordnungen gibt, können Richard und mir später, wenn Sie fort sind, vielleicht Zweifel kommen, ob wir Sie richtig verstanden haben. Und das würde unsere Arbeit beeinträchtigen", grinste Vidocq süffisant. Er war froh, dabei nur dem stellvertretenden Präfekten gegenüber zu sitzen.

„Lassen Sie den hier unrechtmäßig inhaftierten Herrn Flammarion frei!" kommandierte der aber nun ohne weitere Verzögerung. Ihm war völlig klar, wie wenig Gehör man in einer langwierigen juristischen Untersuchung einem Dorfgendarmen schenken würde, sollte jemand sich erdreisten, die Arbeit eines Polizeipräfekten in Frage zu stellen. „In die Irrenanstalt komme ich mit", wandte er sich wieder an Vidocq. „Von den Verhältnissen dort möchte ich mir gerne selbst ein Bild machen. Irgendjemand werden wir wohl finden, der dort momentan die Schlüssel, das Geld und die Medikamente verwahrt."

„Irgendjemand, ja", gab Vidocq vage zurück. Er rechnete damit, Madame Corbusier in dieser Position vorzufinden, sah aber keinen Grund, das Fernand Lemaitre zu erzählen.

Jedenfalls ließ man anspannen und erreichte nach einer kurzen Kutschfahrt die ehemalige Abtei. Dem Pförtner war Vidocq persönlich bekannt und er hatte keine Einwände, den Polizeiobersten und seine teuer gekleidete Begleitung in die Anstalt einfahren zu lassen. Sie würden die Sekretärin Doktor Gachets in dessen Arbeitszimmer antreffen, informierte er sie. Vorübergehend sei sie die Ansprechpartnerin für alle Fragen, die außerhalb der alltäglichen Routine lägen.

„Ist Theo noch hier?", war Vincents erste Frage, nachdem man ihn von seiner Freilassung informierte und die Schnüre seiner Zwangsjacke löste.

„Theo?" Vidocq brauchte einen Moment. „Ach, Sie meinen Ihren Bruder? Herr van Gogh, Ihr Bruder ist uns keinerlei Rechenschaft schuldig. Ich kann Ihnen leider keine Auskunft über seinen Aufenthaltsort geben."

„Er sollte hier sein, doch sollte er auch in Paris sein, bei Johanna und dem neuen Vincent." Der Maler sah zu Boden. „Wo werde ich wohnen?", fragte er. Vidocq blickte Madame Corbusier an, die schaute zu Lemaitre.

„Wo Sie wollen Monsieur, das liegt ganz ihn Ihrem Ermessen. Sie können auch zurück nach Arles gehen, aus polizeilicher Sicht liegt nichts gegen Sie vor. Sie verdanken das alles Monsieur Calambert, unserem modernen Polizeipräfekten. Wenn er erst Minister ist, werden sich noch einige Dinge grundlegend ändern."

„Arles!" Vincent sagte nur dieses einzige Wort, doch die Umstehenden sahen ihn erwartungsvoll an. „ Ein Mensch muss wissen, wenn er gescheitert ist." Van Gogh blickte Lemaitre direkt in die Augen. „Wir dürfen nicht aufgeben, aber wir sollen auch keine Irrwege gehen."

Lemaitre schaute hilflos und überrascht. „Ich bin sicher, Sie finden etwas Passendes", fing er sich aber rasch wieder. „Madame Corbusier, mit Ihnen würde ich gerne noch einige Details zu den Vorgängen der vergangenen Tage erörtern. Ginge das vielleicht gleich jetzt?"

„Sicher", gab Madame Corbusier zurück. Mitfühlend wandte sie sich an Michel, den einzigen anwesenden Wärter. „Bringen Sie Herrn Van Gogh vorerst in eine freie Zelle. Er wird vielleicht etwas Ruhe brauchen."

Es herrschte Zwielicht in der Redaktion. Ismael Chambres mochte es so. Nachdem er die Nacht mit der eintönigen Arbeit an der Setzmaschine verbracht hatte, war sein Kopf wieder frei für die Arbeit an einem neuen Artikel. Damit würde er die letzte weiße Stelle auf dem Druckbogen füllen. Doch die Geschichte selbst wies noch zu viele blinde Flecken auf: Es gab mehrere Verdächtige, aber keinen überführen Täter. Und es waren zu viele Verbrechen. Sollte plötzlich, nach Jahren der Ruhe, gleich eine ganze Gruppe von Mördern in Saint Paul, Saint Rémy und Saint Martin ihr Unwesen treiben? Unwahrscheinlich. War es dann ein Serienmörder oder zwei? Warum nicht drei?

Flammarion und van Gogh waren jedenfalls entlassen worden. Das konnte er schreiben. Ob sie wirklich unschuldig waren, wusste er nicht.

Doktor Gachet war verschwunden und wurde von dem Astronom schwer belastet. Ob alles stimmte, was dieser berühmte Autor aus Paris erzählte? Chambres war von Flammarions Büchern sehr beeindruckt gewesen, der persönliche Kontakt hatte ihn enttäuscht. Doch das gehörte nicht hierhin.

Und Dupres und die Köchin? Zwei völlig gegensätzliche Versionen der gleichen Geschichte. Aber bei Dupres waren einige Schlüssel gefunden worden, die er in seiner Position gar nicht besitzen dürfte. Und einer davon passte zum Eingang der Gewölbe, was ihn schwer belastete. Darum saß nur er in einer Zelle, Chlodette war frei. Wenn auch nur unter der Auflage, sich für weitere Fragen zur Verfügung zu halten.

„Doktor Gachet eine Bestie!" Das wäre zu reißerisch. Chambres strich diesen Satz wieder durch. Seriosität und möglichste Objektivität waren Grundpfeiler seiner Zeitung.

„Mordserie bald aufgeklärt". Das erschien ihm schon besser, aber noch nicht ganz stimmig. Ein Fragezeichen fehlte, das war es:

„Mordfälle bald alle gelöst?", So würde er formulieren, das traf den Kern der Geschichte.

Mord heißt die mit Vorbedacht, also absichtlich unternommene und ausgeführte, unbefugte Lebensberaubung eines Menschen, die Vernichtung des eignen Lebens (s. Selbstmord) nicht ausgenommen. Unter den Begriff des Mordes fällt daher nicht die Tödtung eines Menschen aus Amtspflicht, im Kriege, aus reinem, unverschuldetem Zufall, wobei den Thäter keine Zurechnung trifft, oder wenn sie die unbeabsichtigte Wirkung einer von den Umständen gebotenen Handlung, z.B. der gerechten Nothwehr oder einer gefährlichen chirurgischen Operation ist. Doch kann auch in diesen beiden Fällen vielleicht stattgefundener Mangel an Besonnenheit bei der Vertheidigung des Einen und unzureichende Geschicklichkeit des andern Theils der Grund zu schweren Vorwürfen für sie werden.
Brockhaus Bilder-Conversations-Lexikon, 1839

Etwas änderte sich. Allmählich wurde Gachet klar, dass es die Luft war. Der modrige Geruch wurde schwächer, ein leichter Luftzug war zu spüren. Sollte er den Ausgang wirklich gefunden haben? Vorsichtig schlich er weiter. Wusste die Polizei vielleicht von diesem unterirdischen Gewölbe? Standen Wachen bereit? Er musste es darauf ankommen lassen. Bald sah er Licht. Ein matter Schein, schwach und fern, aber Licht. Noch langsamer und vorsichtiger setzte er Schritt um Schritt. Bald konnte er den Boden vor seinen Füßen erkennen. Steinpflaster, von Menschenhand verlegt. Gachet kannte die Tageszeit nicht, aber offensichtlich war es hell. Ein Gitter zeichnete sich ab, ungefähr in Kopfhöhe. Lautlos näherte sich Gachet der Tür. Der Boden war verstaubt, keine Fußspuren. Ein gutes Zeichen. Vorsichtig stellte der Arzt sich auf die Zehenspitzen und spähte nach draußen. Van Gogh! Der stand dort vor einer Leinwand und malte.

Gachet konnte sich nicht vorstellen, dass der Maler ein getarnter Polizeispitzel sei. Er würde also entkommen. Mit unendlich langsamen Bewegungen schob er den inneren Riegel der Stahltür zurück. Es gelang ohne lautes Knirschen. Dann stieg Gachets Spannung ins Unermessliche. Würde die Tür jetzt unverschlossen sein? Mit der größten ihm möglichen Vorsicht drückte er die Klinke nach unten. Sie gab nach. Gachet schlüpfte hinaus. Diese Bewegung musste der Künstler aus den Augenwinkeln wahrgenommen haben. Er schaute zu Gachet. Seine Augen weiteten sich. Doch er vermochte nichts zu sagen. Gachets Kugel traf ihn in den Bauch. Van Gogh stürzte zu Boden. Gachet drückte ein zweites Mal ab. Nur ein Klicken ertönte.

Der Doktor verschwand in der aufkommenden Dämmerung. Ob er nur ein wahnsinniger Nervenarzt war oder das Böse schlechthin, ohne das es die Welt nicht zu geben scheint, hat nie jemand erfahren.

Nachwort

Doktor Gachet hat den Maler Vincent van Gogh nicht getötet. Sein behandelnder Arzt in dem zur Heilanstalt umgebauten Kloster Saint Paul de Mausole bei Saint Rémy hieß Doktor Peyron. Vincent van Gogh ließ sich hier freiwillig einweisen, bevor die Situation zwischen ihm und seinen Arler Mitbürgern eskalierte.

Van Gogh kam in Saint Paul etwas zur Ruhe, wurde aber nicht geheilt. Die letzten Monate seines Lebens verbrachte er in Auvers, nahe Paris; hier wurde er tatsächlich von dem kunstbegeisterten Doktor Gachet betreut. Dieser Arzt war selbst künstlerisch tätig und mit vielen Künstlern befreundet. Einige Kunsthistoriker gehen davon aus, dass Gachet vielleicht selbst an einer psychischen Störung litt, jedenfalls seine Nerven stark angegriffen waren. Sein anfangs herzliches Verhältnis zu van Gogh kühlte ab, nachdem der Maler anfing, sich für Gachets Tochter zu interessieren.

Als Vincent van Gogh mit einer Schusswunde im Bauch nach Hause kam, lehnte Doktor Gachet eine Operation ab. Die Gründe sind nicht genau bekannt. Einige van Gogh Forscher glauben an eine völlige Unfähigkeit Doktor Gachets, andere verweisen auf das hohe Infektionsrisiko bei Bauchoperationen im 19. Jahrhundert. Vincent van Gogh hat die Verletzung jedenfalls nicht überlebt.

Lange ging man davon aus, dass van Gogh sich die Schusswunde selbst zufügte, ob als drastischen Hilfeschrei oder in Tötungsabsicht, ist umstritten.

Die Pistole lieh er bei seinem Hauswirt, angeblich, weil er die Vögel vertreiben wollte, die ihn beim Malen störten.

Die allerneuste Forschung schließt auch einen Mord bzw. einen missglückten makabren Scherz eins Dorfbewohners nicht aus.

Die historische Figur des Camille Flammarion ist verbürgt. Es ist davon auszugehen, dass van Gogh sein Werk *Astronomie Populaire* kannte. Flammarion und van Gogh sind sich aber nie begegnet.

Der Zeitungsreporter Ismael Chambres entstammt fast namensgleich einem anderen Roman. Er lebt dort unter etwas anderen Umständen.

Theo van Gogh hat seinen Bruder Vincent lange Jahre protegiert, zum künstlerischen Durchbruch konnte er ihm zu seinen Lebzeiten nicht verhelfen. Theos Frau Johanna sah ihren Schwager Vincent durchaus kritisch. Hass ist eine von mir gewollte künstlerische Übertreibung.

Der Pfleger Roulin ist die Verfremdung eines mit Vincent van Gogh befreundeten Postbeamten.

Einen Hasardeur namens Vidocq, der es bis zum ersten Chef der französischen Geheimpolizei brachte, hat es tatsächlich gegeben.

Die *Sternennacht* malte van Gogh 1889 in Saint Rémy. Sie zeigt die Position der Himmelskörper am Nachhimmel, gesehen aus seinem Krankenzimmer, in astronomischer Korrektheit. Die Bäume und Berge sind im Bild ebenfalls realistisch wiedergegeben.
Ein Dorf ist von diesem Raum aus aber nicht zu sehen. Der Künstler hat es sich in einem seiner berühmtesten Gemälde erlaubt, eins zu erfinden. Diese Fiktion habe ich in meinem Roman übernommen.

MIX

Papier | Fördert
gute Waldnutzung

FSC® C083411

Zeitfracht Medien GmbH
Ferdinand-Jühlke-Straße 7
99095 Erfurt, Deutschland
produktsicherheit@kolibri360.de